㉔ 倪匡珍藏限量紀念版

衛斯理傳奇之

後備

（含：後備・換頭記）

倪匡 著

後備

序言……007
前言……009
第一部 怎麼會在這裏出現！……011
第二部 大人物的輕微損傷……025
第三部 「我不想死！」……049
第四部 救星？……071
第五部 企圖隱瞞什麼……089
第六部 手術之後……111
第七部 穿白布衣服的「死人」……139
第八部 易容換姓，目的何在……155
第九部 實驗室製成品……179
第十部 謀殺，還是救人？……195
第十一部 留待歷史去評價！……213

衛斯理傳奇

CONTENTS

換頭記

序言……231
第一部 神秘機構武力邀談……233
第二部 骯髒的「靈魂」……249
第三部 教授的實驗……259
第四部 迭遇武術高手……273
第五部 限期三天尋出教授……285
第六部 想到了驚人的內情……301
第七部 拒絕探險不歡而散……319
第八部 零星情報拼湊真相……329
第九部 不可思議的途徑……341
第十部 只能再活四十小時……357
第十一部 秘密醫院……371
第十二部 只剩下頭部活著……385
第十三部 變成了換頭人……399

後備

序言

「後備」這個故事，有十分駭人的假設，這種假設，在幻想故事中並不多見，而且牽涉的範圍極廣，和人類傳統的觀念，完全相反——自然，人類的觀念，在不斷改變，但只怕再也不會有一天改變到這個故事中所提到的那一程度：勒曼醫院的主持人之一，羅克醫生，甚至主張消滅「低等人」來使得「優等人」生活得更好！

這個故事中的「勒曼醫院」，後來又曾在幾個故事中出現過。大豪富陶啟泉也是一樣。湊巧之極的是，故事寫到了一半，發生了故事最後提及的那件行刺案，於是順理成章，被挪來做為增加故事的「真實性」之用，大家都那麼說：要是沒有後備，七十歲老人中了兩槍，怎會復原得如此之快？

「後備」中討論了許多不同的觀念，無痛苦死亡尚未被普遍接受，一切似乎是太久遠之後的事。但再久遠，總會有來臨的時候，早一點討論，似乎也並無不可。

倪匡

前言

這篇小說的題目叫做《後備》。

《後備》不算是一個好的小說題目，比較起《ＸＸ驚魂》、《血濺ＸＸ》等題目，沒有什麼刺激性，吸引力好像也比較差。所以，在寫這篇小說之前，曾費了相當長的時間，考慮用另外一個題目，但是想來想去，整篇小說寫的既然是後備的故事，那麼，叫《後備》，雖然沒有什麼石破天驚、語不驚人死不休的效果，至少是貼切的。所以，仍然以《後備》為題。

「後備」是一個專有名詞，大多數的情形之下，用在體育運動上。例如一隊球隊，必有後備隊員。以一隊球隊為例，在正常的情形下，後備可能一點也起不了作用，正選球員比賽，後備只是在場外等著。一旦，正選球員有比賽不理想的情形出現，那時候，後備才發生作用，頂替正選，使整個球隊，仍然在正常的情形下進行賽事。

在機械上，也常用到「後備」這個名詞。任何機械，都由許多零件組成。一組機械，其中特別容易出現損壞的情形時，一定要有後備的配件，以便在出現損壞的情形時，隨時替換。後備配件的作用極大，因為整組機械，可能由於一個極小配件的損壞，而導致整個癱瘓，使整部機器，無法進行任何操作。

簡略地介紹了一下「後備」這個詞的意義，看來好像很乏味，然而整個《後備》的故事，倒是很曲折詭異的。

《後備》所講的，就是後備的故事。

第一部：怎麼會在這裏出現！

丘倫實在沒有法子相信自己的眼睛！

他盯著前面，心怦怦地跳著，一時之間，竟忘記了舉起他的攝影機。本來一看到了新奇、奇特的事物，就立刻舉起攝影機來，那已是他多少年來培養出的職業本能了，他從來也不會錯過珍貴的鏡頭，那種職業本能，曾使他多次獲得國際性的獎狀。

可是，如今看到的實在太令他驚愕，他只是呆呆地瞪著他所看到的，無法再有其他別的動作。

丘倫是一個攝影家，或者說，是一個攝影記者。再具體一些說，他是一個自由攝影記者。他的職業是攝影，他在世界各地旅行，拍攝各種照片，然後將照片出售給通訊社、雜誌社、報社。

這是一項相當不錯的職業，尤其對一個本來就喜歡冒險、刺激、旅行和攝影的人來說，那簡直是一門上佳的職業。

丘倫曾在中美洲的原始叢林之中，拍攝過左翼遊擊隊活動的照片；曾在亞洲的金三角地區，拍攝過秘密會社會議的情形；曾在海拔七千公尺的山嶺，拍攝過雪人的足跡；曾在深海一千公尺，拍攝過鯨魚產小魚的剎那……

丘倫曾經用他的攝影機，記錄下時速六百公里的火箭車失事情形；也曾經利用特殊的儀器，攝下了紫羅蘭花的花粉美麗無比的結構。

在他從事職業攝影的過程中，不知道遇到過多少驚險，非洲一個國家的獨裁統治者，就因為他拍下了一個殘酷的虐待鏡頭，而出動該國的全國軍警追捕他，據他自己說，他是在泥沼之中，抓住了一條大鱷魚的尾巴，逃出了該國國境的。

一個曾經有過這樣經歷的人，應該是沒有什麼事情再可以令他驚呆的了，但這時丘倫卻真的呆住了。

丘倫這時所在的地方，平靜之極，那是在一個小湖邊的一片草地上，綠草如茵，野花雜生，湖邊有幾株老樹，樹根曲折盤虬，有一半浸在水中。就在湖邊的草地上，丘倫鋪了一張方格桌布，桌布上是一個竹籃，籃中有美酒和食物，還有一具收音機，正在播放著悠揚的音樂。

在小湖對岸，有幾艘小船，靠近湖岸停著，小船上有人在垂釣。偶然有幾隻水鳥，在水面上低掠而過，令平靜的湖水，蕩起一圈圈的水花。

這是一個極理想的渡假地方，最適宜和愛人靜靜地消磨時光。

而丘倫到這裏來的目的，正是如此。十天前，他在酒會裏認識了海文之後，這樣的約會，已經是第三次了。

幾秒鐘之前，丘倫還怔怔地望著海文的背影，長髮隨著微風輕拂而飄動，海文坐在靠近湖邊的樹根上，正用一根樹枝，輕輕地在拍打著湖水，而丘倫也正想湊近去，對她講一句他在心中已盤算了好幾天，而找不到適當時機講出來的話。

這樣的環境、這樣的情景，應該是適宜講這句話的時刻了。丘倫在他三十二年的生命之中，曾講過無數的話，可就是沒有對一個自己所愛的異性講過這句話，所以他明知這是最好的時刻，他還是多少有些猶豫。

如果不是他猶豫了一下的話，他可能話一出口，就再也不會聽到身後那一下輕微的聲音，也就不會轉過頭去，看到那令人驚愕得不知所措的情形。

但是他卻偏偏猶豫著，所以他聽到了那一下聲音，他轉過頭去，他看到了那個人。

千萬別以為他看到了什麼八隻眼睛、六條腿、頭上長著觸鬚的怪人，絕不是，他看到的是一個普通人，那個人，大概有一百七十公分高，膚色出奇的蒼白，雙眼失神，就在他的身後，不到十公尺處站著，失神的雙眼甚至不是望著丘倫，而是盯著草地上的那具正在播出音樂的收音機。

那個人的身上，穿著一件極其奇特的衣服，那簡直只是一塊布，套在一個人的身上。

令得丘倫在剎那之間感到如此程度吃驚的，當然就是這個人，即使和心儀的女性一起野餐時，丘倫的攝影機也是隨身攜帶著的，可是一時之間，他竟然忘了舉起它來。

這個人，丘倫認識，絕對認識。

就在半個月前，丘倫還曾替他拍過照，丘倫在離這個人的身側，大約十五公尺處，替他拍過照，而這個人，正對著十萬以上的群眾在演講。

這個人，是一個才通過極其縝密的陰謀而奪得了政權的一個亞洲國家的元首——齊洛將軍。

齊洛將軍在發表他就任國家元首後的第一次公開演說，幾乎每一句話，都引起上萬群眾的掌聲。丘倫全副攝影配備，在演講台的左側擠上去，向神采飛揚的齊洛將軍拍照。

他的記者證是特許的，事先經過極其嚴格的審查，但是由於他擠得太近了，當他舉起相機之際，兩個護衛安全人員已採取行動，一個用槍托在他的腹際，重重撞了一下，另一個立時搶下了他的相機。還有兩個便衣，在他的身後，將他的雙肩，反扭了過來。

這樣的情形，丘倫也不是第一次遇到了，他想張口叫嚷，可是在他身後的一個保安人員已經捂住了他的口，不讓他發出任何聲音來。訓練有素的保安人員，又有幾個衝了過來，排成一堵人牆，遮住其餘人的視線，於是，丘倫就被人推著、拉著，塞進了一輛小卡車之中，疾駛而去。

一直到六小時之後，當天晚上，丘倫才從一間密室之中被叫出來，眼睛上蒙著黑布，再被推上車子，經過了大約半小時之後，他再被人推出來，步行了十分鐘，停下，解開了蒙眼的黑布。

光線很明亮、刺眼，但是丘倫還是一眼就可以看出，那是一間佈置得華麗無比的房間，一張巨大的寫字台之後，坐著齊洛將軍。

寫字台上，放著幾張放大了的照片，丘倫也一眼就可以看出，那幾張齊洛將軍正在演說時神態的照片，正是他自己的作品，也就是他在被捕之前，拍下來的。齊洛將軍在看著照片，神情像是很滿意。當保安人員向齊洛將軍低聲說了一句什麼之後，齊洛將軍抬起頭來，盯著丘倫：「你替多少個國家元首拍過照片？」

丘倫吸了一口氣：「超過三十位。」

齊洛將軍點了點頭：「不錯，照片你準備在哪裏發表？」

丘倫道：「當然是世界性的報刊、雜誌。」

齊洛將軍指著照片：「我左邊臉頰上，有兩顆並列的痣。你為什麼特別誇張這兩顆痣？」

丘倫道：「我認為這樣，更可以表現出閣下堅強不屈的性格。」

齊洛看著照片，緩緩點著頭：「保安人員向我報告，說當時你的行動，太過份了，所以才將你扣留了起來，那只是一個誤會，希望你別見怪。」

丘倫有點受寵若驚，忙道：「當然不會。」

齊洛將軍站了起來，他個子不高，大約一百七十公分，但是神態十分威武，他揮著手：「你可以得回你的一切東西，希望你別作不利於我們的報導。」

丘倫道：「我一向不作文章報導，只是攝影，而攝影機的報導，總是最忠實的。」

齊洛將軍笑了笑，又側頭看著照片，一面摸著他左頰上那兩顆相當大的痣，樣子很滿意。

這次會見齊洛將軍，給丘倫的印象，極其深刻，所以丘倫一下子，憑著他攝影的敏銳觀察力，他立即就可以認出，眼前那個人，就是齊洛將軍。

齊洛將軍左頰上的那兩顆痣，是他相貌上的特徵，丘倫毫無疑問可以一下就認出來。

這個人，除了齊洛將軍之外，不可能是另一個人。

但是齊洛將軍怎麼會出現在歐洲的一個小湖旁？他來渡假？那是絕無可能的事，他才得到政權不久，正夜以繼日地在鏟除反對勢力，鞏固他的政權，哪裏會有這樣的閑情逸趣？

何況，就算是他來渡假，那一定會是世界性的新聞，因為齊洛將軍正是今年世界風雲人物之一。

當丘倫望著眼前這個人，驚愕得發呆，忘了一切動作之際，那個人仍然只是怔怔地望著草地上的收音機，彷彿他一輩子也沒有見到過會發出聲音來的東西。

丘倫的驚愕，其實只維持了極短的時間，大約是半分鐘左右。

接著，他不由自主，發出了一下驚呼聲，指著他面前的那個人。那個人顯然被他的驚呼聲驚動，向他望來，現出極駭然的神色來。

丘倫還未曾有什麼進一步的動作，就看到一輛車子，疾駛而至。那車子，是普通高爾夫球場中使用的那種，來勢極快，一下就衝到了近前，車上，除了駕車的一個之外，還有兩個壯漢。

那兩個壯漢，甚至在車子還未停下之際，就一躍而下，奔向那個駭然望著丘倫的人，動作快而純熟，一下子抓住了那個人，將他推上了車子，車子又立時疾駛而去。

丘倫那時，已從極度的驚愕之中，驚醒了過來，他又發出了一下大叫聲，道：「喂，你們幹什麼？」他一面叫，一面一躍而起，向前追了上去。可是車子駛得十分快，丘倫立即發現，自己無法追上那輛車子，他仍然向前奔著，一面舉起了攝影機，不斷地按著快門，直到拍盡了相機中的軟片。

丘倫奔上了公路，看著那輛車子，在公路前面，轉進了一條小路，而在小路的盡頭處，是一幢看來相當古老的紅磚建築物。車子正向著那幢建築物疾駛而去。

丘倫無法看清那輛車子是不是駛進了那幢紅磚建築物，因為在建築物前面，有一片林子，車子駛進了林子之後，丘倫就再也看不見了。

當丘倫喘著氣，再回到湖邊的時候，他不禁苦笑，他約來的女朋友海文，沉著臉，看樣子已準備離去了，桌布上的竹籃和收音機，都已不見，收音機在哪裏不得而知，竹籃在湖面上漂浮，在竹籃附近浮著的，則是他精心挑選過的一瓶美酒。

丘倫攤著手，想解釋幾句，可是卻實在不知道說什麼才好，支吾了好一會兒，他才道：「我……剛才……突然看到了一個人！」

海文連望也不望他，冷冷地道：「看到了一個人，就會發瘋，全世界有四十二億人。」

丘倫再想解釋說，他看到的人，是一個國家的元首齊洛將軍，可是丘倫卻沒有再說什麼，因為他突然發現，一個再美麗的女人，在不問情由就生氣的時候，都是不可愛的，他反倒有點欣幸自己剛才並沒有將那句盤算了幾天的話說出口來。

海文顯然還在等候丘倫的道歉，但是丘倫卻道：「看來你想回去了？很對不起，我有一點事，請你自己找車子回去好不好？」

丘倫這句話才一出口，眼前一花，接著就是「啪」地一聲響，在他還未曾知道發生什麼事之際，又聽到了海文的一聲怒吼。直到臉上忽然辣辣地痛了起來，他才知道自己挨了一個耳光。

當他定過神來，轉過頭去看時，海文已經走向公路，看起來，海文要在公路上截一輛路過的車子，是輕而易舉的事。

丘倫摸著發燙的臉頰，苦笑。

海文是一個聯合國機構的翻譯員，美麗動人，追求者甚多，本來，在認識了丘倫之後，對丘倫也有一定的好感。

丘倫如果不是在想對海文說那句話之前，猶豫了一下的話，以後的發展，就可能大不相同。而今，當然丘倫不知要花多少心機，也無補於事了。

事後，海文還是氣憤不已，對人說起丘倫的時候，咬牙切齒，有如下的評論：

「這個人是瘋子，莫名其妙，在應該說『我愛你』的時候，他會像發了羊癲症一樣，驚叫起來。會把女人拋在離城市五十多公里的郊外，要女朋友自己回去！天下沒有比他更混賬的男人了，哼，還好給我看到了他的真面目，沒有被他所騙。」

評論自然極壞。但是，是好是壞，對丘倫來說，實在沒有什麼分別，因為丘倫已經沒有什麼機會聽到她的評論了。

在丘倫身上，又發生了一些事，或者說，發生了極度的意外。

丘倫眼看著海文截住了一輛車，駕車的人是一個金髮男子，丘倫揮著手，但海文連頭也不回。丘倫向他自己的車子走去。

當他來到車子旁邊的時候，一個看來像是流浪漢一樣的男人，帶著笑臉，來到了他的身邊：「先生，和女朋友吵架了？」

丘倫悶哼了一聲，沒有回答，那男子又道：「真可惜，我還看到了她將一瓶酒拋進了湖中，那一定是一瓶好酒？」

丘倫嘆了一聲：「是一九四九年的。」

那男人發出了一下尖銳的口哨聲：「糟蹋美酒的女人，罪不可恕。」

丘倫苦笑著，拉開了車門，他在那一剎那間，心中陡地一動：「在公路那頭，有一條小路，小路的盡頭，一片樹林後面，有一幢紅磚的建築物，那是——」

那流浪漢道：「那是一座私人療養院——」他隨即又作了一個鬼臉，道：「大多數是精神病人，在那裏接受治療的。」

丘倫「哦」地一聲，他想起來了，令他驚愕的那個男人，身上所穿的那件衣服，樣子十分怪，看來正是精神病院病人所穿的衣服。

如果那是一間精神病院，其中的一個病人逃了出來，被人捉回去，那也是極普通的一件事，奇怪的是何以這個人看起來，會和齊洛將軍一模一樣？

丘倫發怔，那流浪漢又道：「先生，你對精神病院有興趣？」

丘倫揮了揮手：「誰會對精神病院有興趣？不過，不過……」

丘倫實在不知道說什麼才好，他心中有疑團，想找一個人說一說，但也決計不會無聊得對一個不相識的流浪漢說。所以，他沒有說下去，就上了車。卻不料他一上車，那流浪漢竟老實不客氣地打開了另一邊的車門，就在他的身邊坐了下來。

丘倫瞪著那流浪漢，流浪漢向他陪著笑：「先生，載我一程好麼？」

丘倫有點生氣：「載你到哪裏去？」

流浪漢作了一個手勢：「隨便。」

丘倫嘆了一聲，取了一些鈔票給那流浪漢，誰知道對方卻現出十分委屈的神情來，道：「先生，我不是乞丐，不要人家的施捨，除非你要我做什麼。」

丘倫啼笑皆非：「好，我要求你立刻下車。」

流浪漢的神情更委屈，叫了起來：「這是極大的侮辱。」

丘倫無可奈何：「好了，你替我……替我……」

丘倫實在想不到有什麼事可以叫那個流浪漢做了，但是一轉念間，他想到了：「好，你替我去打一個電話，長途電話，打給我住在東方的一個朋友。」

流浪漢高興起來：「樂於效勞，我該講些什麼？」

丘倫道：「你告訴他，我在這裏見到了齊洛將軍，這就行了。我的名字是丘倫，我的朋友，叫衛斯理。」

丘倫將鈔票遞向流浪漢，流浪漢接過了鈔票，欣然下車，丘倫駕著車子，轉進了那條小路，駛向那片林子。

我放下電話，抬頭向坐在沙發上的白素望去，道：「神經病！」

白素連頭也不抬起來。

我又道：「丘倫，這傢伙，特地托人打了一個長途電話來，說他在歐洲的一個小湖邊，看到了軍事強人齊洛將軍。」

白素向几上的報紙望了一眼，報紙的第一版上，正有著齊洛將軍的照片。

齊洛將軍在國內開始實行鐵腕統治，因為有一個他的反對者逃到了鄰國，他已下令向鄰國開火，這是震動全世界的新聞。

我又道：「這個人，老是瘋瘋癲癲的，想內幕新聞想得發了瘋。齊洛將軍——報上怎麼說？」

白素道：「報上說他將會親自率軍去進攻鄰國，看來正是一個瘋子。」

我沒有說什麼，繼續進行我在聽電話前的工作，根本沒有將那個電話放在心上——像這樣的電話，如果我要認真的話，一天有兩百四十小時都不夠用。

白素順手拿起報紙來翻著，忽然道：「通訊說，齊洛將軍最喜歡採用的照片，是丘倫拍攝的，他真的見過他。」

我道：「是，但絕不是在歐洲中部的一個小湖邊。」

白素仍在翻看報紙，過了一會兒，她又道：「原來丘倫在拍攝齊洛將軍的照片時，還曾被保安人員拘捕過。」

我放下了手頭的工作，直了直身子：「你老是提丘倫和齊洛將軍，究竟想說明什麼？」

白素笑著：「我是想說明，丘倫見過齊洛，對齊洛的印象十分深刻，他不應該認錯人。」

我悶哼了一聲：「我是根據事實來判斷。再說，就算他在歐洲中部的一個小湖邊遇到了齊洛將軍，那又怎麼樣？」

白素「嗯」地一聲：「對，就算是，也沒有什麼特別。」她說著，放開了報紙，不再和我討論這件事。

我再開始工作時，看了看案頭日曆，那一天是三月二十四日。

第二部：大人物的輕微損傷

三月二十四日，下午二時，阿拉伯一個小酋長國石油部長的辦公室中，石油部長阿潘特正在發怒。

阿潘特有著十分英俊的外形，他的正式稱呼，應該是阿潘特王子，或者是阿潘特博士——牛津大學經濟學博士。阿潘特現在的職位是石油部長，未來的職位，肯定是這個小酋長國的元首。

這個小酋長國的土地面積不大，人口也不到一百萬，但是在國際上的地位卻十分重要，因為這個小酋長國的所有領土，幾乎全是浮在質量最優的石油上的。小酋長國出產的石油，極其豐盛，是各先進工業國爭相購買的對象。

阿潘特剛才接見了一個日本代表，那個日本代表，是代表了日本三個大企業機構來晉見他的，開始會談時，氣氛十分好，但是那日本代表，越講越靠近他。由於當時在談論的，是一個雙方都感到十分有興趣的問題，這個問題如能達成協議，可以使阿潘特王子個人的銀行戶頭，每年增加九位數字以上的瑞士法郎的存款，所以阿潘特並沒有注意到那個日本人離得他太近了。

日本人講得起勁，口沫橫飛，突然拿起了桌上的金質裁紙刀，揮舞著，用加強語氣的手勢，在絕不經意的情形之下，裁紙刀的刀尖，忽然刺中了阿潘特王子的手背，刀尖刺破了表皮，血流了出來。

日本人大驚失色，嚷叫著出了辦公室，辦公室外的人立時進來，阿潘特王子用口吮著傷口，血很快就止住，只不過割傷了一點點，那是一件小事，原不足以令得阿潘特王子生氣。

可是，那日本人在混亂中，嚷叫著出了辦公室之後，卻沒有再回來，阿潘特等了十多分鐘，不耐煩了，吩咐秘書打電話到日本使館去查詢。

日本大使館的回答是：我們從來也不知道敝國有這樣的一個代表到來。那個自稱代表了日本三大企業的日本人是假冒的。

阿潘特王子立時緊張了起來，一面下令追查何以一個假冒的日本代表，竟可以通過複雜的晉見手續，而來到辦公室，和他面對面地講話，並且還用一柄鋒利可以致人於死的刀刺傷了他。

同時，阿潘特王子立時驅車到醫院，由全國所能召集的最好醫生和化驗師，替他作緊急的檢查，他曾被那個來歷不明的日本人所刺傷，如果有什麼毒藥在那柄刀上，那實在不堪設想。

阿潘特王子的怒氣，維持了三天，在這期間，他甚至拒絕參加一個國際性的石油會議。

三天之後，查明了以下幾件事：

假冒身分的日本人，經過極精密的設計，所使用的文件，簡直和真的一樣，顯然是一個大集團的傑作，很難是個人力量所能做到的。

阿潘特王子手背上的傷口，已完全痊癒，沒有毒，當然也沒有發炎惡化，什麼事都沒有。

阿潘特王子辦公室中，也沒有任何損失，辦公室中有不少價值連城的陳列品，一點損失都沒有。那個假冒身分的日本人，竟不知他有什麼目的。

阿潘特王子事情忙，不久就忘記了這件事，只是對接見人方面，更加小心。

但是沙靈卻沒有忘記這件事。沙靈是英國人，保安專家，曾任英國情報局的高級官員，退休後，受聘來這個小酋長國，出任保安主任，負責對這個小酋長國首腦人物的保安工作。

假冒身分的日本人事件發生之後，沙靈展開了調查工作，然而，那日本人卻像是在空氣中消失了一樣，從此再也沒有露過面。

為了進一步調查，沙靈親赴日本，在日本經過了十多天調查，一無所獲，離開日本，經過我居住的城市，停留了一天，來看我。

我和沙靈是老朋友了，他今年六十六歲，可是身體精壯如中年，頭腦靈活如青年。

在我的書房中，他一面晃著酒杯，令杯中冰塊輕輕相碰，發出悅耳的「叮叮」聲，一面將假冒身分的日本人的事，詳細講給我聽：「照你看，這個日本人的目的，究竟是什麼？」

我想了一想：「看來，好像是想行刺，但由於臨時慌張，所以倉惶逃走。」

沙靈搖頭：「不，那柄裁紙刀相當鋒利，如果他一下子刺進阿潘特王子的心臟，他已經可以達到目的，他不是來行刺的。」

我道：「或許是一個記者，想獲得什麼獨家消息。」

沙靈又搖頭：「也不是，他根本沒有獲得什麼消息，談話的內容，只不過是想獲得額外的石油供應。」

我吸了一口氣：「有什麼損失？」

沙靈苦笑了一下：「這一點最令人難解，因為一點損失也沒有。那個假冒身分的日本人，他的損失倒不少，假造的文件、旅費等等，數字也不小。天下不會有人花了本錢，來做沒有目的的事。」

我又想了一會兒，才道：「唯一的可能是，這個假冒身分的人，原來是有目的的，但是後來發生了意外，他割傷了王子的手，使他的目的無法達到，所以他只好知難而退，這是最合理的解釋了。」

沙靈呆了片刻：「在沒有更合理的解釋之前，只好接受這個解釋。」

我有點惱怒：「這就是唯一的解釋。」

沙靈搖著頭，可是又不出聲，我又道：「你還在想什麼？還有什麼別的假設？即使是假設也好。」

沙靈望了我片刻，道：「我在日本多天，雖然沒有找到那個假冒身分的日本人，可是卻獲知了兩件性質相似，無可解釋的事。」

本來，我對這件事已經沒有什麼興趣，但一聽沙靈這樣講，這種無可解釋的事，居然還不止一件，這使我感到十分好奇。

我忙道：「兩件什麼事，說來聽聽。」

沙靈深深地吸了一口氣，皺著眉。他在皺著眉的時候，滿臉都是皺紋，看來像是一個糟老頭子，可是我卻知道這個糟老頭子，絕不是簡單的人物。在蘇格蘭警場，他迭破奇案，是世界公認的最佳辦案人員之一。

戰後，日本工業迅速發展，形成了不少新的財團。這種新財團的首腦，財富增加的速度之快，極其驚人，到了八〇年代，其中有幾個，個人財產幾乎已達到了天文數字，成為世界新進的財閥。

竹內先生就是這樣的一個新進財閥，他掌握的企業，組織極其龐大，雇用的員工超過三萬人，產品行銷世界各地，是日本工商界一個極其重要的人物。更重要的是，他年紀還很輕，只有五十八歲。

這樣的一個重要人物，世界矚目，他每天接見不少客人，能被他接見的，自然也要經過縝密的安排。

一天，竹內先生接見了一個來自阿拉伯的代表，那個阿拉伯人，自稱可以代表幾間著名的阿拉伯石油公司，使竹內的企業，獲得更多的石油供應。

自從能源危機以來，所有工業家最擔心的，就是石油的供應，竹內先生對這個阿拉伯人，自然招待周到，白天在辦公室傾談得十分投機之後，晚上又在一間著名的藝妓館設宴招待，酒酣耳熱之餘，主客雙方一起帶著酒意而起舞。

那個阿拉伯人，不知在什麼時候，拔下了一個藝妓頭上的頭釵，揮舞著，一不小心，頭釵在竹內先生的手臂上，劃了一下，刺破了竹內先生的皮膚，造成了輕微的出血。

客人千道歉萬道歉，主人豪爽地一點也不放在心頭上，當晚仍然盡歡而歸。

事情本來一點也不稀奇，但是第二天，當阿拉伯人在約定的時間，沒有出現在竹內辦公室之際，竹內先生一查詢，根本沒有人知道這個阿拉伯人的來歷，所有和阿拉伯國家有關的機構，沒有一個知道這個阿拉伯人是誰。

竹內先生十分震怒，下令追查，可是卻一點結果都沒有。由於根本沒有什麼損失，所以事情也就不了了之。

沙靈是在調查那個假冒身分的日本人時，無意中知道這件事的。

兩件事，有著相同的情節。向阿拉伯人冒認日本人，向日本人冒認阿拉伯人，求見的全是超級大人物，而求見過程之中，大人物都曾受到輕度的損傷，然後，假冒身分的人就消失無蹤，不知道他們的真正目的是什麼。

辛晏士是華爾街的大亨，辦公室的豪華，舉世聞名，一本專門雜誌，曾作過專題報導。他是猶太人，是美國前十名的豪富之一。有經濟權威估計，如果他要調動資金的話，可以在一夜之間，調集收買一個中美洲小國家所需的現款。

美國政壇人物和辛晏士都有交情，雖然辛晏士自己從來也未曾出過面，進行過什麼活動，但是誰都心裏有數：美國總統在作重大決定之際，一定會通過私人代表，找他先商量一番。

世界上有四十二億人，但是像辛晏士先生這樣的重要人物，不會超過四十二個。

辛晏士先生的嗜好是打高爾夫球，每次他在私人的高爾夫球場打球之際，保鏢雲集，和他在其他場合出現的時候一樣。

辛晏士先生最注意的就是他的安全，一個人到了像他那樣的地位，除了生命安全之外，也沒有什麼再可以值得注意的事了。

但是，有一次，當他正在揮桿打擊高爾夫球之際，卻發生了一樁輕微的意外，一個球童背著沉重的一袋球桿，在辛晏士先生的身邊，一個站不穩，身子傾側了一下，球桿擦到了辛晏士先生的手背，該死的球桿上，不知怎地，有一枚尖釘，尖釘就在辛晏士的手背上，刺出了一道口子，造成了出血。

這種輕微的受傷，在旁人身上，全然不算是怎麼一回事。但是發生在身分、地位如此尊貴的辛晏士先生身上，當然大不簡單，一輛專車立即將他送到醫院，經過兩名外科醫生的悉心料理——這樣的小損傷出動了全國聞名的外科醫生，這情形就像是出動了一枚火箭去獵兔子一樣。

兩天之後，辛晏士的傷口痊癒了。

沙靈是在閑談之中，知道這件事的，他也把這件事，歸入了和阿潘特、竹內受傷的同類，關於這一點，我很不同意。

我道：「辛晏士的受傷，只是意外，其中並沒有什麼人假冒了身分，刻意來使他受傷。」

沙靈瞪著眼：「別告訴我那是意外，我根本不信。」

我也瞪著他：「我知道你的想法，你想的是，一個球童受雇去弄傷辛晏士。」

沙靈道：「正是這樣。」

我悶哼了一聲：「目的何在？」

目的何在？沙靈回答不出這個問題來，他站了起來，來回走著，然後站定，伸手直指著我，道：「阿潘特、竹內、辛晏士，全是極有地位、財產多到不可計數的人物。」

我點頭道：「是，他們的身上，隨隨便便，就可以拿出數以億計的美金，只要他們願意拿出來，但是只是令他們受點輕傷——」

我講到這裏，陡然一怔，剎那之間，我想到了什麼，以致講不下去。

沙靈道：「你……想到了什麼？」

我道：「皮膚受點傷出血，看來是無足輕重的，但是有些毒藥，一見血就可以致人死命，這種毒藥，照中國人的說法，叫見血封喉。」

沙靈道：「可是他們並沒有中毒。」

我揮著手，道：「毒藥的性質、種類，有好幾十萬種，可能其中有一種慢性毒藥，在中了毒之後，要隔若干時日，才會發作。」

沙靈的臉上，又浮滿了皺紋：「但是，阿潘特在受了傷之後，曾作過詳細的檢查，醫生說——」

我打斷了他的話頭：「別相信醫生的話，八十萬種毒藥之中，至少有七十九萬九千種，醫生不知道它們的來龍去脈。」

沙靈的神色變得十分沉重：「真有這樣的事？」

我十分鄭重地說：「絕對有。」

沙靈又急速走了幾步，道：「如果是這樣的話，那麼，做這些事的人，他們的目的，是打算在毒藥的毒性發作之際，進行勒索？」

我道：「當然是。」

沙靈吸了一口氣：「那太可怕了，這種神秘的毒藥，什麼時候發作？」

我攤開了手：「誰知道？一年、半載，或許更快，或許更慢。」

沙靈又吸了一口氣：「我早就感到這種事，一定是充滿了罪惡陰謀的，如果是這樣……如果是這樣的話，那我……我……」

我拍著他的肩：「你沒有什麼可做的，只好等著。」

沙靈喃喃地道：「是的，只好等著。」

沙靈和我的交談，至此結束，當天，我送他上飛機，回那個阿拉伯酋長國去。

在以後的日子中，我一記起來，就和沙靈通一個電話，沙靈有時也打電話給我。

在和沙靈不斷保持聯絡的期間，又曾發生了許多事，我也因為許多不同的事件，到過許多不同的地方，所以，有許多次，沙靈打電話給我時，我都不在家。

但是沙靈都有留話，所以我在回家之後，都可以主動和他聯絡。

在這裏，需要說明一下的是，丘倫的事、阿潘特王子、竹內、辛晏士的事，全是發生在許多年之前的，至少有五年以上了。我只不過是將那時發生的事，補記出來，在以後發生的事，和這些事至少有五年以上的時間間隔，請注意這一點。

這一點十分重要，因為我和沙靈討論的最後結論，是有人可能用看來十分簡單的方法，下了複雜的慢性毒藥，以待毒發時，可以勒索鉅款。

看來那是唯一合理的解釋了。

但是，隨著時間的飛逝，五年過去了，什麼事也沒有發生，當時的「結論」，分明只是一種猜測，絕不是事實。

在最近一次和沙靈的聯絡中，沙靈在電話中道：「衛斯理，毒藥敲詐說，好像不成立了。」

我同意他的說法：「是不成立了。」

沙靈的語氣有點遲疑：「這些年來，我將一件事，作為業餘嗜好，你猜是什麼？」

我苦笑，這怎麼猜得到？我只好道：「是不是搜集阿拉伯王宮中逃出來的女奴？」

沙靈「呸」地一聲：「別胡扯，這五年來，我盡一切可能，通過一切關係，搜集世界上大人物受輕微傷害的記錄。」

我「啊」地一聲：「為什麼？」

沙靈道：「那還不明白？想看看除了阿潘特、竹內、辛晏士之外，是不是還有別的例子。」

我沉默了半晌，沙靈的堅毅不屈我是深知的，但是這些年來，他一直在做著這樣的工作，我卻也覺得難以想像。

我問道：「結果怎樣？」

沙靈道：「結果十分圓滿，或者說，結果極其令人震驚，出乎我的意料之外。」

我忙道：「怎麼樣？請詳細告訴我。」

沙靈先吸了一口氣，即使是在遠距離的電話通訊中，還是可以聽到他吸氣時所發出來的那「嗤」的一聲響，他道：「我調查了超過一百個大人物，調查的對象，全是超級大人物，其中包括了十餘個國家的獨裁者，各行各業的『大王』，所有我調查的對象，都可以在一小時之內，拿出二十億以上的美金來。」

我有點啼笑皆非，這是一項十分艱巨的工作，即使以沙靈的能力和人際關係而言，也是一項十分困難的工作，真不知道他這樣做是為了什麼。

我問道：「你調查這些大人物的什麼事？」

沙靈答道：「我調查他們是不是在過去幾年間，曾受過輕微的割傷。」

我嘆了一聲：「沙靈，全世界任何人，一生之中，都曾有過輕微的割傷。」

沙靈道：「你別心急，聽我說下去，我調查的結果，極其令人震驚，他們在過去十年之中，都曾受過不同程度的輕微損傷。」

我大聲說道：「我早已說過，任何人，不管他是穴居人或是石油大王，都會在生活中有過輕微損傷的。」

沙靈道：「其中二十八個人，受損傷的情形，和阿潘特王子相類似。」

我不禁無聲可出，呆了片刻，才道：「有人假冒身分，去接近大人物，特意令他們受到輕微的傷害？」

沙靈道：「一點也不錯，而且，這二十八個受傷的人，事後都曾調查過令他們受傷的人，都毫無結果。這些假冒身分的人，事先都經過極其縝密的、幾乎無懈可擊的安排，不然，也不會見到那二十八個超級大人物，而他們的目的，似乎都只是造成一些輕微的傷害，然後在事後，就不知所蹤。」

我不出聲。

沙靈追問道：「難道你還認為這是偶然的麼？」

我吸了一口氣，道：「當然不是偶然事件——其餘的人如何？」

沙靈道：「其餘的人所受的損傷，也全都由於他人不小心所引起的，情況種類很多，有的是侍者的不小心，有的是被突然破裂的玻璃所割傷，我無法一一列舉出來，傷害不是由於他們自己不小心而造成的，而是人為的『意外』。」

我深深地吸了一口氣：「沙靈，你看這是一件什麼樣的事？」

沙靈道：「我一點頭緒也沒有。我只是調查、搜集了這些資料，可是絕不知道有什麼樣的事在進行著，也不知道這些人的目的何在，因為那些傷害，都極其輕微，至多兩、三天就痊癒了，而且一點後患也沒有，誰都不會將之放在心上。」

我想了想：「調查的結果的確十分令人震驚，可是一樣沒有結論。」

沙靈悶哼了一聲：「既然有人在十年之間，不斷在從事同樣的工作，那麼當然是有原因的，衛斯理，事情是發生在世界頂級人物的身上，並不是發生在普通人身上，我越來越覺得其中有極其強烈的犯罪意味——別說我是由於職業的本能，所以才如此說。」

我忙道：「我沒有這樣說——對不起，在你的資料之中，最早有這樣受傷紀錄的人是誰？」

沙靈道：「齊洛將軍。」

我怔了一怔，齊洛將軍，在我的記憶之中，好像是有一件什麼事，與這個軍事強人有關的，但是一時之間，我卻想不起來了。

我只是「嗯」地一聲，重複了一句：「齊洛將軍，這個人——」

沙靈道：「他受到輕微割傷時，還不是將軍，只是上校，他當時掌握著那個國家的裝甲部隊，已經是極具勢力的實力派軍人，而且誰都可以看得出，這個軍官的潛在勢力極大，只要他發動政變，就一定可以用武力來奪取政權，成為一國元首。」

我又「嗯」地一聲：「五年多前，他真的發動了政變，也成功了。」

沙靈道：「是，一直到如今，他的權力越來越鞏固。他受傷的經過，是在檢閱一次軍事操演之中，一個士兵的刺刀，不小心刺破了他的手背。」

我說道：「看來那是一樁意外，齊洛將軍……齊洛將軍……他……」

我一面說著，一面竭力在想著，為什麼我對這個軍事強人會有特殊深刻的印象。

陡然之間，我想起來了。

那是很多年之前的事了，有一天下午，有一個莫名其妙的人，從歐洲打長途電話給我，說是受丘倫所托，要他告訴我，在歐洲中部的一個小湖邊，見到了齊洛將軍。

這樣的一個電話，我全然沒有放在心上，而且，自此之後，我也未曾聽過任何有關丘倫的消息。

丘倫行蹤飄忽，我和他感情雖然很好，但是幾年不通音訊，也不足為奇，誰知道他在幹什麼，或許，他是在非洲的黑森林中，拍攝螞蟻的活動情形；也或許，他在阿拉伯酋長的後宮之中，替酋長的佳麗造型。

當時，我只是想起了何以齊洛將軍會給我特別的印象，並沒有任何的聯想，事實上，也根本不可能將兩件看來毫不相干的事，聯繫在一起。

我問道：「對了，齊洛將軍，他那次受傷，到現在，已經有多久了？」

沙靈道：「九年多，準確地說，九年零十個月了。」

我道：「看來，那次受傷，對他沒有造成任何損害。」

沙靈的聲音有點茫然：「是的，至少，到目前為止，沒有任何損害。」

我也苦笑了一下：「那麼，那次損傷，可能真是意外。」

沙靈只是不置可否地支吾了一下，我道：「你只管進行調查，我覺得這些事很怪，我也會盡我的力量去找尋答案，我們保持聯絡。」

雖然我答應了沙靈，盡我的力量去尋找答案，但是我的力量再大，在這件事上，也使不出來，因為一切根本一點頭緒也沒有。我所能做的，只是推測、估計。可是我做了好幾十種假設，都無法圓滿地解釋這一百多個世界上超級人物的遭遇，究竟是為了什麼目的，也無法想像是一些什麼人在進行著這樣的怪事。

事情有時候很巧，兩天前才和沙靈在談話中提到了齊洛將軍，兩天後，在報上看到了他的一則新聞，軍事強人齊洛將軍，因患心臟病，赴瑞士治療。

一般來說，軍事強人的健康，一旦發生了問題，就會造成政治動搖的局面。好在齊洛五年來的統治，已經立下了基礎，只要他患的不是不治之症，倒還不至於有什麼問題。

我看了這則新聞，想起多年前那個莫名其妙的人打給我的電話，正是自瑞士的一個小鎮上打出來的。不過我只是想到了這一點，也未曾對兩件事做出任何的聯繫來，看過就算了。

更巧的是，半個月後，忽然有一個看來是歐亞混血兒，身形頎長，十分美貌的女子，登門造訪，我請她進來，她自我介紹道：「我的名字是海文，在一個聯合國兒童機構中擔任翻譯員，那個機構是在瑞士設立總部的。」

我「哦哦」地應著，可以肯定，我以前從來也未曾見過這位海文小姐，我也不知道她來幹什麼。

海文坐了下來，坐的姿勢十分優雅，一望而知，她是受過良好的教育，她望著我，道：「我受了一個人的委託，交給你一點東西。」

海文一面說，一面打開她的手袋，取出了一個小小的牛皮紙信封來。

我仍然莫名其妙，接過了信封，望著她，她有點抱歉似地笑了一下：「這位朋友叫丘倫。」

一聽到丘倫這個名字，我立時「哈」地一聲：「是他，他可好麼？」

海文美麗的臉龐上，現出了一絲陰影，聲音也變得低沉：「但願他好。」

我吃了一驚，這種回答，往往是包藏著凶耗的，我趕忙說道：「他——」

海文略側過頭去：「他死了。」

丘倫死了！

我呆了一呆，一時之間，說不出話來。

海文又道：「他死了很久了，法醫估計，至少已有五年之久，可是他的屍體，直到最近才被發現。屍體被埋在一處森林中，由於埋得不夠深，在一場大雨之後，泥土遭到沖刷，露出了他的骸骨。」

我心中充滿了疑惑：「是謀殺？」

海文道：「是，警方是那樣說，他身上的衣服，全腐爛了，後腦骨有遭過重擊留下的傷痕，法醫說，那是他致死的原因——」

海文講到這裏，我已經忍不住揮著手，打斷了她的話頭：「等一等，在這樣的情形下，你如何獲得他的遺物的？」

海文低下頭去，道：「在他死之前，我才和他相識不久，和他有幾次約會，在他的內衣袋中，藏著一張小紙條，是我寫信給他的地址，和一個號碼，警方發現了他的骸骨之後，根據地址找到了我。」

我皺著眉，心頭疑雲陡生，丘倫是我的好朋友，他不明不白地叫人給謀殺了，這件事，我可不能不管。

我在想著，海文小姐低嘆了一聲：「難怪自那次約會之後，他再也沒有來找過我，原來我們在分手之後，他已經遭到了不幸，唉！真想不到，他其實是一個十分可愛的人。」

我問道：「小姐，你剛才還提及一個號碼？」

海文道：「是的，經過警方調查，那個號碼，是當地一個小鎮的公共汽車站儲物箱的號碼。一追查，由於那個儲物箱久未有人開啟，站方早已開了，將箱中的東西取了出來，另作保管，就是你手上的那紙袋，其中有一張紙條，請你看看。」

我忙打開紙袋，看到紙袋中，有不少照片。我來不及看照片，先取出了那張紙條來，紙條上龍飛鳳舞般寫著草字：「如果我有任何不幸，請將這些照片，交給衛斯理先生，他的地址是——」

我抬頭向海文望去，海文道：「恰好我有一個假期，而我又早就想到東方來旅行，所以，我就將這東西，帶來給你。」

我忙又取出照片來，照片一共有十多張，看起來，有點莫名其妙之感，照片上所拍的，是兩個人，挾著一個人上一輛車子的情形，全部過程可以連貫起來。但拍攝之際，顯然十分匆忙，有點模糊不清，最後幾張，距離相當遠，是那輛車子已絕塵而去的情景，而那輛車子，則是一輛高爾夫球場中用的車子。

我抬起頭，道：「這些照片，是什麼意思？」

海文道：「我也不知道。不過，那天丘倫的表現非常怪。他本來就是一個怪人。那天，我在湖邊，背對著他，感到他已經來到了我身後，可是忽然之間，他卻怪叫了起來──」

海文小姐接下來所講的事，在開頭已經敘述過了。我聽海文的敘述，指著照片：「這樣說來，他認為那個被帶上車的人，是齊洛將軍。」

海文作了一個無可奈何的神情：「看來，的確是這樣。」

我心中的疑惑更甚：「看來他還十分認真，因為事後，可能就在當天，他叫了一個不知道什麼人，打電話將這件事告訴我。」

海文睜大了眼，我又道：「他以後的行蹤，你不清楚？」

海文道：「不清楚，當時我十分憤怒，頭也不回就上了一輛在公路上馳過的車子，離開了。」

我又問道：「他的屍體被發現之後，當地警方難道沒有調查他的行蹤？」

海文說道：「事件發生太久了，完全沒有法子調查，只好不了了之。」

我再看那幾張照片，心中思潮起伏。我想到的第一個問題是，這種車子，並不適宜於長途行駛，一定就在附近，可以找到答案。從這幾張照片的情形看來，丘倫分明是一面奔跑，一面拍攝下來的，那麼，他是在追那輛車子！人的奔跑速度，當然比不上車輛的速度，丘倫追到後來，可能停了下來，但是他一定已看清了車子是駛到什麼地方去的。

他結果被人在後腦以重物撞擊致死，那麼，他要去的地方，可能就是他致死的所在。

這其間的經過，只要通過簡單的推理，就可以找出來龍去脈，但是問題是：是什麼原因導致他被謀殺呢？

我想了片刻，道：「小姐，拍攝這些照片的正確地點是在……」

海文道：「是在瑞士西部的一個小湖邊，那個小湖，鄰近勒曼鎮。那是一個只有幾十口人的小鎮，是渡假的好地方。」

我在提出這個問題的時候，心裏已經在盤算，是不是要到丘倫發生意外的地方去一下，調查丘倫的真正死因，海文的話才一出口，我就陡地一怔：「哦，勒曼鎮……勒曼鎮……」

我將這個小鎮的名字唸了兩遍，連忙俯身，在茶几下的報架中，去翻查舊報紙，找到了軍事強人齊洛將軍心臟病到歐洲去就醫的那段新聞，新聞中說得很明白，齊洛將軍將到瑞士西部的勒曼鎮一家療養院中，接受檢查和治療。

海文顯然不知道我在做什麼，用一種訝異的眼光望著我，我在那時，也全然沒有想到什麼，思緒十分混亂，想了片刻，我才道：「這個小鎮的療養院很出名麼？不然，一個國家元首，怎會到那裏去接受治療？」

海文道：「或許吧？早兩個月，有一個美國華爾街的大亨，也到過勒曼鎮。」

我心中又陡地一動：「這個大亨——」

海文道：「叫辛晏士，猶太裔的。」

我深深地吸了一口氣，辛晏士，就是那個在打高爾夫球時，意外受過輕微損傷的大亨！

我隱隱地感到幾件事之間，可能有著某種聯繫。但其間究竟是什麼聯繫，我卻一時之間也想不出來。海文小姐站了起來：「丘倫要將這幾張照片給你，是因為那可能和他的死因有關？」

我又看了那些照片一眼：「海文小姐，當時，他一定是感到事情非常特別，所以才會不顧你，而去追查他認為特別的事情的，而他遇害的日期，很可能就在你們分手的那一天，或者，遲上一、兩天，總之就在那幾天之內，這些照片，無疑是極重要的線索。」

海文遲疑道：「隔了那麼多年，還能查得到？」

我指著照片：「我想可以的，你看，這幾個人的樣子，拍得很清楚——」

我說到了一半，陡然停止，雙眼有點發直，我立時向海文看了一眼，看到她的神情也很古怪。我知道在那一剎那間，我們都發現了在照片上，被人抓上車的那個人，看來和報上齊洛將軍的相片，十分近似，簡直就像是同一個人。

海文恢復鎮定，低呼了一聲：「天，丘倫沒有看錯。」

我用力搖著頭：「兩個相似的人，不算是特別。」

海文指著報紙，說道：「可是齊洛將軍一有了病，哪裏都不去，偏偏到勒曼鎮的療養院去，這就有點特別了。」

她說得對，的確有點特別，看來，我是非到那個小鎮上去走一遭不可了。

我道：「我到那裏去看看，希望你有一個快樂的假期，調查丘倫死因的事交給我好了。」

海文小姐皺眉道：「好，我的假期是兩星期，如果我渡假完畢，你還在瑞士，我們還可以相見。」

我道：「希望這樣。」

海文很有禮貌地告辭，我送她到門口去之後，回到客廳，再仔細比較照片上的那個人和報上齊洛將軍的相片，越來越覺得兩人近似。

半小時後，白素回來，我將海文來訪的經過，說給她聽，白素呆了半晌：

「那個電話！丘倫是十分認真的，所以他才叫人打電話來。」

我苦笑：「他也真是，既然認真，就該自己打電話來，隨便拉了一個人，沒頭沒腦的，來一個電話，叫我怎麼處理？」

白素道：「他人都死了，你還埋怨他？」

我思緒十分亂，一時之間，理不出一個頭緒來，丘倫的死是一個事實，他是為什麼死的？是不是因為他發現了什麼驚人的秘密，所以才導致死亡？他發現的秘密又是什麼呢？是他發現了一個軍事強人，有一個替身？

如果是那樣的話，那麼他涉及了一些重大的政治陰謀了，我是不是應該去蹚這樣的渾水呢？

在我思索間，白素低聲道：「無論如何，你總應該到那療養院去一次。」

我吸了一口氣：「我也這樣想，不過事情是不是和療養院有關，我也無法確定——只好到了那邊，再走一步看一步了。」

白素點頭表示同意，她忽然說道：「晚報上的消息說，我們的一個朋友，因為心臟病猝發，進了醫院。」

我「啊」地一聲，一個人因為心臟病而進醫院，而能在報上有報導的，這個人自然是大人物了，我忙問道：「這個人是誰？」

白素道：「陶啟泉。」

第三部：「我不想死！」

陶啟泉！

各位對於這位陶先生一定不陌生，他曾因為「風水」，和我認識，我又曾向他借過兩百萬美金，拿了這筆錢去買了一塊「木炭」，他算是一個十分有趣的人。

陶啟泉是亞洲有數的巨富，正當壯年，他掌握著無數機構，財富分佈世界各地，舉足輕重，是亞洲金融界一個最重要的人物。

這樣的一個大人物，心臟病發進了醫院，當然是一件十分重要的新聞了。

我忙問道：「報上怎麼說？」

白素道：「並不很詳細，只說是十分嚴重。」

我道：「陶啟泉今年多大了？」

白素道：「五十才出頭，不過，疾病和年齡之間，其實是沒有關係的。」

我來回走了幾步，拿起電話來，打到一家銀行去。這家銀行，也是陶啟泉屬下的企業之一，副董事長姓楊，我曾見過幾次，是陶啟泉在本市的得力親信之一。

陶啟泉是這樣的大人物，因之即使要和他的手下通一個電話，也不是容易的事情。接聽電話的秘書，先說楊副董事長沒空，正在開會，等到我報上了姓名，又經過幾重轉折，才算聽到了楊副董事長的聲音。

他的聲音聽來極其焦躁：「衛先生，你好。唉！真不幸，陶先生——」

我吃了一驚：「怎麼？陶先生的病情——」

楊副董事長道：「我才從醫院回來，會診的醫生說，那是一種先天性的心臟病，已經到了十分嚴重的階段，唉！真不知道怎麼辦才好。」

我的心向下沉了一沉，如果會診的醫生那樣說，那真是凶多吉少了，我問道：「他以前好像沒有心臟病的跡象？」

楊回答道：「怎麼沒有，我們一直勸他多休息點，多注意身體，可是有什麼辦法，他那麼忙，進醫院之前，他還在主持一個會議，提出要買紐約長島一幢大廈的計劃，就是在會議中，他昏過去，送醫院的。」

我不禁苦笑，事業的成功，是世界上每一個人都追求的目標，可是成功的事業，卻像是一具沉重的枷鎖一樣，緊扣在成功人士的脖子上，想要擺脫，簡直是沒有可能的事，只有無休止地為它服務下去，到後來，究竟是為了什麼，只怕所有成功人士，沒有一個可以回答得出來。

陶啟泉的情形就是那樣。任何人都會想：如果我有他那麼多財產，我一定會什麼都不做，好好享受一下。只有他自己才知道，他根本無法有半分鐘自己的時間，在睡眠之中，也會為了事業上的得失而驚醒。也許，只有死亡，才能使他這一類型的人，獲得真正的安息。

我吸了一口氣：「我想去看他，他住在什麼醫院？」

楊副董事長告訴了我那家醫院的名稱，並且告訴我，醫生限制他接見探訪者，我如果要去見他，還得他本人堅持才行。

我道：「你放心，只要他神智清醒的話，一定會見我。當然，為了使我不必浪費時間等候，你是不是可以先替我安排呢？」

楊副董事長道：「當然可以，我也要去見他——等一等，有電話來，是醫院打來的。」

我聽到他在聽另一個電話，不斷地在說：「是，是，我立刻來，衛斯理先生才和我通話，他也要來見你，好的，我接他一起來。」

我聽得他那樣說，知道他是和陶啟泉在通話，果然，他的聲音又響起：「我們在醫院門口見，先到先等。」

我放下電話，和白素互望了一眼。

白素苦笑了一下：「一個億萬富翁在面臨死亡之際，心情不知是怎樣的？」

我的聲音，十分低沉：「在每一個人的心目中，自己的生命最重要，乞丐和億萬富翁，未必見得有什麼分別。」

白素又嘆了一聲：「那也未必，世界上有很多人，很勇於結束自己的生命。」

我道：「在四十二億人中，這種人，畢竟是極少數。」

我駕車直赴醫院。那是一家極出名的私立醫院，以昂貴和豪奢著稱。當然，昂貴是對普通人而言，對陶啟泉這樣的豪富來說，隨便一高興，就可以買下一百座這樣的醫院，而絕不皺眉。

在醫院建築物的門口，等了大約五分鐘，在這五分鐘之內，我看到不少財界的大亨，自他們豪華的座車中，匆匆下來，走進醫院。這些人，雖然全是著名的豪富，但幾乎全是陶啟泉的手下，或者是在生意來往上要依靠陶啟泉支援的。

楊副董事長來的時候，有幾個人和他打招呼，他一看到了我，就拉住了我的手：「快上去。」

看到了這種陣仗，我也不禁有點緊張，低聲道：「已經不行了？為什麼召集那麼多人？」

楊副董事長做了一個無可奈何的神情，我們一起乘搭電梯，到達頂樓的特別病房。一出電梯，那種豪奢的佈置，無論如何叫你想不到這是一家醫院。一個足有一百平方公尺的大堂，頂上全是玻璃，是一個大溫室，種滿了花卉，好讓病人見到陽光。

在那個大堂中，聚集了不少人，全是各行各業的大亨，但是那些大亨，顯然未曾得蒙陶啟泉接見的榮幸，他們只是在大堂中或坐或立，在低聲交談著。

我和楊直穿過大堂，來到一扇自動門之前，門前有兩個大漢守著，見到了楊副董事長，立時按鈕打開了門，門內又是一個小客廳，也有幾個人坐著，我認得其中至少有三個是大銀行的總裁級人物。

經過那小客廳，是一條走廊，要一直走到走廊的盡頭，才是另一扇門，一個護士在門口，一看到了我們，打開門，我和楊走了進去。

門內是一間極大的房間，幾乎每一個角落，都放滿了鮮花。一張病床上，躺著陶啟泉。

看到他躺在床上，我不禁興出了一股悲哀之感。一個人，不論他的地位多麼高，財富多麼雄厚，當他躺下來的時候，他不可能躺在兩張床上，他還是跟任何人一樣，只是躺在一張床上。

在床前，有兩個醫生，正在治理著陶啟泉，有不少我叫不出名堂來的醫療儀器。陶啟泉的臉色看來極蒼白。以前我看到他之際，他總給人以一股充滿了活力的感覺，但如今，活力顯然正在遠離他。

房間中已經有六、七個人在，我約略看了一下，就可認出他們的身分，大抵和楊副董事長相同，全是陶啟泉在事業上最得力、親信的人物。

陶啟泉的眼珠轉動著，一個護士搖起了病床的上半截，使陶啟泉維持著半躺的姿勢。一個醫生取下了套在陶啟泉口上的氧氣罩：「慢慢說，別超過半小時——」

醫生的話還未曾說完，陶啟泉已陡地一揮手，他的動作十分粗暴，語音也帶著極度的不耐煩：「那有什麼不同？我反正快死了。」

床邊的兩個醫生只好苦笑，陶啟泉望向房中的各人：「現在我還沒有死，你們過來。」

所有的人全都急急走向床邊，我沒有巴結陶啟泉的必要，所以仍留在離門口不遠處，兩個醫生已被擠得退到我的身邊。我低聲道：「他的情形怎樣？」

兩個醫生相視苦笑，其中一個低聲道：「在最好的療養下，他的心臟機能，大約還可以維持十五天到二十天左右，然後——」

醫生的聲音極低，病房之中，各人來到了病床前，變得十分靜，所以陶啟泉的聲音，聽來反倒十分粗壯，他幾乎是在嚷叫：「醫生說我快死了，我不想死，一點也不想死。」

我吸了一口氣，不由自主，閉上了眼睛一會兒。陶啟泉的那兩句話，簡直是在哀鳴。他不想死，一點也不想死，可是他的心臟機能，只能維持十五天到二十天了，他還有什麼辦法？

在陶啟泉的話之後，病床邊上，響起了一陣嗡嗡聲，大抵是「你不會死的」、「吉人自有天相」之類不著邊際的話。

陶啟泉的樣子，顯得很不耐煩，他道：「少廢話，聯絡上巴納德醫生沒有？叫他包一架飛機，立刻來，他是換心手術的權威。」

一個頭髮半禿的中年人忙道：「我們在南非的代表已經和他聯絡上了，他答應來。」

陶啟泉笑了起來，充滿了信心道：「你們不必說什麼，只要我不想死，我就不會死。」

病床邊立時又響起了一陣附和聲，彷彿真的陶啟泉不想死，他就不會死一樣。我向身邊的兩個醫生望去，那兩個醫生現出一種無可奈何的悲哀，在搖著頭。我有相當多的問題想問那兩個醫生，但是在這個時刻，顯然並不適宜，所以我忍住了沒有說。

陶啟泉又叫著一個人的名字：「我想做什麼，總做得成的，是不是？那一年，全世界沒有人相信我可以收購委內瑞拉的大油田，可是我們是怎麼成功的？」

那個人一臉精悍之色，說道：「錢，有錢，什麼事情都能做得到！」

陶啟泉得意地笑了起來：「對，有錢，什麼事都可以做得到，可以買到生命。我有錢，我不會死，一億美金延長一天生命，我可以活到兩百歲。」

在我身邊一個比較年輕的醫生，用極低的聲音道：「他的心態已經到了極不正常的地步，真可憐。」

我向那醫生望去，和他打了一個手勢，示意他和我一起離開病房一會兒，可是就在這時，陶啟泉忽然叫了起來：「衛斯理，你怎麼不過來？」

我當然不能不理他，於是我一面向病床走去，一面道：「我想你可能有很多重要的話要吩咐，所以不想來打擾你。」

陶啟泉有點惱怒：「放屁！這是什麼話，我有話要吩咐他們，有的是時間，何必急在一時？過來，我們來聊聊。」

一個人，在病重之際，對自己的生命仍然充滿了信心，這當然是一件好事。可是陶啟泉的信心，卻不是很正常。因為他的信心，完全寄託在他有錢這一點上。而事實上，即使肯花一億美金，也不可能換取一天的生命。

死亡是人的最終途徑，也是最公平的安排，任何人都不可避免，與有錢、沒有錢，並沒有直接的關係。

當我想到這一點的時候，我覺得，做為一個朋友，雖然這是極不愉快的事，但是我還是非做不可，我叫著他的英文名字：「你應該勇敢一些，接受事實，現在不是閑聊的時候。」

我用這樣兩句話，來做為我所要講的話的開始，自以為已經十分得體了，可是，陶啟泉一聽之下，面色立時變得極其難看。

而在病床旁的所有人，臉色也在剎那之間，變得比陶啟泉更難看，其中兩個，向我怒目而視，看他們的樣子，若不是久已未曾打人，一定會向我揮拳了。他們那種憤然的神情，表示了他們對陶啟泉這個大老闆的極度忠心，一副陶啟泉是原子彈都炸不死的樣子。

我不理會這些人，又道：「醫生的診斷結果，想來你也知道了，趁你還能處理事情——」

我才講到這裏，那兩個人之一已經衝著我吼叫道：「住口！陶先生的健康，絕沒有問題。」

我感到極度的厭惡，道：「這是你說的，醫生的意見和你不同。」

那人道：「醫生算什麼，陶先生——」

我一下子打斷了那人的話頭，直視著陶啟泉：「你是相信醫生的話，還是相信這種人的話？」

陶啟泉急促地喘著氣，他的神態，在剎那之間，變得極其疲倦，他揚起手來，緩緩地揮著：「出去，你們全出去。」

所有的人都遲疑著，陶啟泉提高了聲音，叫道：「全出去，我要和衛斯理單獨談。」

他在這樣叫的時候，臉色發青，看來十分可怖，呼吸也變得急促而不順暢，一個醫生忙走了過來，推開了兩個在病床邊的人，將氧氣面罩套在他的臉上，同時，揮手令眾人離去。

所有的人互望了一下，一起退了出去，病房中只剩下了兩個醫生、我和陶啟泉，兩個醫生也要離去，但是我出聲請他們留下來。

就著氧氣罩大約呼吸了三分鐘，陶啟泉的臉色才漸漸恢復了正常，他推開了醫生的手，聲音仍然很微弱：「衛，巴納德醫生一到，我就可以有救了。我知道我的心臟，維持不了多少天，但是還有足夠的時間，可以換上一個健全的心臟。」

我吸了一口氣：「關於這一點，我們要聽聽專家的意見。」

我向兩位醫生望去：「像陶先生這樣的情形，換心手術成功的希望是多少？」

年長的那個道：「換心手術十分複雜，首先，要有健全的心臟可供使用——」

我打斷了他的話頭：「這一點不必考慮，陶先生有的是錢，要找一個健全的心臟供他替換，並不是困難的事，我是問有了這樣的心臟之後的事。」

那醫生道：「巴納德醫生已經有過五次以上進行換心手術的經驗，這間醫院的設備，也可以進行手術而有餘，但是心臟移植手術最大的問題是排斥現象。」

陶啟泉立即道：「可是已經有成功的例子。」

那年長的醫生轉過頭去，不出聲。年輕的那個道：「陶先生所謂成功的例子，實在是不樂觀的。在排斥現象未曾徹底解決之前，經過心臟移植手術的人，活下來的最短紀錄是兩天，最長紀錄，也不超過兩年。」

陶啟泉的面肉抽搐，神情變得難看到了極點。

那年輕的醫生本來是不敢向陶啟泉講到這一問題的，但是一有了開始，他也變得沒有忌憚了：「就算有兩年壽命，在這兩年之中，還要不斷進行抵制排斥的手術，而換心人本身，幾乎不能進行任何活動，這已經是可以預見的最好情形了。」

陶啟泉的嘴唇顫動著，想講什麼，可是卻沒有聲音發出來。

眼前的這種情景，實在是十分殘忍，面對著一個將死的人來討論他的死亡時間！陶啟泉已經算是一個十分堅強的人，所以他才能忍受，換了別人，根本無法忍受這樣的討論。

我在這樣的情形下，只好道：「做最樂觀的估計，兩年也是好的。醫學進步神速，在兩年之後，可能會有新的技術出現。」

陶啟泉苦笑了一下：「衛，連你也用空頭話來安慰我？」

我忙說道：「我講的不是空頭話，事實上，除了接受換心手術以外，沒有旁的方法，可以使你活下去。」

在那一剎那間，陶啟泉的臉上，現出了一種極度深刻的悲哀神情來，他不住喃喃地道：「我不想死，我真的不想死，只要我能活下去，不論要花多大代價——」

他講到這裏，身子不由自主發起抖來，我用力按住了他的肩，想使他鎮定一些，但當然一點作用也沒有，他仍是劇烈地發著抖，而且臉色又開始發青。

醫生連忙又給他呼吸氧氣，在經過了兩分鐘之後，他才嘆了一聲：「衛，你可知道我今年才五十四歲，如果再有三十年——」

我嘆了一聲，道：「這是無可奈何的事，古往今來，不知道有多少人的情形和你一樣。」

那年長的醫生道：「我看巴納德醫生明天就可以到，等他到了再共同研究一下。」

陶啟泉像是一個小孩一樣，抓住了我的手：「我要活下去，我一直相信金錢能創造奇蹟，我一直相信，真的一直相信。」

我實在想不出用什麼話來安慰他，只好輕輕拍著他的手背。陶啟泉望向醫生：「給我注射鎮靜劑，我不想清醒，清醒，會想很多事，太痛苦了。」

醫生苦笑道：「真對不起，你心臟如今的情形極差，鎮靜劑會增加本來已不堪負荷的心臟的負擔，所以——」

陶啟泉喃喃地道：「我是世界上最痛苦的人，誰也不會比我更痛苦了。不必等巴納德醫生，先去給我找一顆健全的心臟來。」

我退到門口，打開門，向等在門口的那些人傳達了陶啟泉的命令，門外傳來轟然的答應聲。我不知道這些人要用什麼方法去找，但他們有的是錢，應該可以找得到可供移植的心臟。

當我又回到病房中，我的心中十分躊躇。我來了，在這樣的情形下，自然無法離陶啟泉而去，但如果我不走，陪他在這裏，又實在沒有什麼好說的，我是離去，還是留下來呢？

陶啟泉顯然看出了我的猶豫，他道：「衛，留下來陪陪我，老實說，你是我唯一的朋友，叫他們走吧，我要見他們，自然會通知他們的。」

我又去傳達了陶啟泉的這個命令，來到病床的沙發上，坐下。醫生和護士不斷進出，我撿些輕鬆的話題來說著。到了午夜時分，陶啟泉睡著了。

兩個醫生仍然在當值，護士也保持著清醒，我十分睏倦，歪在沙發上，朦朧地正要睡過去，聽到兩個醫生低聲交談，才又睜開眼來。一個醫生看到我醒了，道：「衛先生，這件事，請你決定一下。」

醫生的神情很凝重，我還未及問是什麼事，他又道：「有一個人，自稱是巴納德醫生的代表，堅持要求見陶先生，說是有重要的話要和陶先生說，是不是要叫醒陶先生，還是等明天？」

我看著陶啟泉，他雖然睡著，可是緊皺著眉，神情相當苦楚，既然巴納德醫生派了代表來，我想他一定極其想見這位代表，因為他將所有的希望，全部寄託在這位可以替他進行心臟移植的醫生了。所以，我點了點頭：「好，請他進來，我來叫醒他。」

醫生搖了搖頭，嘆了一聲，轉身向外走去，到了門口，略停了停，又轉回身來，再搖了搖頭，嘴唇掀動，喃喃地說了一句什麼，在這時候，我實在忍不住了，自從陶啟泉病發起，這個問題已存在我心中很久了。我向醫生作了一個手勢，示意我有話要問他，然後，向他走過去，來到了他的身邊，壓低了聲音：

「醫生，問你一個問題。」

醫生的神情有點悲哀，像是早已知道我要問的是什麼問題一樣，他也壓低了聲音：「請問。」

我再將聲音壓得更低，這可能是我自己根本不願意問，也可能是我自己早已知道了這個問題的答案之故。

我道：「陶先生，他是不是完全沒有希望了？」

醫生苦澀地笑了一下：「這是明知故問。」

我的呼吸有點急促，語音乾澀：「連巴納德醫生的換心手術也不能挽救他？」

醫生作了一個手勢，我不知道他這個手勢是什麼意思，但是他那種無助的神情，卻說明了他的心情。他道：「巴納德醫生是一個傑出的外科醫生，不過事實上，自從有了第一次之後，心臟移植已經不算是最繁複的外科手術了。我們醫院中，幾個醫生都可以做得出來，問題是在移植之後的排斥現象，陶先生他……不可能活很久，而且就算活著，也是在極度不適和苦痛之中。」

我靜靜地聽著，又望了陶啟泉一眼。死亡本來不是什麼悲劇，任何人皆無法避免。但是死亡發生在陶啟泉這樣人的身上，無疑是一個悲劇，而且，他是那樣想活下去，一點也不肯接受死亡的事實，堅信金錢可以買回他的生命。

他的這種「信念」是一定會幻滅的。當那一刻來臨之際，他所感受到的痛苦，就萬倍於死亡本身。

我又低低嘆了一聲，作了一個無可奈何的手勢：「沒有法子了，請巴納德醫生的代表進來吧。」

醫生搖著頭，走了出去，我來到病床前，先將手按在陶啟泉的額上，我的手才碰上去，陶啟泉整個人陡地跳了一下，他甚至還沒有睜開眼來，就已經以嘶啞的聲音叫道：「我不會死，我會活下去。」

我清了清喉嚨：「有人要來看你——」

他睜開眼來，眼中是一股極度惘然的神色，我把話接下去：「巴納德醫生的代表來了。」

他一聽之下，發出了「啊」的一聲，道：「好，終於來了，在哪裏？人呢？」

我按了一下床邊的鈕掣，使得病床的一端，略仰起了一些：「醫生去請他進來了——」

講到這裏，我頓了一頓：「其實，每一個人，都會死的。」

陶啟泉一副又怒又驚的神色：「我當然知道，可是我還不到死的時候，我至少還要活二十年，不，三十年，或者更多。」

他在講著連他自己也不相信的話，這種情形，實在令人感到悲哀，本來，我可以完全不講下去，就讓他自己騙自己，繼續騙到死亡來臨好了。

我多少有點死心眼，而且我覺得，一個人在臨死之前還這樣自己騙自己，這是一件又悲哀又滑稽的事情，這樣的事情，不應該發生在像陶啟泉這樣傑出的成功人物身上的。

所以，我幾乎連停都沒有停，就道：「不，你不會再活那麼久，你很快就會死，死亡可能比你想像之中，來得更快。」

我的話才一出口，陶啟泉顯然被我激怒了，他蒼白的臉上，陡地現出了一種異樣的紅色，我真怕他忍受不了刺激和憤怒，就此一命嗚呼。他揮著拳，想要打我。可是即使他憤怒和激動，他揮拳無力，蒼白的臉上現出異樣的紅暈，也使人可以感到，這是一個垂死的人。

我伸過手去，握住了他揮動著的拳頭，用極其誠懇的語音道：「你聽著，人死了不算什麼，我堅決相信，人有靈魂，靈魂不滅，比一具日趨衰老的軀體可貴得多，你不該幻想自己的肉體一直可以維持不老，應該向更遠的將來想想。」

陶啟泉顯得更憤怒，用力掙開了我的手：「廢話，什麼靈魂！」

我還想進一步向他解釋一下，他又用那種嘶啞的聲音叫了起來：「我要軀體，我的身體給我一切享受，你能用靈魂去咀嚼鮮嫩的牛肉嗎？能用靈魂去擁抱心愛的女人嗎？能用靈魂體會上好絲質衣服貼在身體上的那種舒服感嗎？」

我想要打斷他的話，可是他說得激動而又快速，忽然又連續地笑起來：「衛斯理，我發現你不去做傳教士，實在太可惜了。」

我苦笑，再要向他解釋人類有文明以來，宗教和靈魂的關係，那實在說來話太長了，長到了他有限的生命，可能根本不夠時間去聽的程度，更不要說領悟到其中的真正含義了。

我正在想，該如何繼續我和他之間的談話之際，門推開，醫生走進來，在他的後面，跟著一個身形相當高，相當瘦削，雙目炯炯有神，有著一個又高又尖削的鼻子的西方人。

那個人，給人的第一眼印象，是一個十分精明能幹的人，而他的行動，也表明了這一點。他一進來，幾乎沒有浪費一秒鐘的時間，就直趨病床之前：「陶先生，我叫羅克，是巴納德醫生的私人代表。」

陶啟泉怔了一怔：「我不知道巴納德醫生還有私人代表。」

那個人——羅克——將陶啟泉當做小孩子一樣，伸手在他的頭上拍了一下：「你有很多不知道的事情，太多了。」

換了任何人，或是在任何環境之下，陶啟泉若是受到了這樣的待遇（雖然這樣的可能性極少），他一定會勃然大怒。這時，陶啟泉也怔了一怔，可是卻沒有發作，只是悶哼了一下。

羅克坐了下來，直視著陶啟泉：「關於如何使你的生命延續下去，我有話要和你說。」

陶啟泉震動了一下，直了直身子，想要開口，但是羅克立時作了一個手勢，不讓他有開口的機會，說道：「這是我和你兩個人之間的事。」

他一面說著，一面轉過頭，向我和醫生望過來。

從羅克一出現開始，我不知道為什麼，就一點也不喜歡他這個人。我可以肯定，我以前從來也沒有見過羅克，可是奇怪的是，我好像對他有一定的印象。這種模糊的印象，是來自他那高而尖削的鼻子。

我在什麼時候，什麼地方，見過一個長著這種高而尖削的鼻子的西方人？

我正在想著這一點，所以對羅克的話，並沒有怎麼在意，雖然我在聽了他的話後，也明白他一講那句話就向我望過來的用意，但是由於我在沉思，所以我的反應比平時略慢了些。

所謂「反應慢」，其實也不過是一秒鐘之內的事，可是羅克居然就不耐煩了，他發出了一下冷笑聲：「我以為我的暗示已經夠明顯了。」

醫生在那剎那間，顯得十分尷尬，忙轉身向門外走去，我也站了起來。

我雖然站了起來，可是卻並沒有離去的意思，只是望著陶啟泉。

我之所以不想離開，是因為羅克根本是一個陌生人。他自稱是巴納德醫生的「私人代表」，可是卻根本沒有拿出任何證明來。讓一個這樣的陌生人，單獨和陶啟泉相處，無論如何不是恰當的事。

陶啟泉也忙道：「不論我們討論什麼事，衛先生都可以在場，他是我最好的朋友。」

羅克用一種極度嘲弄的口吻道：「好朋友？好到什麼程度？」

陶啟泉連想也不想：「好到了他可以向我直接指出，我活不久了的程度。」

羅克像是聽到了什麼最好笑的笑話一樣，哈哈大笑了起來。他笑得十分放肆，而且，笑聲是突然之間停下來的。他直指著陶啟泉：「聽著，你我之間的談話，只有你和我才能參與——」

他雙手用力向外一揚，繼續道：「沒有任何第三者可以參與，沒有任何第三者！」

陶啟泉有點憤怒：「要是我堅持他在場呢？」

羅克道：「那我們就不用再談了。陶先生，你現在需要的，不是好朋友，而是一個能使你活下去的人。」

陶啟泉的臉色十分難看，可是他沒有繼續發怒，而且顯然屈服了，他向我望了一眼，又作了一個手勢。我還是沒有離去的打算，因為我覺得，這個突如其來的羅克，越是堅持要和陶啟泉單獨相對，就越顯得他形跡可疑。

羅克向我望過來，他又笑了起來。這傢伙一面笑，一面道：「你在這裏不走，目的是什麼？保護他？」

我悶哼了一聲，並不回答。

羅克笑得更甚，指著陶啟泉，道：「別忘記，他是一個快死的人，我如果要殺他，根本不必動手，只要走出去，他還能活多久？」

我深深吸了一口氣，心中想，羅克的話是對的。

陶啟泉是一個快要死的人，就算要害他，也沒有什麼可以害的了。羅克最大的作用，至多不過是騙他一些錢而已，陶啟泉的錢實在太多了，就算叫人騙掉一點，又算什麼？我實在沒有必要堅持留在病房之中陪著陶啟泉。

一想到了這一點，我就笑了起來，聳了聳肩，轉身來到門口，拉開了門，又作了一個不在乎的姿態，走出去，將門關上。

第四部：救星？

在我離開了病房之後，羅克和陶啟泉講了一些什麼，我自然不知道了。

當時，我在病房門口，等了大約十分鐘左右，並沒有等到羅克離開，我和醫生說了幾句話，請醫生轉告陶啟泉我回家去了，他如果想見我，可以打電話到我家來找我之後，我就離開了醫院。

陶啟泉沒有打電話找我，當晚沒有，第二天也沒有。我倒著實很記掛他，因為每過一天，他的生命就少一天，而他的生命，是如此的有限。

第二天傍晚，電話鈴響，我拿起電話，聽到了那個醫生的聲音：「衛先生，巴納德醫生到了。」

我「哦」地一聲：「他怎麼說？」

我問「他怎麼說」，自然是指這位出色的外科醫生，對陶啟泉的病情有什麼意見而論。可是那醫生卻答非所問：「他說，他根本沒有什麼私人代表，也從來不認識一個叫羅克的人。」

我呆了一呆，那個羅克，我早知道他有點怪異，不是什麼好路數，我忙道：「那麼陶先生——」

醫生道：「陶先生早已離開醫院了。」

一聽得他這樣說，我不禁叫了起來：「什麼叫做早已離開醫院了？昨天我還和他在一起！」

醫生急急解釋，道：「昨天，你走後，大約又過了半小時，羅克，那個假冒的代表，就走出來，告訴我說陶先生立刻要出院。我對他說那是不可能的事，以陶先生的病情而論，離開醫院，簡直是找死，但是我隨即聽到了陶先生的吼叫聲，他要出院。」

醫生講到這裏，略停了一停：「你應該知道，當陶先生決定要做一件事的時候，是沒有什麼人可以阻止他的行動的。」

我的思緒十分混亂。陶啟泉病情這樣嚴重，可是當他和羅克進行了大約四十分鐘的談話之後，竟然立即要出院了，這是為什麼？

我一點也想不透那是為了什麼，但是我卻隱隱感到事態十分嚴重。

我不由自主喘著氣，道：「他出院之後到哪裏去了？換了一家醫院？」

醫生道：「我不知道，是楊副董事長親自開車來將他接走的。那個羅克，始終和他在一起。」

我呆了極短的時間，心中忍不住咕噥地罵了幾句，放下了電話，我在罵那醫生該死，為什麼陶啟泉出院，他不立刻告訴我，也在罵陶啟泉該死，他要是將我當朋友，也該告訴我一聲。

我放下電話之後，越想越氣，忍不住伸手在桌子上重重拍了一下。

剛好那時，白素從我書房門口經過，她半轉過身來，道：「怎麼啦？」

我道：「全是王八蛋！」

白素笑了一下：「什麼叫全是王八蛋，你也是，我也是？」

我瞪著眼，一點也不覺得好笑：「陶啟泉離開醫院了，也沒人告訴我。」

白素怔了一怔：「啊，他死了？」

我揮著手，道：「不是，誰知道他是死是活。」

白素走了進來，用疑惑的眼光望著我，我將昨天和陶啟泉見面的情形，想勸他，勸到了一半，自稱是巴納德醫生代表的羅克進來，等等情形，向她說了一遍，白素用心聽著。

等到我講完，她才道：「真怪。」

我悶哼一聲：「其實也不怪，臨死的人，都會相信有什麼古怪的方法，可以延長自己的生命，古往今來，沒有多少人肯接受死亡必然來臨的事實。誰知道羅克向他說了些什麼，或許，羅克說海地的巫都教，可以憑邪神的力量治好他的病。哈哈。」

白素並不覺得好笑：「至少，我們該知道他離開醫院之後去了哪裏？」

給白素一提醒，我又拿起電話來，撥了陶啟泉家裏的號碼。陶啟泉的派頭十分大，家裏也有接線生，當我說要找陶啟泉時，接線生的回答是：「對不起，陶先生不在家。」

我有點光火：「什麼叫不在家？他是一個快死的人了，不在醫院就一定在家，把電話接到他床邊去，我是衛斯理，要和他講話。」

接線生的聲音仍然極柔和，柔和得使我有點慚愧剛才對她發脾氣，她道：「真對不起。衛先生，我無法照你的吩咐去做，他真是不在家。」

我道：「那麼，他在哪裏？」

接線生道：「不知道。有很多人來找過他，都不知道他在哪裏。」

我放下電話，白素道：「打電話給楊副董事長，是他接陶啟泉出院的，他一定知道。」

我正想再拿起電話，電話鈴響了，我立時接聽，卻正是楊副董事長的聲音，我一聽到是他，火直往上冒，大聲道：「陶啟泉上哪裏去了？」

楊的聲音顯得很急促，說道：「我就是為了他的行蹤，才打電話給你的，請你在家等我，我立刻就來。」

我呆了一呆，不知道他在鬧什麼玄虛，而他在講完之後，立時放下電話，我又向白素望去，白素道：「那只好等他來了再說。」

楊副董事長其實不到十分鐘，就已經喘著氣，奔上了樓梯，進入了我的書房，但是這十分鐘，卻等得我焦急萬狀，做了種種設想。

我一看到他，就揮著手：「他究竟到哪裏去了？」

楊忙搖著手：「我不知道。」

我大聲道：「胡說，是你接他出院的，怎麼不知道？」

楊幾乎要哭了出來，一個銀行副董事長忽然有了這樣的表情，實在是一件相當滑稽的事。他道：「是我駕車接他出院的，可是我不知道他在哪裏。」

楊接到陶啟泉的電話，要他立即親自駕車到醫院，接他出院，心中驚疑交集。

陶啟泉的情形極其不妙，這是接近陶啟泉的幾個人全都知道的。連日來，他們為了陶啟泉的生命還有多久，一直在憂心忡忡。因為陶啟泉始終固執地認為他還可以活下去，活很久，所以對於他掌握的集團業務、財產，不肯先做任何安排。

陶啟泉既然如此固執，其餘的人，當然誰也不敢說什麼，只好心中暗自焦急，和盤算著陶啟泉一旦死亡，自己在這個集團之中的地位，會發生什麼樣的變化。尤其像楊副董事長這樣地位的人，更加擔心。因為他知道，陶啟泉的兩個兒子、一個女兒，全是自小驕縱慣了的公子哥兒，如果陶啟泉在臨死之前，沒有一個切實交代的話，那麼，整個財團的承繼權，自然是屬於陶啟泉的兒女。

可是，這三個承繼人，即使在陶啟泉已病到如此嚴重之際，一個還在大西洋擁著金髮美女滑水，一個在巴黎選購時裝，還有一個，在蒙地卡羅的賭場中已經有一個多月了，楊副董事長經手匯出去給他的現金，已超過了三百萬美元。

當楊副董事長駕著車，進入醫院之際，他在想：陶啟泉是不是要開始利用他有限的幾天，做最後的交代呢？他甚至想到，陶啟泉其實大可以不必出院的，只要將最親近的幾個人叫來，再叫律師來，他可以在病床上，吩咐應該怎麼辦，誰也不會違背他的意志的。

當楊副董事長看到陶啟泉和一個又高又瘦的西方人在一起的時候，他先是怔了一怔，接著，他知道自己料錯了。

陶啟泉臨出院之際，幾個醫生還在竭力反對，可是陶啟泉聽也不聽，臉上呈現著一種異樣的興奮，一下就上了車。

楊副董事長開來的是一輛大車子，車的前、後座之間，有著隔音玻璃的間隔。陶啟泉上了後座，那洋人老實不客氣，也進了後座，坐在陶啟泉的旁邊，於是，楊只好以副董事長之尊，權充司機。

這還不令楊副董事長生氣，反正副董事長也好，總經理也好，在陶啟泉的面前，全是小夥計，沒有大人物。而令得楊生氣，或者說，令得他傷心的是，陶啟泉一上了車，立時按下了一個鈕，將前、後座之間的玻璃隔上。這一來，楊變得聽不到他們在講什麼了。

楊聽到的，只是陶啟泉的吩咐，道：「駛到王子碼頭去，小心點駕車，我還不想死。」

楊可以肯定，陶啟泉的聲音，顯得十分愉快。這種愉快的聲調，和他臉上那種興奮的神情相配合。楊副董事長在記憶之中，陶啟泉好像從來也沒有那樣高興過。只有一次，幾年前，陶啟泉在經過了激烈的競爭之後，將一個歐洲財團打得幾乎破產，而令他的財產，又增加了一百億美元以上時，才約略有過這樣的神情。

楊副董事長不知道發生了什麼事，他只是將車子駛到了碼頭，那大約是三十分鐘的路程。

王子碼頭是一個專供遊艇停泊的碼頭。不是假日，天氣又不好，顯得相當冷清。

楊副董事長才停了車，就看到後座車門打開，陶啟泉和那又高又瘦的西方人，一起下了車，陶啟泉向他招了招手，楊連忙也下車。

陶啟泉將一盒錄音帶交給了他：「你將這卷錄音帶交給衛斯理，立刻去——不，等到明天，明天傍晚時分，才交給他，不能太早。」

楊接過了錄音帶，十分著急道：「陶先生，你要到哪裏去？」

陶啟泉道：「我要離開一些日子，大概一個月，我會和你們保持聯絡。所有的業務，你可以作主的，先替我作主，作不了主的，等我回來。」

楊副董事長是知道陶啟泉病情的，聽了之後，當時就呆了一呆，失聲道：「離開一個月？」

陶啟泉拍了拍楊的肩，道：「是的，至多一個月，或許不要那麼久。」

楊副董事長覺得在這一剎那間，他不知道還有多少話要說，可是那西方人——當然就是羅克——已經將一艘十分漂亮的遊艇，叫了過來，遊艇泊在碼頭邊上，陶啟泉甚至不要人扶，自己就上了遊艇，羅克也跟了上去。

楊副董事長也想上艇，陶啟泉道：「你回去吧，照我的吩咐做。」

楊副董事長這時，心頭混亂一片，陶啟泉的吩咐，完全不發生法律作用，沒有人可以為他作證，如果陶啟泉一去不回，那麼——

就在楊的紊亂思緒中，那艘外型極美麗的遊艇，已經向外駛去了。

楊無可奈何，只好駕車回去，一直等到今天傍晚，才和我聯絡。

他道：「所以，陶先生去了哪裏，我真的不知道。」

我不等聽楊將經過講完，就已經叫了起來，問道：「那卷錄音帶呢？」

楊立時鄭而重之，取出了錄音帶來，一面還帶著焦慮的神情望著我：「錄音帶的遺囑，在法律上有效麼？」

我道：「去他媽的遺囑！這是他要對我講的話！」

我找出了錄音機，放進了錄音帶，按下鈕掣，立刻就聽到了陶啟泉的聲音。

正如楊所講的一樣，陶啟泉的聲音，聽來顯得十分愉快。一個垂死的人，無論如何矯情，都無法假作出這種愉快的聲音來。

以下，就是錄音帶中，陶啟泉講的話：

「真對不起，衛斯理。我不能讓你知道發生了什麼事，至少暫時不能。不過，你要百分之一百相信我的話，在我身上發生的事，只會對我有利，絕對不會有害，你一定要相信這一點，不可胡思亂想，我知道你是最喜歡胡思亂想的人。所以，你不必自作聰明地採取什麼行動，你如果那樣做的話，只會害我，絕對幫不了我，我們是好朋友，你可以說是我唯一的朋友。如果我真的很快會死，你在醫院中對我講的那些話，很有幫助，可是如今情形不同了，我絕對可以得救，你等著我的好消息，千萬不要為我做什麼，什麼也不必做。」

錄音帶上，陶啟泉的話，就是這些。

他用的字眼，如「自作聰明、胡思亂想」等等，對我的自尊心，多少有點傷害，但是那毫無疑問，是陶啟泉親口所說的話。

我又重放了一遍，一心想在其中聽出點隱語來，因為據楊副董事長說，羅克和他一起在車後座，那就大有可能，他是在脅迫之下才作這個錄音的。

（想起陶啟泉「自作聰明」的評語，頗有點哭笑不得。）

在又聽了一遍之後，實在聽不出什麼破綻來，白素望著楊，問道：「他上船之前，曾說要離開一個月？」

楊忙道：「是的——」

白素打斷了他的話頭：「他還說，會盡快和你聯繫？」

楊又道：「是，我也不明白他那樣說是什麼意思。」

白素向我望來，我皺著眉，道：「照這樣情形看來，他像是去接受治療，哼，那個羅克，他是什麼人？是一個神醫？」

白素呆了片刻，才道：「羅克是一個十分神秘的人物，他一定是用了極其動聽的話，打動了陶啟泉的心——」

我插嘴道：「要打動一個垂死的人的心，太容易了，只要告訴他有辦法使他活下去就可以了。」

白素不以為然：「那也不容易，陶啟泉是一個極精明的人。」

我冷笑道：「秦始皇不精明麼？他還不是相信了人可以長生不死！」

白素嘆了一聲：「羅克向他說了些什麼呢？」

白素像是自己在問自己，她沒有答案，我自然也沒有答案，白素問了幾次之後，才道：「楊先生，請你安排我們和巴納德醫生見一次面。」

楊副董事長點頭，答應。

和巴納德醫生的見面經過，相當愉快。

巴納德醫生到了，陶啟泉反倒沒有露面，巴納德醫生不免有點耿耿於懷。但是楊副董事長仍然履行了全部承諾，巴納德醫生可以不必做什麼，而獲得豐厚到出乎他意外的報酬，自然耿耿於懷的程度，也就減至最低了。

談話的內容，當然是環繞著人體的健康、心臟病的種種。我是有意要和巴納德醫生見面的，所以，當談話進行到一半時，我就提出了我的問題。

在提出問題之前，我先問了幾個關於心臟移植的問題。由於事先我曾看了不少參考書，所以提出來的問題，相當中肯，看來有點像內行人提出來的，巴納德醫生解答得也很詳細。

等到問題到了心臟移植後的排斥現象之際，巴納德醫生嘆了一聲：「這是最難解決的一環，人體有自然的排斥外來移植體的功能。這種功能本來是起著保護作用的，但是到了如今，反倒成為各種移植手術的最大障礙了。」

我問道：「這種排斥現象，有沒有法子可以補救？」

巴納德醫生攤開手，道：「至少，我和我的同行，已經用盡了方法，排斥現象十分複雜，就算是近血緣親屬的器官移植，有時也會有嚴重的排斥現象。」

我笑著道：「如果是同卵子孿生的人，他們互相之間，是不是可以做器官移植呢？」

巴納德醫生也笑了起來：「理論上應該是可以的，可是卻沒有做過實驗，也沒有什麼雙生子，肯將自己的心臟互相掉換一下來試試看。」

在一旁聽得巴納德醫生這樣講的人，都一起笑了起來。

在笑聲中，巴納德醫生又道：「而且，所謂在理論上可以，也只不過是粗糙的理論而已。人體的結構、組成，實在太微妙了，有許多因素，至今仍不為人所知。譬如說同卵子孿生，當然是兩個人一切結構最接近的典型。但只是接近而已，並不是說完全相同。他們來自同卵子發育，但一定是兩個不同的精子去促成發育的。來自同一人體的精子，每一個都有它獨特的遺傳特性，絕不相同，這便是兄弟姐妹之間，性格可以完全不同的原因。所以，即使是同卵子孿生，是不是可以在器官移植方面，全然不發生排斥現象，也不能肯定。」

我用心聽著他的話，然後又問：「那麼，根據你的意思，是不是重要器官的移植，絕不能挽救一個這個器官已受嚴重傷害的人的生命？」

巴納德醫生吸了一口氣：「這不是我的意思，或者說，這是上帝的意思。」

我苦笑了一下，提出了具體的問題：「你看過陶先生的病歷記錄，請問，如果他進行心臟移植，在最好的情形之下，能夠生存多久？」

巴納德醫生說道：「沒有人知道。」

我道：「請你做一個大略的估計。」

巴納德醫生皺著眉，或許是因為我的問題，不合情理，使他難以回答之故，他遲遲不出聲，過了好一會兒，他才道：「我仍然無法回答你的問題，不過，至今為止，情形最好的換心人，又存活了兩年。」

我深深吸了一口氣，想起了陶啟泉神秘不知去向，和他留給我的那卷錄音帶中所說的話，我作了一個手勢，道：「是不是可以肯定一點，除了你之外，世界上沒有更好的心臟移植專家了？」

巴納德醫生用力揮了一下手，神情也顯得相當嚴肅：「不能這樣說，心臟移植並不是什麼了不起的外科手術。有好設備的醫院，有的外科醫生就可以進行，世界各地，都有成功移植的例子。」

我道：「他們遭遇到的困難，自然也是相同的？」

巴納德醫生道：「當然是。」

我本來的設想是，陶啟泉可能找到了更好的醫生，所以才不要巴納德醫生替他施行手術，悄然離開。但如今看來，這個假設，顯然不能成立了。我只好繼續做另一個假設，陶啟泉循別的途徑，去治療他嚴重的心臟病了。

所以，我又問道：「照陶先生的病情來看，是不是可以有別的醫治方法？」

巴納德醫生不說話，只是搖著頭，過了一會兒，才道：「奇蹟，有時也會發生，但是科學家比較實在，寧願不等奇蹟的發生，而將等待的時間，去做一些實實在在、比較有把握的事。」

我被他諷刺了一下，但當然不以為意，我想再得到肯定的答案，又問道：「像陶先生這樣的病情，是絕對沒有希望的了？」

巴納德醫生望了我半晌，才道：「我已經說過，有時，或者會有奇蹟發生的。」

他說了這句話之後，四面看了一下：「他究竟在什麼地方？為什麼不露面？是沒有勇氣面對他所要接受的噩運？」

一提到了陶啟泉在什麼地方，楊副董事長便連忙過來打岔，岔開了話題。我們又談了一些別的問題，和巴納德醫生的會面，就此結束。

在回家途中，我和白素起先保持著沉默，後來，我忍不住道：「如果我們承認巴納德醫生的專家地位，那麼，陶啟泉是死定了。」

白素嘆了一聲：「人總是要死的。」

我道：「可是他失蹤了，那個自稱是巴納德醫生私人代表的人，究竟在搗什麼鬼？」

白素皺著眉：「不管那個人在搗什麼鬼，陶啟泉總是活不長了。」

我「啊哈」一聲：「白小姐，那可大不相同。陶啟泉是一個極重要的人物，他掌握了數不清的財富，他的一舉一動，可以影響許多人的生活，甚至可以影響國際局勢。」

白素道：「那又怎樣，反正他一定要死。」

我吸了一口氣：「你怎麼沒有想到，如果有什麼人，用一番他肯相信的話，騙得他以為他還可以活下去，而要他答應某些條件的話，他一定肯答應。」

白素的神情更不耐煩：「那又怎樣？」

我學著她的語氣：「那又怎樣？那意味著大量金錢的轉移，意味著經濟上的混亂，意味著許多許多的變化，意味著——」

我還想說下去，白素一揮手，打斷了我的話頭：「說來說去，無非是錢！你應該知道，一個人最寶貴的是他的生命，就算是最吝嗇的守財奴，到了最後關頭，也會願意用他全部的金錢，來換取他的生命。」

我悶哼了一聲：「如果真能用錢來買命，那問題倒簡單了。」

白素道：「我明白你的意思，你是說，陶啟泉可能上當、被騙？」

我點了點頭，白素笑了起來：「我還是那句話，那又怎樣？假設對方，用可以挽救陶啟泉的生命作誘惑，向陶啟泉騙取大量的金錢，而陶啟泉又相信了，那又怎樣？讓他臨死之前，快樂一點，又有什麼不好？」

我想反駁白素的話，可是一時之間，卻想不出什麼話來，只好道：「那，也是一個騙局。」

白素道：「你聽聽陶啟泉錄音帶中的聲音，顯得多麼肯定和快樂，就算是一個騙局，也不必去揭穿它，讓他在最後的時刻中，享受一點快樂好了。」

我無話可說，雖然我仍然覺得整件事，極之不對勁，但是我仍然無話可說。我甚至無法確切地說出整件事究竟不對勁在什麼地方來，總覺得事情的一切過程，有太多不合情理和值得懷疑的地方。

我沒有再說什麼，也沒有什麼可做的，除了等陶啟泉主動和我們聯絡之外。

當然，我也不是什麼都不做，我去調查了一下，調查陶啟泉和那個自稱羅克的人，登上的那艘遊艇，是駛向何處去的。

調查的結果，在向南去的航程中，有幾艘船看到過這樣的一艘遊艇，以相當高的速度向南駛。看到的人，一致對這艘遊艇的速度之高，表示驚訝，由此可知那是一艘性能絕佳的遊艇。

至於那艘遊艇是駛往什麼地方去的，完全沒有人知道。那也就是說，陶啟泉到什麼地方去了，除了他自己和羅克之外，沒有人知道。

白素看我這兩天來，心神不定，她反倒來勸我：「你不是準備去調查一下丘倫的死因麼？他是你的好朋友，應該為他做點事。」

我苦笑了一下：「我在等陶啟泉的消息。」

白素道：「他一有消息，我保證用最快的方法，讓你立刻知道。」

呆等下去，當然不是辦法，我也只好接受白素的提議。因為像丘倫這樣精采的人，不明不白，被人殺了，埋屍在叢林之中，做為他生前的至交，總是該去查詢一下的。

於是，我便將陶啟泉的事暫時拋開，千叮萬囑，要白素一有他的消息，便立時轉告我，然後，啟程到瑞士去。

第五部：企圖隱瞞什麼

我到達勒曼鎮的時候，正是黃昏。駕著租來的車子，迎著夕陽疾駛，路邊風光如畫，賞心悅目。勒曼鎮恬靜寧謐，是一個典型的歐洲小鎮。鎮上總共只有一家旅館，我以為在這樣的小鎮之中，旅館房間是絕不成問題的，所以根本沒有想到預訂房間這回事。

誰知道，當我提著簡單的行李下了車，走進那家已經相當古老的建築物，面對著中年、半禿、相貌敦厚的店主人，表示要一間舒適一點的房間之際，店主人用極其抱歉的神情和語氣對我道：「真對不起，先生，所有的房間，全都租出去了。」

一時之間，我幾乎不能相信自己的耳朵，只是瞪著他，而當他重複了一遍之後，我才發出了「啊」地一聲：「還有別家旅館麼？」

店主人道：「真抱歉，鎮上只有一家旅館。」

我道：「這好像不可能吧，這裏不是旅遊聖地，看起來，你這家店，至少有二十間房間。」

店主人說道：「一共是二十八間。」

我再問一次：「全滿了？」

店主人道：「是的，真抱歉，全滿了，這是從來也沒有過的情形。先生，你知道，我拒絕你，心情就像拒絕一個老朋友想來住宿一樣難過。」

這令我大是躊躇，我該到什麼地方去住宿？或許，可以在車子中過夜？店主人看出我的神情十分為難，他向我解釋著旅館客滿的原因：「不知是亞洲哪一個國家，來了一位將軍，在附近的醫院中療養。現在我們店中的住客，全是這位將軍的僚屬。」

我「啊」地一聲：「齊洛將軍！」

店主人連聲道：「是，是。」

齊洛將軍在勒曼鎮附近的療養院，這則新聞，我在報上看到過的，想不到這位將軍來治病，有那麼大的排場，我正在考慮，是不是可以請店主人隨便挪一點地方給我住住，便看到有三個亞洲人，自店內走了出來。那三個人一看到了我，就用充滿了敵意的眼光，向我上下打量。

這三個人，我一看他們的樣子，就知道他們一定是齊洛將軍的保安人員，我隨便看了他們一眼，就轉過臉去，對店主人道：「隨便是什麼房間，即使是雜物室也好，我只要——」

我話還沒有講完，便覺得那三個人已經來到了我的身後，而且，他們來得太近了，近到了不是陌生人之間應有的距離。

一隻手搭上了我的肩頭，同時，一個十分粗暴的聲音道：「快走，這間旅館的所有房間，我們全包下了。」

我心中十分惱怒，但是我還維持著鎮定，冷冷地道：「請把你的手拿開，還有，我建議你剪一下指甲，太骯髒了。」

我的話說得十分冷靜，背後那人卻顯然被我激怒了，他按在我肩頭上的手，陡地緊了一緊，變成抓住了我的肩頭，他的兩個同伴連忙叫了一句，用的是他們國家的語言，在叫那人別生事。

可是他同伴的警告，已經來得遲了，就在那人的手指一緊，抓住我的肩頭之際，我的左臂，陡地向後一縮，肘部已經重重撞在那人的肋骨上。

我也不想多生事，不然，我那一撞，至少可以令得他斷兩、三根肋骨。那人發出了一下怒吼聲，我已經疾轉過身來，看到那人的手按在胸前，神情又驚又怒，他的兩個同伴扶住了他，也一臉怒容。

我指著他們：「想打架？還是在這裏奉公守法？」我用的也是他們國家的語言。

那三個人一定以為我是他們國家的人了，一個個狠狠地道：「你要是回去，一下飛機，你就——」

我不等他講完，就打斷了他的話頭說：「歡迎你們在機場等我。」

然後，我側著頭，用不屑的神情望著他們道：「看你們的情形，好像很難保護齊洛的安全。」

那三個人臉色發青，我將行李袋往背上一搭，迎著他們走過去，三個人忙不迭地後退，我來到旅館門口，又轉過頭來，大聲道：「別忘了剪指甲。」

那個被我撞了一肘的人，還想追出來，可是被他兩個同伴拉住了。

我出了旅館，這種小衝突，我不會放在心上，不過找不到旅館，總不是愉快的事。我上了車，緩緩駛著。向人問明了當地警署的所在地，轉過了兩個街角，就到了警署，大叫了至少有一分鐘，才有一個年輕警員慌慌張張地自後面走了出來。

那警員看到我，怔了怔：「什麼事，先生？」

我道：「我是丘倫的朋友。丘倫，就是不久之前，在森林之中發現了他屍骸的那個死者的名字。」

那警員「哦」地一聲：「是，是！」他仍是一臉疑惑：「你來是……為了什麼？」

我耐著性子：「丘倫死因可疑，是不是被人謀殺的？你們有沒有調查過？」

男警員挺了挺身，道：「當然有，他有可能是被謀殺的。可是，那是五年多前的事情了，完全沒有線索，無法著手調查。」

再有經驗的偵探人員，對於五年前的一件無頭案件，也是無從著手調查的。何況，死者是一個外地來的人，看來當地警方，對這件案子，也不是特別重視。

我搔了搔頭：「我想弄明白他的死因，是不是可以將資料——和這件案子有關的資料，給我看看。」

那年輕警員一口答應：「可以。」

他說著，已拉開了一個文件櫃的抽屜，找了一下。找出了一個文件夾來，交給了我，並且示意我在一張辦公桌前坐下來。

打開文件夾，有關資料，也少得可憐。除了一份發現骸骨的人所說的有關經過外，只有那森林的一幅簡圖。畫著發現骸骨處的正確地點。另外有一份警方的文件，上面有我的名字，是記錄著死者有遺物轉交，指明是要交給我，所謂「遺物」，自然就是海文小姐帶來給我的那幾張照片了。

再就是一份法醫的報告，說明死者致死的原因，和死亡的時間。

死亡時間當然是估計的，大約是五年之前。我將資料看了幾遍，將那份森林圖捲了起來，放進衣袋之中，那警員也沒有抗議。

我離開警局時，天色已經完全黑了下來。如果有住宿的地方，我當然會先休息，明天再開始工作。但如今反正我要在車中過夜，我就想先到那森林去看看，可是當我駕車離開了小鎮之際，我卻又改變了主意。

森林，只不過是發現丘倫屍骸的所在。丘倫被人殺害之後，將他的屍體埋葬在哪個地點，對整件案子的關係不大。

關係最大的，當然是命案發生的地點，現在一點線索也沒有，其次，就是丘倫和海文約會的那個小湖邊。丘倫在那裏遇到了一件奇事，他也拍下了不少照片，看他的情形，像是去追尋答案，而在追尋的過程中遇害，到那小湖邊上去，比到森林中去重要得多了。

所以，我改向那小湖駛去，在途中，我又自然地想起了齊洛將軍來。

丘倫在五年多前，聲稱看到了齊洛將軍，而且還托了一個人打電話給我提起這件事。他又拍了不少照片來證明這件事。

在海文的敘述中，齊洛將軍像是在小湖邊被人硬拖上一輛車子的，而那輛車子，則是高爾夫球場上所使用的那種。

循這條線索追下去，應該可以有點頭緒。

半小時後，車子經過一幢建築物，那建築物有著相當高的圍牆，範圍極大，看來超過一公頃，我知道，那就是那所療養院。

醫院需要有那麼高的圍牆，這有點怪，或許這是一間專為達官貴人而設的療養院，所以才要有這樣的設備？我當時也沒有在意，繼續前駛，在路邊停了車，向湖邊走去。

當晚的月色相當好，湖水粼粼，映著月光。湖邊一個人也沒有。湖旁，全是柔軟的草地。

看到這樣優美的草地，我在草地上走了一會兒，估計來到了當日丘倫和海文約會的地點，就在草地上坐了下來。

我先是對著湖水坐著，後來，半轉過身子來，向著公路的方向。

我在迅速地轉著念，那種球場上使用的車子，既然不能駛得太遠，如今視線所及，公路有幾條岔路，但是在我駕車前來之際，除了那座療養院之外，似乎並沒有別的建築物。

那麼，這種車子，應該就是療養院使用的。

那麼，丘倫的死，就和這座療養院，有極大的關係。

這座療養院中的病人，已知的有齊洛將軍、辛晏士等等，有這樣高貴身分病人的醫院，會不會和謀殺案扯在一起？

我又設想著丘倫當日發生的事，他看到了齊洛將軍，從他拍下的照片來看，那個在照片上酷肖齊洛將軍的人，是被另外三個人硬拉上車的，一個叱吒風雲的將軍，就算成了病人，也不應該受到這樣粗暴的待遇。

這其中，當然有著什麼不為人知的秘密，而丘倫就有可能在追查這個秘密之際，惹來了殺身之禍。

秘密究竟是什麼？我不但不知道，而且連秘密的性質如何，也無從設想起。

在湖邊，我呆坐了大約有半小時，一直在想著，四周圍十分靜，直到我用力撫了一下臉，才聽到了那一陣窸窣聲。

由於剛才我集中精神在思索，所以我無法知道這種聲響已經持續了多久，但當我一聽到這種聲音之際，我就立時循聲看去。

聲音是離我坐的地方，大約二十公尺處的一個灌木叢中發出來的。那不是風聲，起先，我還以為那是什麼小動物，在灌木叢中活動所發出的聲音，但是我立時看到了在月色下，灌木叢的影子之旁，另外有一個黑影。那黑影，略為辨認一下，就可以看得出，那是一個蹲著的人。

發現了湖邊除了我之外，還有別人，我不禁呆了一呆，從黑影的動作來看，一時之間，我無法肯定這個蹲著的人是在幹什麼，我慢慢站了起來，向那灌木叢走了過去。我不是故意放輕腳步，人走在柔軟的草地上，本來就不會發出什麼聲音來。

那個蹲著的人，一直沒有發現我，直到我已經可以看到他，他還是沒有發現。

我看到那人，蹲在地上，正在十分起勁地用手挖著樹根旁的泥土，將挖鬆了的泥土堆起來。我在他的背後站了半分鐘之久，他一直在做同樣的事，我也無法知道他的目的是什麼。

由於我在他的背後，所以無法看到他的臉面，而他又低著頭，挖得全神貫注，好像將泥土挖鬆，堆起來，是一件十分有趣的事一樣。

我在看了十分鐘之後，實在忍不住，先是輕輕咳嗽了一聲，然後，我道：「朋友，你在幹什麼？」

我一開始發出聲音來，那人就陡地轉過頭來，盯住了我，一動不動，那神情，十足是一頭受了驚的小動物。我怕他進一步吃驚，所以向後退了兩步，再向他作了一個表示友善的手勢。

那人在我向後退的時候，動作相當慢地站了起來。直到這時，我才看出，他的身形，相當高大魁梧，看來像是亞洲人，膚色相當黑，眼睛也比較深，相貌很神氣，可是神情卻極其幼稚。

這人穿著一件看來極其可笑的白布袍子，以致好好的一個人，弄得看起來像小丑又不像小丑，有種說不出來的滑稽味道。

當他完全站直了身子之後，看他的表情，像是想笑，但又不知道該如何才好，整個神情十分緊張，有點手足無措的樣子。

我只好再向他作一個手勢：「你好。」

那人的口張動了一下，可是卻沒有聲音發出來，而且在剎那間，他忽然又現出了極其驚懼的神色來，連連向後退。

他退得太急了一些，以致一下子，不知被什麼東西絆了一下，背向灌木叢，仰跌了下去。我一見到這種情形，忙跳過去扶他。我的反應十分快，在他一倒下去之際，我已經躍向前，伸手拉住了他的手臂。

誰知道我好意的扶持，卻換來了意料不到的後果，我才抓住了他的手臂，他忽然發出了一下怪叫聲，那一下怪叫聲，聽來十分駭人，我還未曾明白他為什麼要怪叫之際，手背上陡地一痛，一時之間，我簡直不能相信自己的眼睛：這個身形高大的男人，竟然正低著頭，用他的牙齒，在狠狠咬我的手背。

當你的手背被人咬的時候，唯一對付的方法，當然是立即捏住咬人者的腮，令他的口張開來。我當時就是這樣做，而且，當那人的嘴被我捏得張了開來之後，我還揮拳，在他的下顎上，重重擊了一拳。這一拳，打得那人又發出了一下怪叫聲，跌進了灌木叢中。

我甩著手，手背上的牙印極深，幾乎被咬出血來。我心裏又是生氣、又是不明白，正想向那人大聲喝問之際，兩道亮光，射了過來。

我立時看到，一輛車子，向前疾駛而來，車子的速度相當快，一下子就駛到了近前，自車上跳下了兩個人來，直撲灌木叢。

那兩個人的動作十分快，一撲進灌木叢中，立時抓住了那個人，那個人發出可怕的呼叫聲，掙扎著，但是卻已被那兩個人拖了出來，拉向車子。而在這時候，我也已看清了，那輛車子，正是丘倫的照片中曾經出現過的那種輕便車。

那兩個人自然也看到了我，他們向我瞪了一眼，又互相交換了一下眼色。我看他們已經將那人拉上了車子，兩人中的一個已經跳上了駕駛位，我忙叫道：「喂，等一等，這個人是什麼人？」

那個駕車的粗聲道：「你以為他會是什麼人？」

我揚著手：「他咬了我一口。」

那個人悶哼一聲，不再理我，車子已向前駛去，我立時跟在後面追，車子去得很快，我追到一半，便不再追車，而奔向我自己的車子，等我上了車，發動車子之後，還可以看到那輛車子的燈光，我駕著車，以極高的速度，疾追上去。

那輛車子，駛近療養院，從自動打開的鐵門中駛過去。當我的車子跟蹤駛到之際，鐵門已經自動關了起來，我若不是停車停得快，幾乎直撞了上去，幸好我駕駛技術不壞，但是緊急煞車的聲音，也劃破了靜寂的夜，聽來十分刺耳。

我先不下車，在車中定了定神，一切事情的發生，實在太突然了，叫人無法適應。我只可以肯定一點，這個有著高得不合理的磚牆的醫院，一定有著極度的古怪。

我吸了一口氣，下了車，來到鐵門前，向內看去。醫院的建築物，離鐵門大約有三百公尺遠的距離。醫院建築物所占的面積並不大，圍牆內是大幅空地。是一個經過整理、佈置得極其美麗的花園，整個花園，是純粹歐洲風格的。在距離鐵門一百公尺處，是一圈又一圈的玫瑰花，圍著一個大噴水池，噴水池的中心，是一座十分優美的石像。

建築物中透出來的燈光並不太多，花園更浸在黑暗之中，看來十分寧謐，全然不像有什麼變故發生過的樣子。我略為打量了一下，就伸手去按鈴。

我才一按下鈴，就聽到門鈴旁的擴音機，傳出了一個聽來很低沉的聲音：「什麼人？什麼事？」

我吸了一口氣，這個問題，並不容易回答，我採用了最審慎的態度，道：「我是一個過路客，剛才發現了一些難以解釋的事，想找你們的主管談談。」

我一面說，一面打量著鐵門和門栓，立即發現有一具監視器，正對著我，可知和我講話的人，可以在一具螢光幕上看到我。

我以為，我說得這樣模糊，對方一開始，語氣就不怎麼友善，我的要求，一定會被拒絕的，誰知道對方只是停了極短的時間，就道：「請進來。」

他答應得那樣爽快，倒令得我一呆，可是我已沒有時間去進一步考慮，因為鐵門已自動打開來了，我道了謝，走進鐵門，門立時在我後面關上。

在我的想像之中，這座醫院既然有古怪，我走進去，一定會有十分陰森詭秘的感覺。可是事實上，卻一點這樣的感覺都沒有，月色之下，經過刻意整理的花園，處處都顯得十分美麗。

當我走過噴水池時，已看到醫院的大門打開，一個穿著白袍的人，向我走來。當我們相遇時，那人伸出手來，說道：「你是將軍的保鏢？」

我怔了一怔，反問道：「齊洛將軍？不是，我和他唯一的關係，大約只是我們全是亞洲人。」

那人呵呵笑了起來：「那我犯錯誤了，不該讓你進來的。」他講到這裏，又壓低了聲音，現出一種十分滑稽的神情來：「齊洛將軍要求我們作最嚴密的保安措施，我們醫院中的病人，盡是顯赫的大人物，但從來也沒有一個比他更緊張的。」

這個人，大約五十上下年紀，面色紅潤，頭髮半禿，一副和善的樣子，給人的第一印象，十分良好。

我和他握手，他用力搖著我的手：「你說剛才遇到了一些不可解釋的事？那是什麼？看到了不明飛行物體，降落在醫院的屋頂？」

他說著，又呵呵笑了起來，我只好跟著他笑道：「不是。」

他問道：「那麼是——」

我把我在湖邊見到的事，向他說了一遍，那人一面聽，一面搖著頭：「是的，我們的一個病人，未得醫生的許可，離開了醫院的範圍。」

我道：「一個病人？」

那人道：「是的——哦，我忘了介紹我自己，我是杜良醫生，喬治格里．杜良。」

他好像很希望我一聽到他的名字，就知道他是什麼人似的，可是，我對醫學界的人士熟悉程度，還沒有到這一地步，所以我只好淡然道：「醫生。」

杜良醫生的神情多少有點失望，他繼續下去：「這個病人，你多少覺得他有點怪，是不是？他患的是一種間歇性的癡呆症。這種病症，十分罕見，發作的時候，病人就像白癡一樣，要經過長時期的治療，才有復原的希望。」

杜良醫生在開始說的時候，已經向醫院的建築物走去，我跟在他的身邊。等到他講完，已來到了門口，他向我作了一個請進的手勢。

看他的神情，全然不像是對我有什麼特別的防範。而他的解釋，聽來也十分合情合理，我也應該滿足了。如果不是有丘倫死亡的事發生在前，我可能就此告退了。

我在門口，略為猶豫了一下，杜良揚了揚眉，道：「你不進去坐坐？」

我道：「不會打擾你的工作？」

杜良攤開了手，道：「輪值夜班，最希望的事，就是突然有人來和你閑談，你是……」

我向他說了自己的姓名，虛報了一個職業，說自己是一個遊客。杜良搖著頭：「別騙人，遊客怎麼會到這裏來？我看你是一個太熱心工作，想採訪一點特別新聞的記者。」

我只好裝成被他識穿的模樣，尷尬地笑了一下。杜良十分得意地笑著。我們走進建築物的大門，門內是一個相當寬敞的大堂，一邊是一列櫃檯，有一個值夜人員，正在看著小說。

我之所以不厭其煩地形容著醫院內部的情形，是因為這家醫院，雖然我認定了它有古怪，可是從外表看來，它實在很正常，和別的醫院全無分別。

杜良帶著我，轉了一個彎，進入了一間如同休息室一樣的房間中，他先請我坐下來，然後從電熱咖啡壺中，倒了一杯咖啡給我：「我只能告訴你，齊洛將軍的健康十分良好，可以在最短期內出院，回國去重掌政務。」

我實在不是為了採訪齊洛將軍的病而來的記者。我的目的，其一是想看看這間醫院內部的情形，但是如今看不出有什麼異狀。我第二個目的，則是想在杜良的口中，套問出一點我想知道的事情來。

我首先想到的，是丘倫多年前在湖邊的遭遇，所以我一聽得他這樣說，立時湊近身去，裝出一副神秘的樣子來，壓低了聲音，道：「齊洛將軍這次是公開來就醫的，早五年，他是不是曾秘密來就醫？」

杜良呆了一呆：「沒有這回事。」

我伸手指著他：「你在這裏服務多久了？要是超過五年，一定知道，請不要騙我。」

杜良道：「我在這間醫院，已經服務超過了十年。」

我打了一個哈哈：「那就更證明你在騙人，我有一個朋友，五年前，在離這兒不遠的一個湖邊，看見過齊洛將軍，還拍下了照片。」

杜良皺著眉，瞪著我，看他的神情，像是聽了什麼極度不可思議的事情一樣，但不多一會兒，他便恍然大悟笑了起來，用力一拍他自己的大腿，道：「對了，那時，將軍還不是什麼特別顯赫的人物，所以我記不起他，他好像是來過。」

杜良從一出現開始，給我的印象就不壞，他愛呵呵笑，說話的態度也很誠懇，而且主動請我進醫院的建築物來，實在是一點可疑的跡象都沒有。

可是這兩句話，卻令得我疑雲陡生。

做為一個醫生來說，如果有一個病人，幾年前來過，現在又來，正在接受治療，他絕無可能由於這個病人上次來求醫時，地位還不是十分顯赫，就忘記了這樣一個人的。

杜良的這句話，明顯地表示了，他是在說謊。

他為什麼要說謊？是企圖隱瞞什麼？我一面迅速地想著，一面仍不拆穿他，只是隨口附和了幾句：「我那位朋友，就在他看到齊洛之後相當短的時間內，就被人謀殺了，你有什麼意見？」

杜良的回答倒很得體，他道：「我能有什麼意見？」

我盯著他：「我想，他是由於發現了一個極大的秘密，所以才招致殺身之禍的。」

杜良神情感嘆地道：「是啊，探聽別人的秘密，是一個壞習慣——」他說到這裏，伸手向我指了一指，道：「是對健康有害的。」

我尷尬地笑了一下，四面看看，杜良道：「你不是認為我們的醫院中有什麼秘密吧？」

我故意道：「那也難說得很。」

杜良又笑著，湊近我：「據我知道，在地下室，正在製造吸血殭屍、科學怪人，還有鬼醫，你可真要小心一些才好。」

我道：「好笑，很好笑。」

我站了起來，伸了一個懶腰，道：「對不起，我要走了。」

杜良一直陪著我，走出了醫院的大鐵門，看著我上了車。

如果不是杜良的話引起了我的懷疑，我真可能就此離去，另外循途徑去調查丘倫的死因了。但這時，我既然有了懷疑，自然不肯就此算數。我駕著車向前駛，直到我肯定杜良已經看不到我了，才停車熄燈。

四周圍十分靜，我在車中靜坐了片刻，將發生在丘倫身上的事，和我自己的親身遭遇，又仔細想了一遍，仍然覺得那座勒曼療養院頗為可疑，但是究竟可疑在什麼地方，我卻也說不上來。

我停了幾分鐘，就下了車，循原路走回去，看到醫院的圍牆時，我的行動變得十分小心，盡可能掩蔽著前進。

到了牆腳，我貼牆站定，抬頭向上看去，約有八尺高的圍牆，看來十分異樣。我不能肯定牆頭是否另外還有保安設施。要爬上這樣高的圍牆，對我來講還算不太困難。

我先取出了一副十分尖銳的小鑿子，將尖端部份，插進了磚縫之中，然後，逐步逐步向上爬去。大約是經過了四、五次同樣的程序，右手向上伸，已經可以摸到牆頭了。我緩慢地伸出手去，在牆頭上小心輕碰著，發現牆頭上除了粗糙的水泥之外，什麼也沒有。我只要一用力，就可以翻過牆頭去。

圍牆上什麼保安措施都沒有，這多少令我有點失望，因為我想，這間醫院，如果和重大的秘密有關的話，就不應該如此疏忽的。如今這種情形，是不是表示我犯了錯誤，這間醫院其實並不是我的目標？

我想了一會兒，心想不管怎樣，偷進去看看，總不會有損失的。所以我一縱身，身子已經打橫著越過了圍牆，牆腳下是草地，我放鬆了身子，向下跳去，輕而易舉，就進了醫院的花園。

這時，我是在醫院建築物的左側，在月色下看來，整個花園十分靜，一個人也沒有。我向前迅速走出了幾步，發現月光在地上投下了長長的影子，這是相當容易被人發覺的。

我立時矮下了身子，用可能的最快速度向前移動。不一會兒，就來到了建築物的旁邊，貼著牆走了十來公尺，就到了一扇門前，門鎖著，但是在弄破了玻璃，伸手進去之後，門立時打了開來。

門內是條相當狹窄的走廊，燈光黯淡，走廊的兩邊大約有八到十間房間，門都關著。

我一面向前走，一面試推每一間房門，有的沒有鎖，有的鎖著，沒有鎖的房間，包括有兩間是洗手間，另外有三間，堆放著一點雜物。

這種情形，和普通的醫院一樣，實在沒有什麼可疑之處，我已經快走出這條走廊了，走廊外面，是一個穿堂，可以看到有兩部電梯。這時，其中一部電梯的門打開，一個穿著白衣服的人，走了出來，向前走去。我為了不讓他看到，就閃身貼著一扇門。

等那人走了過去，我反手去扭門柄，門鎖著。在這以前，我也曾發現有三、四扇門是鎖著的，我並沒有去打開它們，因為我認為這些房間，沒有什麼值得注意之處。這時，我發現那間房間鎖著，我也不打算去打開它，只是在尋找適當的時機，越過那個穿堂，到醫院其他地方去察看一番。

可是也就在這時，我突然被一種聽來十分奇異的聲音所吸引。這種聲音，才一入耳，絕無法肯定那是什麼聲音，而它又是在離我極近的距離所發出來的，所以著實令我嚇了一跳。

我立時打量著身邊的情形，極快地，我就發現在我的身邊，實在沒有任何可以發出聲音的東西。那聲音聽來，是從我身後發出來的，而我，是背貼著一扇門站立，顯然，那聲音是從門後發出來的。

肯定了這一點，我也可以估計到，那種聽來絕不悅耳的聲音，是有人在門後面，不知用什麼東西在門上刮著所發來的。

我吸了一口氣，將耳貼在門上。耳朵一貼上去，聲音聽得更清楚，聽來，那像是有人用手在門上抓搔著。我聽了約有半分鐘，心中起了一種極度的詫異之感。這一帶的房間，大都是雜物室，有什麼人會躲在一間雜物室中，用手抓門？

我再轉了轉門柄，門仍然推不開，我略向鎖孔看了一下，這種門鎖不消半分鐘，就可以弄得開，我也立即取了一根細鐵絲在手，可是當我將細鐵絲向鎖孔中伸去的時候，手竟不由自主地發著抖。

這實在是令我自己也感到詫異的事，我不知道經過了多少大風大浪，絕沒有理由在如今這樣的情形下，感到害怕的。我也知道自己其實不害怕，只是極度詫異。一種感覺告訴我，如果我打開了門，可能會發現難以形容的可怕的事。

我略停了一停，再深深吸了一口氣，對於剛才不由自主地發抖，感到好笑，心中自己對自己說：「有什麼大不了，大不了是醫院中死去的人變成了鬼。」

心情略微輕鬆了些，動作自然也順利了許多。在我開鎖的過程中，那種抓搔聲，一直在持續著，直到鎖孔中傳來了「啪」地一聲，那種聲音才停止。

我伸手握住了門柄，並不立即將門打開。

如果，剛才那種聲音，是有人在門後所弄出來的。那麼，我一打開門，一推，門就會撞在那人的身上。那個發出抓搔聲的，不知道是什麼人？如果他被我一碰，就大叫起來，那麼，我一定會被人發現。

所以，我在推門進去之前，必須先做一點準備工作。

我的準備工作，說穿了極其簡單，就是改用左手去開門，而右手握定了拳。

轉動門柄，慢慢推門，門才推開了幾寸，我就可以肯定，門後面，果然有一個人站著，這個人，一定站得離門極近，因為我已遇到了阻力，無法再繼續向前推。

既然肯定了門後有人，我實在不能再猶豫了，我吸了一口氣，用力一推門，門向內撞過去，顯然是撞在一個人的身上。我推門的力道相當大，將那人撞得跌退了半步，我已閃身而入，房門內的光線十分黑，我也來不及去分辨那人是什麼人，右拳已經揮出，重重地打在那人的下顎上，那人立時向後仰跌了出去，跌在一堆雜物之上。

直到這時，我仍然未曾看清那人是什麼人，不過我可以肯定的是，那人挨了我這一拳之後，至少在半小時內不會醒來。

所以，我立時反手關上門，伸手在門旁，摸到了電燈開關，著亮了燈。燈光並不明亮，雜物儲藏室根本就不需要太明亮的燈光。但也足以使我看清，那人在挨了一拳之後，身子是半轉著向前仆著的，這時，正背向上，仆倒在一堆床單之上。

那人穿著一件看來十分滑稽的白布衣服，伏在那堆床單上，一動也不動。

我走前幾步，俯下身，來到那人的身邊，將他的身子翻過來，面對著我。

當我翻過了那人的身子之後，我立時看清了那人的臉面，也就在那一剎那間，我整個人，如同遭到雷擊一樣地呆住了。

第六部：手術之後

我看到的不是什麼怪物，如果我看到的是一個怪物的話，哪怕它的臉上，長著八個鼻子、十六雙眼睛，舌頭三尺長，嘴巴一尺寬，我也不會那麼震驚。

我看到的，只是一個普通人，樣子很威嚴，正因為我的一拳而昏了過去。

令得我震驚的是，這個人是我的熟人，無論我如何設想，我也想不到這個人，會在這個地方挨了我一拳。

這個人是陶啟泉！

這個人，真的是陶啟泉！

我可以說，從來也未曾經歷過這樣的慌亂，一時之間，我張大了口，像是離了水的魚兒一樣，不知道該如何才好。

陶啟泉，我在最初的那一剎那間，幾乎已無暇去想及陶啟泉何以會在這裏出現。我所想到的只是：陶啟泉是一個病情極嚴重的人，他患的是一種嚴重的心臟病。

一個嚴重的心臟病患者，突然之間，挨了我重重的一拳，這一拳，力道只能令正常的人昏迷，但是卻可以令陶啟泉這樣的病人喪生！

我的思緒，混亂到了極點，我撲向前去，幾乎也跌倒在那堆床單上。我立時伸手，去探他的鼻息，因為他的臉色，看來極其蒼白，我幾乎以為他已經死去了。一直到我的手指，感到了他鼻孔中呼出來的氣，我劇烈跳動的心才算漸漸回復了正常。

陶啟泉沒有死，他只是被我的一拳，打得昏了過去，我立時又推開他的眼皮，他的瞳孔，看來也正常，我拉開他的領口，伸手去探他的心口，心跳也沒有什麼異常。

直到這時，我才真正鬆了一口氣，心想，陶啟泉看來情形極好。

我一想到這一點，又陡然怔了一怔，感到什麼地方不對頭，可是一時之間，卻又想不出什麼不對頭的地方來。然而，這種迷惑，只是極短的時間，我立時想到是什麼地方不對頭了。

陶啟泉的情形很好，這就不對頭。

陶啟泉的情形不應該好的，他是一個重病患者，生命沒有多少天了，而如今他看來，健康狀況似乎比我還好得多，我和他分手沒有多少天，他不可能一下子就變得這樣健康的。

我在當時，也無暇深究，只是用手指在陶啟泉的太陽穴，和後腦的玉枕穴上，用力叩了幾下，那有助於使受了重擊而昏迷的人，清醒過來。

在我叩了幾下之後，陶啟泉的眼皮開始跳動，不多久，他就張開了眼來。當他張開眼之後，我看到他的臉上，現出了一片茫然的神色。

一看到他醒了過來，我幾乎要大叫起來，但就在這時，門外有一陣急驟的腳步聲傳來，我忙伸手按住了他的嘴，低聲道：「輕點，你在搞什麼鬼？為什麼會到這裏來？躲在雜物室中幹什麼？剛才那一拳，你居然受得了，真對不起。」

我自顧自講著，一直等到門外那陣腳步聲遠去，我才放開了按住他口的手。

我以為，只要我一鬆手，他一定會像我一樣，發出一連串的問題來。

可是，出乎我的意料之外，當我的手已經完全離開，他完全可以自由講話，他卻仍然只是怔怔地望著我，神色茫然。

我呆了一呆，仍然壓低著聲音：「怎麼？不認識我了？」

陶啟泉掙扎了一下，我伸出手去，想去扶他坐起來。可是我的手才碰到他的身子，他卻陡然震動了一下，身子向後一縮，縮開了一些。

在那一剎那間，我感到陶啟泉這時的神情、動作，和我在湖邊遇到的那個人，再像也沒有了。

我在湖邊遇到的那個人，那個杜良醫生，曾說他什麼來？間歇性癡呆症患者？說是這種病症發作之際，人就像白癡一樣。

但是我知道陶啟泉絕沒有這樣的病症。陶啟泉所患的是最嚴重的心臟病，不是什麼先天性癡呆症。

我又伸出手去，這一次，陶啟泉的反應，仍然和上次一樣，縮著身子，想避開我的手。他的這種動作，絕不是反抗，看來是一種毫無反抗能力下的躲避。我在他身子一縮之際，已經將他的手臂抓住，拉著他向我靠過來。我的動作，可能粗魯了一點，可是也絕不應該引起陶啟泉那麼大的驚恐，剎那之間，他反應之強烈，令得我不知所措。

首先，他現出了極度駭然的神色來，接著，他張開了口，發出了一種極其可怕的呼叫聲。那種呼叫聲，其實只是「啊」的一下叫喚，但是聽得陶啟泉像是白癡一樣，發出那樣的叫聲來，真是令人毛髮直豎，我忙鬆開了手，身子向後退去，連聲問道：「你怎麼啦？你怎麼啦？」

由於當時，我實在太震驚了，只顧看著面前的陶啟泉，身後有事發生，我全然無法防範，我身後的房門，是什麼時候打開來的，我都不知道，我仍然只顧盯著陶啟泉。

等到突然之際，我感到身後好像有人時，已經慢了一步，我還未來得及轉過身來，背上就感到一下尖銳的刺痛。那分明是一支針，突然刺中了我，我陡地轉過身來，看到有兩個穿著白色制服的人，站在我的面前。

可是我沒有機會看清他們的臉面，當我轉過身來，看到他們的時候，我的視線已經開始模糊。在那一剎那間，我只想到了一點，有人在我的背後，向我注射了強烈的麻醉劑，我要昏過去了。

事實上，我甚至連這一個概念都沒有想完全，就已經人事不知了。

我連自己是怎樣倒下去的都不知道，當然更無法知道昏迷過去之後的事，也不知道昏迷了多久。

我醒過來時，除了感到極度的口渴之外，倒並沒有什麼其他的不適之感。我掙扎著動了一下，立時感到有一根管子，塞進了口中，一股清涼的、略帶甜味的汁液，流進了我的口中。連吞了三大口之後，我睜開眼來。看到自己躺在一間病房中，一個護士正通過一根膠管，在餵我喝水。

在床前，還有一個人站著，那是我曾經見過的杜良醫生，他一看到我睜開眼，就過來把我的脈搏，一面搖著頭：「你太過份了，太過份了！」

我想開口講話，但是語音十分乾澀，口中有著膠管，也不方便，我伸手拔開了膠管，第一句話就問：「陶啟泉呢？」

杜良醫生呆了一呆：「陶啟泉？原來你不是為了齊洛將軍才來的？」

我在問出了這一句話之後，我已經坐了起來。由於我曾受到這樣不友善的待遇，我也不必客氣了，我一坐起來之後，伸手就向杜良推去，杜良被我推得跌出了一步，叫了起來：「你幹什麼！你瘋了？」

我冷笑道：「一點也不瘋，你們有本事，可以再替我注射一針！」

杜良有點發怒：「你偷進醫院來，誰知道你是什麼人？我們是醫務人員，除了用這個方法對付歹徒之外，還有什麼辦法？」

我怒道：「我是歹徒？哼，我看你們沒有一個是好人，陶啟泉在哪裏？」

杜良喘著氣道：「他才施了手術，情形很好，不過像你這種動作粗魯的人，不適宜見他。」

我呆了一呆：「他才施了手術？我昏迷了多久？」

杜良沒有回答我這句話，只是道：「你偷進來的目的是什麼？」

我冷笑著，我的目的，是發現這家醫院有古怪，而今，我更可以肯定這一點，陶啟泉居然會在這裏，真是怪不可言。

在說話間，又有兩個白衣人走了進來。

如果要動手，人再多點我也不怕，但是我卻掛念著陶啟泉，所以我忍住了怒氣：「我是他的好朋友，我要見他。」

杜良有怒意：「胡說，據我所知，陶啟泉來到這裏，是極端的秘密，除了他自己之外，沒有人知道。」

我立時道：「至少還有一個帶他來的人也知道。」

杜良搖頭道：「沒有人帶他來，他是自己來的。」

我惡狠狠地道：「少編故事了，讓我去見他。」

杜良的樣子十分氣憤，他走向床頭，拿起一具電話來，撥了一個號碼：「我是杜良醫生，是，我想知道陶啟泉先生的情形，他是不是願意見一個叫衛斯理的人，對，就是偷進醫院來的那個人，請盡快回答我。我在三〇三號房。」

杜良講完之後，就放下了電話，鼓著腮，望著我，一副有恃無恐的樣子。

我心中在急速地轉著念，在那一剎那間，我所想到的，只是他們不知道又要施行什麼陰謀，我絕未想到，我能在和平的情況下和陶啟泉見面。

僵持了大約一分鐘左右，正當我準備用武力衝出去之際，電話鈴突然響了起來。

電話鈴聲令得我的動作略停了一停，杜良已立時拿起了電話來，聽著，不斷應著。

他講了沒有多久，就放下了電話，然後，用一種十分異樣的眼光望著我，我只是冷笑地望著他。

他道：「真怪，陶啟泉雖然手術後精神不是太好，但是他還是願意見你。他並且警告說，千萬別觸怒你，要是你發起怒來，會將整所醫院拆成平地。」

我怔了一怔，只是悶哼一聲，杜良像是不十分相信的樣子，向我走過來：

「是真的？」

我有點啼笑皆非：「你不妨試試。」

杜良攤了攤手：「陶啟泉既然願意見你，那就請吧，我陪你去見他。」

我心中極其疑惑，心想杜良要將我帶離病房，一定另有奸謀。

但是我繼而一想，又覺得沒有這個道理。我不知道自己昏迷了多久，但可以肯定，時間一定相當長。在我見到陶啟泉的時候，他絕不像是才動過手術的樣子，但如今，已經是手術後了。

陶啟泉要動的並不是小手術，而是換心的大手術，那需要將近十小時的時間，或者更多，如果杜良和醫院中人，要對我不利的話，在這段時間中，大可以輕而易舉地下手，不必等到現在，再來弄什麼陰謀。

一想到這一點，我心中不禁十分不是味道，看起來，我的一切猜測，全都錯了？

杜良已在向外走去，我跟在他的後面，經過了一條走廊，又搭了電梯，再走在一條走廊上。我注意到醫院的走廊上，有不少穿著白衣服的人，像是守衛。

杜良壓低了聲音，對我道：「這間醫院，來就醫的人，全是大亨，包括國家元首、金融界鉅子等等顯赫人物，所以保安工作，比任何醫院尤甚。」

我只是悶哼著，等到在一間病房前停下來之際，門口兩個人向杜良打了一個招呼，又用一種異樣的眼光望著我，然後，在門上輕敲了幾下。

將門打開的，是一個身形極其窈窕，容顏也美麗得異乎尋常的妙齡護士。相信只要不是病入膏肓，明知死神將臨的人，有這樣的護士作伴，都會覺得是賞心樂事。

那位美麗的護士向杜良醫生和我，展示了一個令人至少要有好幾天不會忘懷的笑容，將門打開。門內是一間極其寬敞舒適的病房，正中的一張病床上，躺著臉色蒼白的陶啟泉。

我和杜良向前走進去，陶啟泉從床上側過頭，向我望來。

我一看到陶啟泉，便不禁怔了一怔。

他的情形看來極好，雖然臉色蒼白，但是身上並沒有才動完大手術的人所必有的各種管子連接著。當時我一怔的原因，是因為我曾見過他——在我昏迷之前，而當我醒來之後，他不但已經動完了手術，而且看樣子，已經在迅速復原之中。

那麼，我究竟昏迷了多久呢？

我的思緒十分紊亂，陶啟泉在看到了我之後，想彎起身來和我打招呼，但那位美麗的護士，立時伸出手來，輕輕地按住了他。

我來到了床邊，陶啟泉搖著頭，道：「算你本事，可是我不是叫你別自作聰明的麼？你為什麼還是來了？我很好，任何人都可以看得出我很好，你實在不必再多生事端了。」

我靜靜地等他講完，才道：「自作聰明的不是我，是你。我根本不是為你而來的，也根本不知道會在這家醫院中見到你。」

陶啟泉發出了「啊」地一聲：「原來是這樣。」

我再走近些，仔細打量著他。絕無疑問，如今躺在床上的這個人，正是我所熟悉的陶啟泉，亞洲有數的大富豪之一，一個患有嚴重心臟病的人。

這個人，和我在儲物室中見到過的，顯然是同一個人。

我在一時之間，不知道講什麼才好，還是陶啟泉先開口道：「我很快就會康復，謝謝大家對我的關心。」

我只好指了指他的心口：「你已經做了心臟移植手術？」

陶啟泉眨著眼道：「我不知道醫生在我身上做了些什麼手腳，反正我只要能得回我的健康就成了，我又不是醫學專家，不需要知道太多的專門知識。」

我實在不明白究竟發生了什麼事，連巴納德醫生都認為不可能的事，這家醫院卻能做得到？這實在是不可能的事。

我轉頭向杜良醫生望了一眼，他也看著我，我道：「手術是什麼人——哪一位醫生進行的？」

杜良的神情有點冷漠：「衛先生，這個問題，非但和你一點關係都沒有，甚至連陶先生都不會問，誰進行手術都是一樣的，主要是手術的結果。」

我碰了一個釘子，可是卻並不肯就此罷休：「你們已經解決了器官移植的排斥問題？」

杜良醫生的神情更冷漠：「要對你這個一知半解的外行人解釋那樣複雜的問題，那簡直是不可能的事，請原諒我不回答。」

我吸了一口氣，說道：「不錯，我是不懂，但世上盡有懂的人，你們有了那麼偉大的發現，為什麼不公諸於世，那可以救很多人的性命。」

杜良醫生仰起頭來，沒有出聲，陶啟泉嘆了一聲：「衛斯理，你多管管你自己的事情好不好？還好我的熟人之中，像你這樣的人並不多。」

我再點著頭：「我是為了你著想，怕你被人欺騙，你在這裏就醫，花了多少醫藥費？」

陶啟泉的神情，不耐煩到了極點，他提高了聲音：「錢對我根本不是問題，我只要活下去，而如今，我可以活下去。」

我俯下身：「我不相信你可以像正常人一樣活下去，器官移植的排斥現象，是無可解決的。」

陶啟泉閉上了眼睛，神情極其悠然自得：「我不和你作無謂的爭論，但是希望能在半年之後，和你在網球場上一決雌雄。」

我看到他講得這樣肯定，只好苦笑。當時我想，不論怎樣，讓他花一點錢，而在臨死之前，得到信心，也未嘗不是好事。

整件事件，和我好像一點關係也沒有，我實在沒有必要再糾纏下去了。我一面想著，一面轉過身去，可是在那一剎那間，我卻想起了一件事來：「在雜物室你見到我時，為什麼感到那樣害怕？」

我在問這句話的時候，已經半轉過身來，所以，此時使我可以看到，杜良忽然眨了眨眼睛。杜良自然是在向病床上的陶啟泉使眼色。為什麼對我這個問題，要由他來使眼色呢？

我心中疑雲陡生間，陶啟泉已經道：「當然害怕，我怕你成事不足，敗事有餘。」

我又生氣，又是疑惑，轉回身去，瞪了陶啟泉一眼。陶啟泉向我做了一個鬼臉，我只好哼了一聲，向病房門口走去，一面心中在暗罵自己多事，他是億萬富翁，要我替他擔什麼心！

那位美麗的護士，搶著來替我開門，又向我微笑著，不過我卻沒有欣賞，我只覺得心中有無數疑問，但是卻全然理不出一個頭緒來。任何事，看來每一件都可疑，但是又每一件都絕無可疑之處。

當我走出了病房之後，杜良醫生也跟了出來，我背對著他，問道：「請問，我究竟昏迷了多久？」

杜良醫生道：「十二天。」

我一聽之下，幾乎直跳了起來：「十二天！我怎麼會昏迷這麼久？」

杜良道：「這是陶啟泉的意思，他怕你會……會什麼？成事不足，敗事有餘。」

我吸了一口氣：「我不信。」

杜良道：「應該由他親口告訴你。」

我脫口而出道：「由你向他使眼色，再由他來回答？」

杜良怔了一怔：「你究竟在懷疑什麼？」

我哼了一聲，由衷地道：「不知道，真的不知道，不知道我自己在懷疑什麼。十二天，我昏迷了十二天之久。」

杜良道：「是的，你體質極好，普通人醒來之後，至少有半天不能動彈。」

我心中陡地一動：「如果我的體質在平均水準以下，那麼，豈不是要對我的健康造成極大的傷害？你們是醫生，怎可以……」

杜良不等我講完，就揮著手：「我們本來是竭力反對的，但是陶啟泉堅持要這樣，他說，如果不令你昏迷，他的手術就一定會被你阻撓。」

他處處抬出陶啟泉來，而且，事實上，陶啟泉的確是站在他那一邊，令我無法可施。

我深深吸了一口氣，筆直向外走去，一直來到了醫院的大門口，出了鐵門，鐵門在我身後關上，我才轉身向後看了一下，看著那座醫院建築物，心中實在有說不出來的懊喪。這座醫院，明明有著極度的古怪，但是我卻偏偏一點也查不出究竟來。

我一面想，一面向前走著，思緒極紊亂，不知不覺間，又來到了那個湖邊。我在湖邊停了下來，用足尖踢著小石子。在我身後，傳來了一個女子的叫聲：「衛先生，你來了。」

我轉頭看去，看到了海文小姐，她正向著湖邊走過來，我苦笑了一下，道：「來了很久了。」

海文來到了我面前，說道：「關於丘倫的事……」

我神情苦澀：「正如你所說，時間隔得太久了，什麼也查不到。」

海文也苦笑了一下：「他留下來的那幾張照片，一點作用也沒有？」

我道：「有一點用，那種車輛、那種穿白衣服的人，全是那家醫院的……」

我一面說，一面伸手向醫院的方向，指了一指。就在那一剎那間，我陡然「啊」地一聲。

海文用驚訝的眼光望著我，我想起了一件事，在丘倫所拍的照片上，有一個人，瘦削、有著尖下頦，那人正是自稱為巴納德醫生私人代表的那個，難怪我第一眼見到這位神秘的羅克先生時，覺得有點眼熟。

我在突然之間變得怔呆。雖然我這時已經可以肯定，那個羅克是這間醫院的人，但是那說明了什麼呢？還是什麼也不能說明。情形和沒有發現這一點並沒有什麼不同，仍然是我明知道這間醫院有古怪，可是就是無法知道是什麼古怪。

海文看到我發怔，道：「怎麼啦？」

我在湖邊的草地上坐了下來：「這間醫院一定有古怪。」

我在說了這一句之後，不等海文發問，就揮著手道：「可是我不知道有什麼古怪，想來想去，一點頭緒都沒有。」

海文用一種十分同情的目光望著我，過了片刻，她才道：「或許，一份名單，會對你有幫助？」

我有點莫名其妙：「什麼名單？」

海文壓低了聲音：「是我調查得來的，一份歷年來在這間醫院中治療的人的名單。」

我苦笑，那有什麼用處？每間醫院都有病人，也必然有病癒出院的病人。海文見我沒有什麼表示，頗有點訕訕的神情：「這份名單中，全是十分顯赫的人物，包括兩個總統、七位將軍、三個阿拉伯酋長，以及好幾個鉅富。」

我緊皺著眉，向醫院所在的方向看去。在湖邊這個位置，是看不到醫院的，可是我還是怔怔地向前望著。這樣一間醫院，名不見經傳，也沒有什麼出名的醫生，如何能吸引那麼多大人物來求醫呢？

旁人不說，陶啟泉來到這間醫院，就十分神秘，他是被一個自稱為羅克的人帶走的，這個羅克是醫院中的人，難道這間醫院專門派人，向各地的重病患者「兜生意」？而他們又有什麼把握，可以徹底醫好像陶啟泉這樣全世界醫學界公認為沒有法子治好的疾病？

我心中的疑問，已到了極點，可是仍然不知道從哪裏去打開缺口，尋求答案。

當時，我一面想，一面順口問道：「這些病人，全治好了？」

海文道：「是的，我在聯合國的一個組織中工作——我曾經告訴過你，我就見過一個國家元首，在盛傳他得了不治之症之後的三個月，又生龍活虎地出席國際會議，他就是在這間醫院中醫好的。」

我深深地吸了一口氣：「這樣看來，這家醫院的秘密，就是在於他們已掌握了一種極其先進的醫療技術，可以醫治一般公認為不治之症的疾病？」

海文的神情有點憤怒：「如果是這樣，他們為什麼不公佈出來？」

我思緒還是十分紊亂：「一般來說，醫學上的發現，都是立即公諸於世的，但如果這間醫院有了新的發現，不公佈出來，而專替能付得起巨額酬金的大亨治病，那算不算是犯法？」

海文眨著眼，對我的問題，也無法回答。

如果事情真像我的假設那樣，當然不算是犯法。這間醫院，不過是借此謀取巨利而已。當然這種做法是極不道德的，但是世上謀取巨利的手法，又有多少是合乎道德標準的？

事情到了這種地步，我實在沒有法子再調查下去了，我又站了起來，道：「你的車在哪裏？是不是可以送我一程？我的車……」

我苦笑了一下，十二天前，我的車停在離醫院約一公里外，現在車子還在不在，我也不知道。海文看出我已經準備放棄了，她神情十分失望：「那麼，丘倫的死，就永遠沒有人能知道真相了？」

我心情十分沉重：「沒有法子，事情過去了那麼久，真的沒有法子了。」

海文沒有說什麼，只是向公路邊上指了一下，我看到一輛小車子停在路邊，就和她一起向前走去。她和我到了我十二天前停放車子之處，車子還在，我向她道別，上了車，發動了好一會兒，才將車子發動，駕著車，回到了勒曼鎮上那唯一的一家酒店之前。

我的車才一停下，酒店經理便奔出來，揮著手：「歡迎，歡迎。」待我打開車門，他看到我，怔了一怔，然後滿面堆笑，道：「先生，可以有最好的房間給你，保證清靜無比，整間酒店，除了你之外，只有一位英國老先生。」

我順口道：「齊洛將軍的隨從呢？」

經理道：「將軍出院，回國了。」

我隨著他向酒店內走去，填寫一個簡單的表格，等到他將鑰匙給我之際，我轉過身來，看到酒店的另一個住客，經理口中的那個「英國老先生」。

「英國老先生」真的是一位英國老先生，已經六十開外，臉色紅潤。可是，我卻從來也未曾將他和「老先生」三個字聯在一起，他就是精明能幹，充滿了活力的沙靈。

沙靈也看到了我，我們兩人同時發出了一下歡呼聲，將酒店經理嚇了一大跳，我向沙靈衝過去，和他擁抱，他用力拍著我的臂：「你跑到這裏來幹什麼？」

我嘆了一聲：「說來話長，你又跑到這裏來幹什麼？」

沙靈略怔了一怔，沒有立即回答我，我看出他的神情，是不想對我說明他來這裏的原因，這令得我十分生氣：「我不知道我們之間，原來還有秘密。」

沙靈的神情更是為難，他拉住我的手臂：「走，到你的房間去。」

我看出他像是有十分為難的事，也知道他如果有秘密的話，絕不會不和我共商。但是我還是裝出十分生氣的樣子來，那樣，可以令得他講話痛快些。

到了我的房間之中，沙靈望了我一會兒，才道：「這是極度的秘密，如果傳出去，可以造成極大的風波，甚至影響全世界。」

我嗤之以鼻：「別自以為偉大了。」

沙靈道：「一點也不誇張，你想想，如果阿潘特王子快死了的消息傳出去會怎麼樣？」

一時之間，我不禁張大了口，合不攏來。阿潘特王子，沙靈是他的護衛人員，而王子幾乎掌握著阿拉伯石油的一半控制權，他的一個決定，可以令得世界經濟產生劇烈波動，要是他快死了的消息傳出來，爭奪繼承位置的人，會開始行動，那會造成什麼樣的影響，實在是誰也說不上來。

我緩緩吸了一口氣，「的確沒有誇張，不過王子將死了，你還在這裏……」

我下面的「幹什麼」三個字，還沒有問出口，已經陡然想到了答案：勒曼療養院。

阿潘特一定也到那家醫院就醫了。

剛才我還在緩緩地吸一口氣，但這時，我急促地吸了一口氣，道：「王子在這裏附近的一家醫院就醫？」

沙靈現出十分訝異的神情來，我忙向他作了一個手勢：「什麼時候到的？」

沙靈道：「三天之前。」

我道：「他患的是什麼病？」

沙靈的聲音壓得十分低：「胃癌。」

我幾乎直跳了起來：「至今為止，世界上還沒有什麼醫生可以醫治胃癌的！」

沙靈抿著嘴，不出聲，我盯著他，沙靈過了片刻之後，才道：「從頭開始，我都知道經過情形，你是不是想聽一聽？」

我忙搖頭道：「我對他如何得病這一點，並沒有興趣，只是想知道他何以會來這家醫院。」

沙靈道，「事情很神秘，王子經過檢查，證明他得了胃癌之後，保持著極度的秘密，醫生會商的結果是，除非將整個胃和一部分脾臟切除，才能維持生命，但是一個人如果沒有了整個胃和一部分脾臟……」

沙靈說到這裏，做了一個極其古怪的神情，又道：「王子倒十分勇敢，他不想這樣活下去，拒絕施行手術。由於他職務重要，他想在臨死前，好好作一番安排，但是發現形勢十分險惡，最有可能取代他位置的一個王子，立場十分曖昧……」

我揮著手，打斷了他的話頭：「這些無關重要，說他如何會來到這裏。」

沙靈說道：「你就是這樣心急。我在醫院裏日夜陪他，幾天前，有一個西方人，自報姓名，叫做羅克……」

一聽到「羅克」這個名字，我不由自主發出了一下呻吟來，剎那之間，臉色也變得十分蒼白：「別說下去，經過我知道了。」

沙靈抗議著：「你不可能知道的。」

我苦笑了一下：「就是知道，羅克和王子經過了密談，王子就覺得他的病全然是可以醫治的，不像是一般醫生所說的不治之症，所以他就到這裏來就醫了？」

沙靈瞪大了眼睛望著我，我道：「我有一個朋友，如今正在那家醫院之中，他是亞洲數一數二的豪富，患的是整個心臟都壞了的重病，經過的情形，和王子遇到的事一模一樣。」

沙靈陡地緊張起來，用力一揮手：「那是一個什麼樣的騙局？我想破了腦袋也想不出。精明能幹的王子如何會信了那傢伙的話，覺得自己的病是可以醫治的，那是什麼樣的騙局？」

我緩緩搖頭道：「不是騙局，他們真有能力醫好病人。我那個朋友，已經施了手術，在復原中，看來精神極好。」

沙靈瞪著眼：「心臟移植手術？」

我道：「他的病，除了移植心臟之外，沒有旁的辦法可以挽救他的生命。」

沙靈在房間中團團亂轉了片刻，道：「那難道是我想錯了？可是他們的條件……」

我忙道：「條件？什麼條件？是醫好阿潘特王子所需的酬勞？」

沙靈點頭道：「是的，我是在王子自言自語時聽到的，講來真駭人。」

我催道：「嚇不死我的，只管說好了。」

沙靈講出了幾句話，我當然沒有被沙靈的話嚇死，可是卻也震驚得好一會兒說不出話來。

好一會兒，我才道：「不是真的吧？」

沙靈道：「我聽得王子在自言自語，他在說那幾句話的時候，用的是他部落中的土語，而我是學會了這種語言的，他說：『要將每年在石油上收入的三分之一撥歸他們，並不容易做到，但是能使我活下去，還是十分值得的。』」

我不由自主地眨著眼：「每年在石油上收入的三分之一，真是嚇人之極了，我怕阿潘特王子沒有能力做到這一點！」

沙靈道：「可以的，如果他發動一場政變，使他自己變成一個獨裁者，那麼不論他怎樣做都可以。」

我又問道：「三分之一，那大概是多少？」

沙靈豎起幾隻手指來：「每年，超過二十億美元！每年！」

我面上的肌肉牽動了一下，阿潘特王子的醫療費，是每年超過二十億美元，那麼陶啟泉的又是多少？齊洛將軍的又是多少？這間醫院的收入究竟是多少？

我和沙靈沉默了片刻，沙靈才打破了沉寂：「牽涉到那麼多金錢的事，如果說其中沒有犯罪的因素在，殺我的頭我都不信。」

我道：「可是事實上，他們是在挽救人命，並不是在殺害人命。雖然丘倫的死，十分可疑。」

沙靈像是獵犬嗅到了獵物一樣，立時滿臉機警地道：「什麼丘倫的死？」

我略為定了定神，將丘倫的事、陶啟泉的事，以及我的經歷，詳細說給他聽。

沙靈叫了起來：「你給他們弄昏過去了十二天，就這樣算了？」

我道：「那又怎麼樣？我看到陶啟泉真的在康復中，我不知道他們做了什麼，但是陶啟泉自願接受治療，而且真的醫好了。」

沙靈緊皺著眉，我又道：「而且，醫好了的人，還不止陶啟泉一個，齊洛出院了，曾經治療過而恢復健康的人很多，包括了……」

我把海文念給我聽的名單上的名字，一個一個念了出來。人並不多，而且全是極著名的大人物，要記住他們的名字，並不是什麼難事。

當我念到一半的時候，沙靈已經雙眼放光了：「等一等，等一等。」

我停了下來，沙靈卻又不出聲。

看他的樣子，他像是正在想什麼，過了一會兒，他又道：「還有哪些人，再說下去。」

我又念了幾個人的名字，等到念完，沙靈的氣息十分急促，盯著我，沒頭沒腦地道：「這……這是巧合嗎？」

我莫名其妙，問道：「什麼巧合？」

沙靈說道，「你剛才念的那些人，有許多，全是在我的名單之中的。」

我仍然不明所以：「你的名單？」

沙靈用力揮著手：「我的名單，我調查的，曾經意外受傷的大人物的名單。」

我呆了一呆，是的，沙靈曾做過這樣的調查工作，起因是由於有人假冒了日本人，去見阿潘特王子，而令得阿潘特王子受了一點傷，這種受傷，是全然微不足道的，雖然在當時引起了一陣緊張，但是事後，卻除了沙靈之外，再也沒有人將之放在心上。

而沙靈，不但將這件事放在心上，而且還盡他的可能，做了極其廣泛的調查。他曾將調查的結果告訴我，說是他查到了有很多超級大人物，都曾經發生過類似的情形。當時我的回答是：在任何人一生之中，都會有輕微受傷的經歷，不足為奇。

而現在，沙靈將他調查所得的那份名單，和曾在勒曼療養院中就醫的人的名單，相提並論，這實在是一項相當令人震驚的事。

兩者之間，是不是有著某種關係？一時之間，我的思緒十分混亂，瞪著沙靈，沙靈顯然也陷入了沉思之中，他的雙手無意義地揮動著，在我望向他之際，他忽然有點神經質地叫了起來：「衛斯理！」

我忙道：「你想到了什麼？」

沙靈深深吸了一口氣：「如果我調查所得的名單中，所有受傷的人，他們的傷全是故意造成的，我的意思是，有人故意令那些超級大人物受傷！」

我道：「那又怎麼樣？」

沙靈說道：「當時，我們曾考慮過對方的手段是一種慢性毒藥……」

我插口道：「但不會有一種毒藥，藥性的發作是如此之慢的！」

沙靈用力拍了他自己的頭一下：「如果受傷的人，因為這個傷害，而在若干時日之後，就患了嚴重的疾病，有沒有可能？」

我吁了一口氣：「沙靈，我明白你的意思了。」

沙靈乾咳了兩下，由於我的語氣中，充滿了同情的意味，所以他知道，我只是在同情他胡思亂想的苦處，而不是同意他的意見。

他作了一個無可奈何的神情。我繼續道：「我明白你的意思，你是說，一個人在若干時日之前，受了一點輕傷，在日後，就會演變成嚴重的疾病。而這種疾病又非到勒曼療養院來治療不可，醫院方面，就可以趁機索取巨額的治療費？」

沙靈不斷點著頭：「這樣的推測，不是十分合理麼？」

我道：「很合理，但是你要注意到，這些人的疾病，都絕不是多年前的一個輕傷所能造成的。輕傷能造成心臟病，能造成胃癌？」

沙靈苦笑道：「我……我也不能肯定，但是有一項事實，不容忽視，就是所有患了絕症的人，都到那家療養院去，而且，在那家幾乎不為世人所知的醫院中，種種絕症都可以得到治癒的效果。他們是什麼？是奇蹟的創造者？還是他們已突破了現代醫學的囚牢？」

我苦笑，這個問題，我不知道想過了多少次了，一點頭緒也沒有。

當然，我這時也無法回答沙靈的問題。

沙靈見我沒回答，恨恨地道：「我一定要查出究竟來。」

我嘆了一聲：「最大的可能，是他們在醫學上有了巨大的突破，一般來說，不能醫治的絕症，在他們看來，十分簡單。」

沙靈道：「那他們為什麼不公開？」

我道：「如果他們真是掌握了這種新的醫術，他們也有權不公開的，是不是？」

沙靈咕噥著罵了幾句，我沒有聽清楚他在罵些什麼，但也可以知道他罵的那幾句話，通常來說，一個英國紳士一生之中，很難有機會說第二次的。

我拍了拍他的肩：「我看算了吧，你在這裏等阿潘特王子復原，我可要先回去了。」

沙靈雙手抱著頭，又喃喃地道：「這件事的真相如果不弄明白，我死不瞑目。」

我其實也和他有同樣的想法，但是看他的神情這樣激動，我只好安慰他道：「世界上有很多事，是永遠沒有法子明白真相的。」

沙靈顯然很不滿意我這樣的態度，揮手道：「去，去，你回家去吧。」

我沒有別的話好說，離開了房間，和航空公司聯絡，準備回家。

第七部：穿白布衣服的「死人」

第二天，沙靈一早就到了勒曼療養院去了。我知道，他到醫院去的目的，一則是去陪阿潘特王子，二則，是想在醫院中找到什麼線索——我也曾努力過，可是一無所獲，也不想再去了。

中午，我退了酒店的房間，酒店主人見我要離去，現出十分惋惜的神情來。正當我跨出酒店，心中在想，不知什麼時候才會再回到這個小鎮上來，酒店主人忽然追了出來，大聲叫道：「先生，有你的電話。」

我轉過身來，心想多半是沙靈自醫院中打來，看我走了沒有的，可是酒店主人卻向我神秘地眨了眨眼睛，道：「一位女士打來的。」

我一時之間，想不起有什麼人會打電話給我，走回酒店，在櫃檯上接聽電話，對方的聲音十分急促：「衛先生，你趕快來。」

我「哦」地一聲：「海文小姐？你在哪裏？」

事實上，當我一聽得電話中傳來是海文的聲音之際，我只講了這樣的一句話，但海文在電話中，卻已經至少用急促的語調，重複了七、八次「你快點來」。

我忙又問：「你在哪裏？」

海文喘著氣道：「我真的慌了，我在一家小咖啡店中打電話，我等你來，那家小咖啡店，就在湖邊——就在我和丘倫約會的那個小湖邊附近的公路上，你快點來，快點來。」

我依稀記得，在那條公路邊上，好像是有一家十分簡陋的小咖啡店，簡陋得全然無法引人注意。我道：「我可以找得到，你是不是有了什麼麻煩？」

海文道：「不，不，我……電話裏很難講得明白，你快點來。」

我答應了她，放下電話，向酒店主人道：「保留我的房間，我不走了。」酒店主人大是高興，搓著手。因為海文在電話中的語音是如此急促，所以我立時急步走出酒店，上了車，直駛向湖邊。

在駛近了湖邊之際，轉上了公路，不一會兒，我就看到了那家小咖啡店。那家小咖啡店其實很難辨認，不過我老遠就看到海文站在店前，一看到我的車子駛來，她就奔向前來，我在她身邊停下車，她打開車門，坐到了我的身邊，不住地在喘著氣。

她的面色十分蒼白，神情卻透著一種極度的興奮。從她那種神情看來，可以肯定她並不是遭到了什麼不幸的事。我不等她坐定，就道：「什麼事？」

海文仍然喘著氣：「我也說不上來，整件事，似乎……似乎……你駛到湖邊去。」

我一面駕著車，一面道：「慢慢說。」

足足在一分鐘之後，海文才算是略為定下神來，說出了她的經歷，和她要見我的原因。

海文又到湖邊去，連她自己也說不出是為了什麼，或許她還在懷念她和丘倫相識的一段經過，或許她喜歡湖邊的風景。

不論是為了什麼原因，她又到了湖邊，而且，就在她和丘倫曾經坐過的那個地方，獨自坐著。當她坐了一會兒，感到無聊之後，她站了起來，慢慢向前走著，走近了一個灌木叢。

那灌木叢十分濃密，在矮樹密生的樹叢中，海文看到一個人，雙手抱著頭，蹲著，據海文的說法是，那個人蹲著，就像是一隻兔子一樣。

（海文在灌木叢中見到了一個人，我也曾在那灌木叢中見過一個人，那個人，據杜良醫生的說法，是患有間歇性癡呆症，我曾被他在我的手上，狠狠咬了一口。）

（我聽到海文說到她在灌木叢中見到一個人之際，我就有點緊張。）

海文看到那個人蹲著，一動不動，也就停了腳步，她那時候，並不感到害怕，只感到奇怪，不知道那人蹲在那裏幹什麼。

那人雙手抱頭，海文也無法看清他的臉面。她只是想等那人先抬起頭來，那麼她就可以和那人交談幾句了。

可是足足過了好幾分鐘，那人仍是一動不動，海文於是發出了一些聲音。由於接下來的事情，實在太令她感到驚駭，所以她已經記不清她是頓了頓足，還是咳嗽了一下，總之，她發出了一點聲音。

而當她發出了聲音之後，那人抬起了頭來。

那人一抬起頭來，海文整個人都呆住了。她的視線，停留在那人的臉上，張大了口，可是就是發不出任何聲音來，只感到極度的驚駭。

而那人，也只是怔怔地看著海文。

（我極焦急地問：海文，那人是誰？）

（海文回答：天，衛斯理，天，那人是丘倫！）

（那人是丘倫，我也呆住了，那人是丘倫，丘倫不是早死了麼？）

那人是丘倫！

海文乍一看到那人是丘倫，所引起的震驚，無可比擬，她在足足呆了好一會兒之後，才陡地叫了出來：「丘倫！」

丘倫仍然蹲著，也仍然雙手抱著頭，只是以一種極度茫然，接近癡呆的神情，望著海文。

海文的呼吸，開始急促，她叫道：「丘倫，你怎麼了？你不認識我了？」

丘倫一點反應也沒有，海文說她那時，只有一個感覺，感到她不是對一個活人在講話，而是對著一具極其逼真的人像在講話一樣。

但是，在她面前的，不但是一個活人，而且，還正是她所熟悉的丘倫。

海文在一生中，從來也沒有這樣的經歷，她正在不知如何才好之際，就聽到了一陣聲音，自遠而近，傳了過來。

這種聲音，海文並不陌生，那是一種輕便車在行駛之際所發出的聲響。

在那剎那間，海文才注意到，丘倫的身上，穿著一件式樣十分可笑的白布衣服，也就在那一剎那間，她想起了多年前發生在湖邊的事，丘倫以為看到了齊洛將軍，結果，來了一輛輕便車，車上跳下來兩個人，將「齊洛將軍」抓走，丘倫追了上去，從此下落不明。

海文一聽到了輕便車駛過來的聲音，想起了這些事，她第一個反應是：輕便車上，一定有人可能是來抓丘倫的。

所以，她立即開始行動，她一步跨向前，伸手抓住了丘倫的手，拉著丘倫，向前就奔，很快越過了灌木叢，來到一個大草堆之旁。

到了大草堆旁，她將大草堆扒出一個洞來，令她自己和丘倫一起藏了進去，又拉了些草，將兩個人的身子遮住，她起先還怕丘倫會出聲，給人發現，所以曾輕輕地按住了他的口。

可是丘倫一點聲音也未曾發出，只是在喉間，間歇地傳出一些「唔呀」的聲音。

他們躲起之後不久，就聽到輕便車的聲音，時停時發，正向他們移來。同時，在車子停住的時候，他聽到了兩個人的交談。

海文聽到的只是一些不完整的片段，有些話，全然無意義（至少在當時是如此）。但因為這些對話，對日後事情真相的揭露，有相當大的幫助，所以我詳細將之記述在後面。

海文聽到的，是三個人的談話。

（三個人！一個駕車，另外兩個，是方便將找到的人抓回去的？）

這三個人，海文當然不知道他們的名字和身分，她躲得很好，由乾草遮掩著，是以也無法看清他們的容貌。所以只好用A、B、C來代表他們。幸而這三個人的聲音，很不相同，所以很容易分清是誰在講話。

海文聽到的三個人對話如下：

A：（可能已講了許多話，海文聽到的只是下半句）……這真不是好現象。

B：真不明白是怎麼一回事，他們好像越來越聰明了。

C：不可能的，不可能。

A：當然不可能，或許只是一種本能。

B：這始終不是好現象，要是我們找不到——

A：不會的，以往兩次，都沒有出錯。

C：（悶哼）哼，還說沒有出錯，幾乎鬧出了大亂子，那記者——

A：（陡然地）咦，前面好像有人！

（雜沓的腳步聲，表示有人向前奔去。）

B：那不是人，他看錯了。

C：我真懷疑，他們的智力從何而來？

B：（大聲）他們沒有智力，沒有！

C：那怎麼會不斷逃出來？

B：只是一種本能。

（腳步聲又傳近，大約是A回來了。）

A：這次可能逃遠了，再駕車往前去看看。

B：看守也太大意了。

（輕便車駛遠去的聲音。）

海文聽到輕便車駛遠，立時又拉著丘倫，離開了草堆，往回奔去。

海文這樣做，相當聰明，因為輕便車才由那個方向駛來，她由那個方向走，就不會和輕便車遇上。

因為在對話中，她聽到了「逃出來」這樣的字眼，海文知道，丘倫是逃出來的，會被抓回去。所以她便拉著丘倫，逃避輕便車的追捕。

她和丘倫，大約奔出了半里，已離開了湖邊的範圍，到了一片林子之中。在奔跑的過程中，丘倫一直未曾出聲，海文看到林子中，有一個被露營人棄下的帳篷，倒坍了一半，她指著那帳篷，對丘倫道：「進去，躲進去。」

可是丘倫只是站著不動，對海文的話，一點反應也沒有。海文只好再拉著他，到了帳篷前，按下丘倫的頭，令他鑽進帳篷去。

海文自己並沒有進去，她只是吩咐道：「躲著，一動也別動，不聽到我的聲音，怎樣也別出來。」

雖然她叮囑著，可是進了帳篷的丘倫，仍然一點反應也沒有。

海文迅速地轉著念，她首先想到了我，我是為了調查丘倫的死而來的，如今丘倫還活著，雖然海文覺得情形怪異到了極點，但一定要先讓我知道。

於是，她又奔出了林子，上了公路，總算那家小咖啡店裏有電話，所以她打了電話給我。而在和我通了電話之後，根據海文的說法是：過了要命的十五分鐘之久，才看到你的車子駛來。

我感到極度的震驚：「那麼，從你將丘倫藏進那帳篷到現在，有多久了？」

海文道：「將近一小時。」

我一面飛快地駕著車，一面忍不住用力在方向盤上敲了一下：「快一小時了，那三個人，駕著輕便車，還到處在找他，丘倫被他們發現的可能性太大了。」

海文的臉色本來已經夠蒼白的了，給我一說，更是半絲血色也沒有：「我……做錯了？」

我的思緒十分紊亂，而我實在也沒有責備海文的意思，因為猝然之間，遇上了這樣怪異莫名的事，海文的做法，已經很好了。

海文曾說：「我一看到那人抬起頭來，是丘倫，一時之間，我還以為自己看到了鬼魂。」

在這樣驚慌的情形之下，海文還知道將丘倫藏進一個半塌的帳篷之中，還能責備她什麼？

我心中有千百個疑問要好好思索，可是這時，我卻一個問題也不想，只是盡可能快速駕著車，並且，心中千萬遍希望，丘倫聽海文的話，仍然躲在那個帳篷之中。

車子在將到湖邊之際，我駛離了公路，直奔海文所說的那個林子，一路上，車子顛得如同怒海中的小舟一樣，我也不去管它。

直到前面的去路，實在無法令車子通過，我和海文才下車，向前奔去。

我奔在前面，已經看到了海文所說的那帳篷，同時，也看到了離帳篷只有二十公尺處，停著輕便車，兩個人正下車，走向那座帳篷。

一看到這情形，我明知自己無法在他們之前趕到那帳篷之中，所以我一面奔，一面叫道：「嗨，也來露營麼？歡迎參加。」

我叫了一聲，就放慢了腳步，裝成若無其事的樣子，在我身後跟著奔過來的海文，十分機靈，也和我一樣，放慢了腳步，令得我們倆人，看來像是準備在林中露營的一對男女。

而那兩個向帳篷走去的人，以及還在輕便車上的那個人，經我一叫，一起回頭向我望來，我向他們揮著手，走近去，一面大聲埋怨：「什麼人將我們的帳篷弄塌了，真缺德。」在說話之間，我已經來到了帳篷之前，我不知道丘倫是不是還在裏面，我轉過身，背對著帳篷，攔在那兩個人和帳篷之間。

那兩個人望著我，現出十分疑惑的神情，我也故意打量著他們：「你們不是來露營的？在找什麼？」

那兩個人中的一個道：「有沒有看到一個穿著白布衣服的人？」

我搖頭道：「沒有。你們是哪裏的？是從醫院來的？」

那兩個人並沒有回答，這時候，看他們的樣子，像是要繞過我，進入那半塌的帳篷中去。但是海文卻先他們一步，進了帳篷，同時，她在帳篷之中，叫了起來：「糟糕，食物全被偷走了，真不能相信這裏的人，會做這樣的事情！」

海文一面說著，一面走了出來，一副悻然之色。

海文的那種悻然之色，當然是做給那三個人看的，因為她在一轉頭之際，向我使了一個眼色。

海文的眼色使我知道丘倫還在帳篷之中。只要丘倫還在，就算那三個人硬來，我也不會怕他們，所以我更加鎮定，向著海文道：「那要補充食物才行，我們的車子又壞了——」

講到這裏，我向那兩個人道：「能不能借你們的車子用一用？」

那兩個人忙道：「不行，我們有急事。」

他們說著，已轉身走了開去，我和海文互望了一眼，看著他們上了車，駛走，我才說道：「他在裏面？」

海文道：「是的，像兔子一樣蹲著。」

我轉過身，撩起了帳篷的一角，看到了丘倫。他真的像兔子一樣蹲著。

我叫道：「丘倫。」

我這一叫，丘倫就抬起頭來，他的神情極茫然，這種神情，我絕不陌生，曾咬了我一口的那個人，就是這樣的神情，那分明是一個白癡的神情，難道丘倫也患了「間歇性癡呆症」？

海文在我的身後道：「他怎麼啦？」

我吸了一口氣，道：「我不知道，可是你看他的臉色，多麼蒼白，他像是被人不見天日地囚禁了好久一樣。」

海文失聲道：「如果他一失蹤就被囚禁，那有好幾年了。」

我向丘倫伸出手去，他仍然蹲著，直到我的手碰到了他的手，他才握住了我的手，那情形，就像丘倫是個嬰兒一樣，而且還是初出生的嬰兒。

初出生嬰兒的反應，就是這樣子的，當你向他伸出手去的時候，他根本沒有反應，但是當他的手碰到一些東西的時候，他就會自然而然，用自己的手，將碰到的東西抓緊。

丘倫抓住了我的手，我用力一拉，丘倫就被我拉得站了起來。他仍然抓著我的手，我手向下垂，他又要向下蹲去，看來，他對自己身子的動作，全然不能控制。

我輕輕分開了他的手指，讓他仍然蹲著，轉過身來，道：「我不知道發生了什麼事，但是他的情形十分怪。」

海文道：「要不要送他到醫院去？」

我幾乎直跳了起來：「他就是從醫院中逃出來的。」

海文忙道：「我是說……別家醫院。」

我的思緒紊亂，想了一想，才道：「先別讓那三個人發現，我看等天黑了再帶走他。」

海文點頭，表示同意。

我防備那三個人去而復返，和海文做了一些準備工作，將半塌的營帳支了起來，又在營帳前的空地上，生了一堆篝火。

果然，一小時之後，那三個人和輕便車又來了，三個人的神情都十分焦急，一個人直趨前來，道：「你們肯定沒有見過一個穿白衣服的男人？」

我裝出不耐煩的樣子：「如果見過，我為什麼要騙你？」

那人道：「這個男子是一個精神病患，發作起來，十分危險，要是你發現了他，請立即通知醫院，你會得到一筆獎金。」

我道：「既然是危險人物，怎麼會讓他離開醫院的？」

那人生氣地道：「意外！任何完善的事，都會有意外發生的。」

他說著，悻然踢開一塊石頭，轉過身，又上車走了。看這三個人焦急的神情，可以肯定，丘倫逃出醫院，對他們來說，一定是一樁極其嚴重的事，那我就要更加小心，不被他們發現，將丘倫送到安全的地方去。

在輕便車駛走之後，我們仍然不走，等候天黑。在等待之中，天黑得特別慢，好幾次，聽到了一些聲音，我們就以為是輕便車又回來了，但是一直等到天黑，那三個人都沒有再出現。

天黑之後，我們將丘倫自營帳中扶了出來，丘倫的樣子，完全像是木頭人一樣，不論和他講什麼話，做什麼動作，他都毫無反應，但是如果拉著他向前奔，他卻可以奔跑得很快。我已經對他進行了好幾小時的觀察，可以肯定，他的身體十分健康，但是他的智力，卻好像完全消失了。

丘倫是從那家醫院中逃出來的，那已毫無疑問，醫院為什麼要禁錮丘倫？自然有古怪。我本來就一直肯定那醫院有古怪，只不過查不出因由，如今有丘倫在，我就可以正式對付那家醫院了。

所以，在帶著丘倫離開林子，走到車子旁去時，我極其小心，準備隨時應變可能發生的意外。

那一段路程大約有二十分鐘，在天黑之後，四周圍靜得出奇，我們順利地來到了車子旁邊。當我們準備上車時，海文問道：「將他載到哪裏去？我看他實在需要一個醫生。」

我道：「先帶他回酒店再說。」

海文對我的提議，好像並不十分熱衷，我又道：「我有一個朋友住在酒店，他對丘倫的遭遇，或許有他的看法。」

海文點著頭，我打開車門，先坐上駕駛座，轉身示意海文帶著丘倫，坐到後面去，就在我半轉過身的時候，就呆住了。

第八部：易容換姓，目的何在

在車子的後面，早有三個人坐著，其中一個，正是杜良醫生。
另一個，瘦而尖削的臉，陰沉有神的眼睛，我也不陌生，就是去求見陶啟泉，自稱是巴納德醫生私人代表的羅克。
還有一個人，身形十分高大，這時已打開了車子後面的門，跨了出去，在他的手中，有著一柄槍，槍口正對準了海文。
杜良醫生嘆了一聲：「多管閒事，真是對健康十分不利的。」
我吸了一口氣：「好，殺人怪醫的真相，快要大白了。」
杜良的樣子，看來像是覺得我的話，十分滑稽，他側過頭去，對羅克說：「你聽聽，他稱我們為什麼？殺人怪醫？這是什麼稱呼？」
羅克道：「他的意思是，我們殺人。」
杜良道：「我們殺過人麼？」

羅克對於杜良這個簡單的問題，卻並不加以回答。我不明白羅克何以不回答，直到後來，我才知道，這個問題，對羅克來講，實在無法回答。

在這時候，海文先是發出了一下驚呼聲，然後，已被那持槍的漢子逼著，坐到了我的身邊，丘倫則被那漢子帶著，擠到了車後面。

我笑著對海文道：「不必驚慌，這種事，我經歷得多了，像如今這種場面只不過是小兒科——這是我們的一句俗語，就是微不足道的意思。」

聽得我這樣說，杜良、羅克和那男子，都有狼狽和憤怒的神情，我轉過頭去，望著他們，道：「我相信你們對我，一定曾作了某種程度的調查，至少應該知道我是怎樣的一個人。」

杜良沒有什麼反應，羅克則悶哼了一聲。我又道：「別說一支手槍，告訴你，我曾坐在核子導彈的彈頭上，曾經被比地球上所有武器加起來還厲害的武器指嚇過，快收起你們的手槍來。」

我最後一句話，簡直是命令式的，那握槍的漢子，不由自主，猶豫了一下。杜良忙道：「衛斯理，你的過去經歷，我們自然知道，你是一個好管閒事的人，太好管閒事了。」

我冷笑道：「一些罪犯在進行的『閒事』，我非管不可。」

杜良大有怒意：「你不能稱我們為罪犯。」

我譏笑道：「那麼，稱你們為什麼？救星？」

杜良和羅克都同時深深地吸了一口氣，道：「是的，你可以這樣說。」

在那一剎那間，我幾乎要忍不住「哈哈」大笑起來，我見過各種各樣的人，但是還未曾見過一個自稱為「救星」的人。

但是，我卻沒有笑出來，因為我看出，杜良的神情，十分認真。而且，我也知道杜良並不是普通人，他是一個醫生。他也不是一個普通的醫生。

我相信杜良一定在醫學上已經有了重大的突破，而且可能是震鑠古今的大突破。

所以，我只是呆了片刻：「既然是這樣，你們更可以將手槍放下來，將真相告訴我，你們真是救星，我也絕不會多管閒事。」

看杜良的神情，他顯然被我的話說得有點動心，他像是在想著什麼，然後，從沉思中醒過來，道：「這只是一個觀念問題——」

他才講了半句，羅克便疾聲道：「別對他說，他和其他人一樣，是無法接受這種觀念的。」

杜良深深吸了一口氣，沒有再說下去。我對羅克一直沒有好感，或許是基於他那過於陰森的臉容，但這時我卻不想和他爭辯，因為我急於得知事實的真相。而且我感到，我已經在真相的邊緣了。只要他們肯說出來，一切謎團就可以迎刃而解。

在這樣的情形下，我自然沒有必要，去和他們多作爭執。所以，我以十分誠懇的語氣道：「你錯了，再新的觀念，我也可以接受。」

杜良向羅克望去，羅克仍然固執地搖著頭，杜良嘆了一聲，說道：「衛先生，我們實在沒有做過什麼。」

我道：「是沒有做過什麼，例如要一個阿拉伯產油國的利益的三分之一之類，那本來就不算什麼，你們醫治陶啟泉的代價，又是什麼？」

杜良脹紅了臉：「那些金錢在阿拉伯人的銀行戶頭，在陶啟泉的銀行戶頭裏，和在我們手中，意義大不相同。金錢在我們手裏，就可以成為人類進步的動力。」

我呆了一呆，說道：「對不起，我不知道你們還在搞世界革命！」

杜良的臉脹得更紅：「你扯到哪裏去了？我是說，巨額的金錢在我們手裏，就可以做為研究的基金，替人類的前途，帶來新的光明！」

我冷笑道：「偉大，偉大，真是救世主！這樣說來，你們——我不知道你們有多少人，你們應該全是偉大的先驅者，偉大的科學家了？真可惜，你，還有羅克先生，我好像從來也未曾聽說過你們的名字，也不知道你們在科學上究竟有什麼貢獻。」

我一口氣地說著，語氣也極盡譏嘲之能事，那令得羅克的臉色更陰沉，而杜良的臉也更紅。杜良顯然被我的話激怒了，他指著羅克，羅克像是知道他要幹什麼一樣，立時伸手攏住了他的手指，可是杜良還是說出了一個人的名字來：「這個人的名字，你聽說過麼？」

我一聽杜良口中說出的那個人的名字，就呆了一呆，一時之間，不知道他忽然說起這個人的名字來，是什麼意思。

自杜良口中說出來的那個名字，我自然是聽說過的，那是一個極其偉大的科學家，這個人，曾在動物細胞分裂繁殖方面，有過極高深的研究，他的無性繁殖的理論，早在十多年前就自成體系，可是當時，他的理論提出來的時間太早了，科學界對他的理論無法理解，不能接受，有些保守的學者，還曾對他的理論，提出過攻擊，說是荒謬絕倫。

這個人，據我的記憶所及，大約在十年前或是更久之前，他在一次攀登阿爾卑斯山的行動中失蹤了。杜良突然提起這個人來，是什麼意思？

一時之間，我怔呆著：「你提到的這位先生，是一位了不起的人類先知。」

杜良道：「你要知道，他就在你的面前。」

我陡地呆了一呆，海文在上車之後，一直未曾開過口，這時，她才道：「別聽他胡說八道。」

杜良道：「樣子不像了？他根本沒有攀登阿爾卑斯山，登山不是他的興趣，探索生命的奧秘，才是他的興趣。恰好那時有一次雪崩，他又在阿爾卑斯山腳下，所以我們就聲稱他在登山中失蹤了。」

羅克皺眉道：「這些事，還提來幹什麼？」

杜良的神情更激動：「從事科學工作，一定要有犧牲，我們做了多大的犧牲，世人可知道？」

羅克道：「我們做任何犧牲，都是自願的，何必要世人知道？」

杜良道：「是，可以不必讓世人知道，但是絕不能讓他這種人，誣陷我們。」

他說著，直指著我道：「你再看清楚，一個有身分、有名譽、有地位的人，可以經過整容，改換了姓名，報稱失蹤，拋棄世俗中的一切，他為的是什麼，就是為了要探索新知。」

我吸了一口氣，再仔細看著羅克，眼前這個瘦削陰沉的人，和杜良口中提及的那個偉大的科學家——他的相片曾做過許多流行全世界的雜誌的封面——實在沒有絲毫相同之處。

當然，現代的外科手術，可以輕而易舉地徹底改造一個人的容貌，但是羅克為什麼要這樣做呢？他為什麼要做出這樣的犧牲呢？

注視羅克久了，我也不能不承認，雖然他的面目陰森可怖，但是他的一雙眼睛，卻充滿了極其深沉的智慧，這不是一雙普通人的眼睛。

我又吸了一口氣：「如果是那樣，那我收回剛才的話。杜良醫生，請問你原來的名字是什麼？」

杜良略頓一頓，又說出了一個名字。

這個名字，令得海文發出了一下驚呼聲，而令得我的口張大了合不攏來。過了好一會兒，我才道：「你……你不是在領取諾貝爾獎金的時候，在瑞典首都遭人綁架，下落不明？」

杜良道：「一個人如果要徹底躲起來，總要找一個藉口的。」

海文的聲音有點尖利：「你那一對可愛的雙生女兒，當時不過八歲，你怎捨得忍心拋下她們？」

杜良喃喃地道：「她們如今已經二十歲了！小姐，為了從事一項偉大的工作，總要有犧牲的，我剛才已經講過了，總是要有犧牲的。」

由於我們之間的談話，越來越是熱烈，而且敵對的成分也越來越少，那持槍的漢子，也放下了手槍。我實在捺不住好奇：「那麼他——」

我指了指持槍的漢子，羅克道：「他是我的一名學生。我們醫院中，隨便一個清潔工人站出去，就可以令世界名醫慚愧死。」

我不禁由衷地道：「是，你們已經掌握了生命的奧秘，在你們的手上，好像沒有不治之症這回事？」

杜良搖頭道：「你錯了，我們不過有某種突破，這種突破，對於延長人類的生命，有某種程度上的幫助而已。」

我揮著手道：「你們為什麼不公開這種突破，而要躲起來，甚至不惜改換容貌，藏頭縮尾地工作？」

杜良和羅克的臉上，都現出一種極度深切的悲哀來，這種深切的悲哀，絕不是任何人所能假裝出來的。他們兩人不約而同地嘆了一聲，杜良道：「公開？現在人類的觀念，還未曾進步到這個程度。」

我大聲道：「只要是對人類有利的事，在觀念上，一定可以被接受的。」

羅克冷笑道：「哥白尼的學說，對人類的前途是不是有利？結果呢？他被人燒死了。」

我立時道：「那是好幾百年前的事情了。」

羅克道：「幾百年，對人類來說，並沒有什麼不同，人類的觀念，還是一樣的愚昧落後。」

海文也參加了辯論：「不見得，人類的觀念在飛速地進步，你能舉個愚昧落後的例子麼？」

羅克「哈哈」大笑起來，他的笑聲聽來有點放肆，但是，卻充滿了自信。

他道：「節制生育，是對全人類都有利的事情，可是直到現在，還有多少人在對人工流產、對避孕在呶呶不休。」

海文的臉紅了紅：「那主要是宗教的觀點。」

羅克道：「對，那麼多人，受制於宗教觀念，人類的觀念，能說是進步嗎？」

我插言道：「這個問題遲早會解決的，而且，贊成節制人口的觀念，已經成為主流了。你舉的這個例子，說服力不夠。」

羅克揮著手，他的神情也漸漸變得激動，他道：「那麼，優生學呢？優生學的觀念，有多少人可以接受？」

我呆了一呆，向海文望去，海文的神情，也有點疑惑。我們當然知道優生學的意思，但是所謂優生學，卻也包括了許多不同的見解、不同的內容，我不知道羅克是指哪一種而言。

我問道：「你說的優生學是——」

羅克大聲道：「地球上的人口太多了，低劣的人所占的比例太大了，應該改變這種比例，使優秀的人種得到更好的生存機會。」

我皺眉道：「那應該怎樣？展開大屠殺，將你所謂不優秀的人全都殺光？」

羅克「嘿嘿」冷笑道：「你說出這樣的話來，證明你對生態學一無所知。人口不斷膨脹的結果，大屠殺會自然產生，各種各樣的天災人禍，會大規模地消滅人口，這是一種神奇的自然平衡力量。但是這種平衡的過程，是不公平的。」

我和海文望著他，聽他繼續講下去。

羅克又道：「譬如說，大規模的戰爭是減少人口的一個過程，在戰爭中，人不論賢愚，都同時遭殃，一個炸彈下來，多少優秀的人和愚昧的人一起死亡，人類的進步，因之拖慢了不知多少。」

我曾聽過不知多少新的理論，但是像羅克這樣的說法，倒是第一次聽到，這時我的心情，與其說是駭異，不如說是震驚來得好些。我失聲道：「那……你們在從事消滅所謂愚人的工作？」

我在這樣講的時候，連聲音都忍不住在發顫。因為自羅克的話中，我可以聽得出，在他的心目中，地球上的人，至少有百分之八十是他所謂的「愚人」、「低等人」。

羅克苦笑了一下：「真應該這樣做。但是我們還始終是這個時代的人，我們的觀念再新，有時也很難突破總體的概念。例如殺人是殘酷的這個觀念，我們就很難轉變為殺人是慈悲的。」

海文喃喃地道：「殺人和慈悲連在一起，我還是第一次聽到。」

羅克道：「其實，很多人心中明白，用無痛苦的方法去減少一大批活著不知幹什麼，生命過程和昆蟲、植物並無分別的人，對於其餘的人是極度有利的，但是既然人人都認為每一個人，即使他的生命過程像昆蟲，他也有生存的權利之際，這種行動，自然不可能展開，雖然明眼人看出，這樣下去的結果，是全人類玉石俱焚，同歸於盡。」

海文伸手劃了一個「十」字：「謝天謝地。」

我雙眉緊鎖，羅克的這種觀念，我自然不能接受，但是我倒也並不否認這種說法有可供深思之處，但是那牽涉的範圍太廣，我不想和他再爭論下去。

我道：「那麼，你們在做什麼工作呢？」

羅克道：「我們致力於盡量挽救優秀者的生命。」

我悶哼了一聲：「你所謂的『優秀者』，正確的稱呼，應該是『成功者』，像陶啟泉、像齊洛將軍、像辛晏士、像阿潘特王子——」

羅克道：「凡是成功的人，一定是優秀的人，凡是優秀的人，也必定成功，兩者是二而一，一而二的事，不必多咬文嚼字。」

對於羅克這樣的說法，我無法反駁。我看到丘倫坐在羅克和那漢子的中間，對於我們激烈的爭辯，他像是一句也未曾聽進去，神情仍然是那樣茫然，看來和白癡無異。

我向丘倫指了一指：「在我看來，丘倫是一個十分優秀的人，在你們心目中，他或許是一個低等人，所以你們才將他囚禁了六年，使他變成癡呆？」

杜良和羅克兩人，本來一開口就滔滔不絕，似乎絕沒有什麼難題可以難得倒他們，可是我一提起丘倫，他們兩個人就不約而同，一起抿緊了嘴，不再出聲。

我進逼道：「如果連他也只能算是低等人，那麼，消滅低等人之後，地球上還能剩下多少人？一萬？八千？」

杜良道：「我們並不認為他不優秀。」

我道：「那麼，為什麼他要受到這樣的待遇？」

杜良伸手在臉上撫摸了一下：「他的事，是一個意外，真的是一個意外。」

我再進逼：「什麼意外？我看不是意外，是你們的犯罪行為之一。」

羅克怒道：「你真是一頭驢子。」

我道：「罵人是驢子，並不能解決問題，我只要將丘倫的事公諸社會，你們任何工作都難以繼續下去了。」

杜良又驚又怒：「你不會這樣做的！」

我十分肯定地道：「我會的。」

杜良說道：「那對你有什麼好處？」

我裝出一副狠勁來：「有時我做事，並不一定要對自己有好處，損人不利己，也是好的。至少，我可以替我的朋友出氣。」

我之所以要裝出一副狠勁來，是因為我已經發現，杜良和羅克雖然曾經用過不正當的手段對付我，例如曾使我麻醉昏迷了十二天，剛才又拿槍指著我，可是他們對於這種事，顯然並不熟練。

也就是說，他們本質上都是科學家，是知識分子，是很容易對付的人，我這樣逼他們，就有可能令得他們把事實的真相透露出來。果然，我的恐嚇生效了。羅克和杜良都十分憤怒，可是卻全然無法對付我，過了一會兒，杜良才道：「丘倫已經死了。」

我和海文陡地一震，丘倫已經死了，這是什麼話？丘倫明明坐在車子裏，雖然他的神態有異，但絕不是一個死人，這是毫無疑問的事。

在我還來不及對杜良的話做出反應之際，杜良又道：「他是在一個意外中喪生的。」

我指著丘倫，張大了口，仍然說不出話來。

事實上，在那樣的情形下，我不必說什麼，用意也十分明顯：丘倫明明在這裏，你怎麼說他在意外中喪生了？這不是胡說八道嗎？

杜良和羅克互望了一眼，杜良向羅克投以一個徵詢的眼色，羅克緩緩地點了點頭。杜良道：「這裏不是詳談的好地方，我們到醫院去再說。」

我本來想拒絕他的建議，但是轉念一想，就算到醫院去，他們也玩不出什麼花樣來，所以我道：「好，希望到了醫院，能有進一步的具體說明。」

羅克和杜良兩人不再說什麼，我駕著車，向醫院的方向疾駛而去，到了醫院門口，我想減慢速度，可是圍牆的大鐵門卻自動打了開來。

我看到了這種情形，悶哼了一聲，杜良道：「我們有足夠的金錢，所以這裏的一切設備，遠超乎你能想像的範圍。」

我一面將車直駛進去，一面道：「那你對我的想像力未免估計過低了。」

杜良想要回答我的話，但是羅克卻碰了他一下，道：「等一會兒我們有太多的話要說，現在何必為這種小事爭論？讓他自己看好了。」

杜良不再說什麼，車子已在醫院建築物前，停了下來，一個穿著白外衣的人，自醫院中走出來，打開了車門，那持槍的漢子，挾持著丘倫走下車去，丘倫一點也沒有反抗。

我叫了起來：「等一等，我們將要談論的事情，是和他有關的，我要他在場。」

羅克道：「他在場，一點意義也沒有。」

我道：「不行，我要他在場。」

羅克怒道：「不能完全聽你的，因為你什麼也不懂。你若要堅持，那就算了。」

我斜著眼：「你不怕我去揭秘？」

羅克冷冷地道：「我們可以搬一個地方，我看阿潘特王子的領地，就會十分歡迎我們。」

他的態度強硬了起來，我反倒沒有辦法了，只好悶哼了一聲，一副悻然之色，出了車子，看他們將丘倫帶走。

海文也出了車子，另外又有一個人自醫院中出來，杜良道：「海文小姐，你也沒有必要參與這件事，真的，等衛先生知道了究竟之後，如果他判斷，可以讓你知道的話，那一定會告訴你。」

海文連忙抗議道：「不行，丘倫是我的朋友，何況又是我發現他的。」

杜良的神情十分真摯：「小姐，我不會傷害你，我是怕有些事實，會令你日後的生活，變得十分不愉快，所以才勸你離去——」他指了指出來的那個人：「他會送你回去。」

海文把不定主意，向我望了過來。我心想，如果有什麼變故的話，海文不在身邊，我可以不必照顧她，也方便得多。何況在事後，是不是將一切事實告訴她的取決權在我，如今讓海文離去也好。

我打定了主意，向海文道：「你放心，事後，我會將一切經過告訴你。」

海文接受了我的提議，她略微猶豫了一下，道：「丘倫好像有病，請他們盡力。」

我道：「你放心，我就是為了他來的。」

海文低嘆了一聲，和自醫院中出來的那人，走了開去，到了一輛車旁，一起上了車。

我看著她離去，才轉身和杜良、羅克一起走進了醫院。醫院的一切，看來仍然沒有什麼異樣，我的意思是，醫院看來仍然是醫院。一直到走進了會客室，我上次和杜良見面的所在，仍然沒有什麼異樣。

可是，當杜良一伸手，按下了一個看來像是燈鍵一樣的按鈕，有一道暗門打開，我們三個人一起進入那個暗門之後，我卻不免暗暗心驚。

暗門之內一個小小的空間，明顯的是一座電梯，電梯正在向下落去，我估計，大約下降了三十公尺左右。從電梯下降的高度來看，整座醫院的地下，另有天地。

等到電梯的門打開，已經可以看到一間佈置得極其華麗舒適的房間，那是一間類似客廳的大房間，有三組極舒服的沙發，迎面的一面牆上，懸著一幅大幅的馬蒂斯的作品，逼人的金黃色調，看得令人窒息。

杜良說過，他們有足夠的金錢，這一點，單從這間房間來看，已是毫無疑問的事。

在房間中，有五個人已經在，我們一出電梯，那五個人都客氣地站起身來，和我打招呼。杜良向我一一介紹了他們。

杜良講出來的名字，對我來說，全無意義。但是我可以知道，這五個人在這裏，等著和我見面，他們原來的名字，講出來一定又會令得我張大口，說不出話來的，不過杜良既然沒有介紹他們原來的名字，我自然也不好過問。

我還沒有坐下，一個半禿的中年人，就打開了一支酒瓶，酒香四溢，他替每個人倒了酒，我接過了酒杯，晃著，杜良道：「衛斯理先生是一個很特殊的人物，他的行動，對我們的事業，構成了一種威脅──」

我笑道：「這樣的介紹，未免太不友好了。」

杜良道：「對不起，這是事實，科學的精神，就在於接受事實。」

我聳了聳肩，不再說什麼。杜良又道：「當然，他不能中斷我們的工作。他威脅著要揭發我們，我們也可以再『失蹤』一次。問題是，這個人有過很多怪異的經歷，我們的工作，也有必要讓世人知道──至少讓一個像他那樣的人知道，所以，才請了他來。他可能還在自鳴得意，以為是他的威脅奏了效。」

杜良的話，越說越令我狼狽，我不得不提高聲音：「好了，說丘倫意外喪生的事。」

我之所以提出丘倫「意外喪生」的事來，是因為這件事，我料定他一定無法自圓其說的，也好別讓他這樣得意。

杜良喝了一口酒，嘆了一聲：「丘倫先生在醫院附近，看到了一些……現象，如果他當作沒有這件事，也就好了，可是他偏偏來追查。」

丘倫第一次到醫院來，情形和我第一次來差不多，杜良醫生接見他，丘倫仔細觀察著，看不出什麼來，不得要領而去。

丘倫當然不肯就此罷休，他第二次再來，情形也和我一樣，是爬牆而入的。可是，他只是一個記者，雖然身手還算矯捷，但是不像我那樣，過慣冒險生活，而且，醫院的圍牆也實在太高了些。

當他爬上了牆頭，想向下跳的時候，一個不留神，他整個人自牆頭上跌了下來。這樣的高度跌下來，當然難免受傷，本來也不至於喪生，糟糕的是，他的頭部，恰好在下跌時，撞在一個水泥的凸起物上。

不幸之至，丘倫立時喪命。

杜良一本正經地說了丘倫「意外死亡」的結果，我聽了之後，卻哈哈大笑：「這是什麼樣的謊言？就算我未曾見過活生生的丘倫，也不會相信這樣的鬼話。」

杜良卻繼續道：「他的屍體，我們將之草草埋葬在林子中。」

我怔了一怔，那具骸骨，警方證明是丘倫的，那麼，丘倫早已死了？我站了起來，又坐下來。一個有著濃密鬍子的人道：「要和他從頭說起，不然，他不會明白的。」

一時之間，所有的人都靜了下來，互相望著，我本來還想譏笑他們幾句的，可是卻忍了下來。因為整個氣氛，並不適宜譏笑。這些人的態度，都十分認真，他們之間，顯然有著一個極其重大的秘密，而他們目前的情形，顯然正在決定是不是要向我透露這個秘密。

這個秘密，對他們來說，一定極其重要，因為他們每一個人的神色，都是那麼嚴肅和鄭重，令得我也受了他們的影響，不能再胡說。

首先打破了沉默的，仍然是那個大鬍子，他道：「咦，我們不是早已決定了向他透露一切的嗎？」

一個瘦小枯乾的老頭子，苦笑了一下：「決定是決定，可是等到要做的時候，又是另外一回事了。我們花了多大的代價，來從事我們的工作，花了多大的努力，來保守我們的秘密。」

另一個矮個子嘆了一聲：「哥登，那就由你來對他說好了。」

在那瘦個子嘆著氣，說了那兩句話之後，全場響起了一陣無可奈何的低嘆聲，每個人的神情，都變得十分凝重和憂鬱。

大鬍子（他被人稱為哥登，那自然是他的名字）又嘆了一聲，仍然不出聲。

在這時候，我感到我應該表示一些態度了，我收起了敵對的神情和不屑的態度，倒並不是裝出來的，而是真正感到在這裏的所有人，每個人一定都有他們說不出的苦衷，所以才聯合起來，同心協力，保守著這樣的一個秘密。

我站直了身子，道：「各位，我其實並不是一個好管閒事的人，只不過對於自己不明白的事，喜歡尋根究底而已。而且，在這所醫院中，我感到有犯罪的氣味在，我可以向各位保證，如果各位的秘密，與犯罪事業無關，那麼這個秘密，我只會說給一個人聽，她是我的妻子白素，而這個秘密，也絕不會自我們的口中，傳到第三人的耳中去，白素，我的妻子，我和她之間，實在沒有秘密可言，所以我才要告訴她。」

我的話，講得十分誠懇，講完之後，雖然我沒有聽到回答，但是從那些人的神情之上，我可以感到，我的話已經被接納了。

沉靜依然維持了片刻，這期間，杜良、羅克和哥登等幾個人，又一次交換了一下眼色，杜良才沉聲道：「所謂犯罪不犯罪，實在是沒有標準的。」

我陡地一怔，剛想反駁他的說法，杜良已立時接了下去道：「那只不過是觀念問題而已。」

準。」

我「哼」地一聲：「別將問題扯得太遠，犯罪與否，具有普通的道德標

羅克的聲音聽來相當尖——我知道他一定是這個集團中的重要人物，因為陶啟泉就是他出馬接到這裏來的——他的神情看來也有點激動：「當然是觀念問題，哥白尼被燒死，就是當時的觀念，認為他的說法，是異端邪說，不能讓它在世間流通。」

我多少有點冒火：「可是哥白尼，他是那樣的一個偉大人物，你們之中，誰能和他相比？你們發現了什麼？創造了什麼？是不是你們認為自己走在時代的尖端？」

哥登朗聲道：「哥白尼的精神，是一切科學家都應該遵循的典範，我們的成就，或許不如他偉大，但是我們憑一個嶄新的觀念在行事。」

哥登又朗聲道：「走在時代的前面，這一點，我們倒不必妄自菲薄。」哥登的口氣極大，我瞪著他，正想又要發作幾句，他已經深深地吸了一口氣，道：「好，我開始了，如果我有講得不對的地方，各位隨時指出來，這件事，是我們大家一齊告訴一個完全不屬於我們的外人，並不是我一個人說出來的。」

好幾個人立時大聲表示同意，其餘的人，也各自點著頭。

哥登又吸了一口氣，才道：「從哪裏說起好呢？當然先從自己說起。衛先

生，在這裏，你所能見到的人，全不是我們本來的面目——」

我插言道：「是的，你們全經過整容手術。」

哥登道：「徹底的整容手術，目的是要在整容之後，連自己最親近的人，都認不得我們，我們甚至改窄了聲帶，以求發出來的聲音和以前全然不同，所以我們之間有些人，聲音聽來有點怪。」

是的，羅克的聲音就很尖，這些人，苦心孤詣，究竟是為了什麼？

哥登又道：「我們這些人，全是科學家，有的是醫生，有的是生物學家，有的是遺傳學家，有的是生物化學家，我們在未曾整容之前，在科學界都可以說是頂尖的風雲人物。」

我忍不住問：「那你們整容的目的是什麼？」

哥登居然打了一個哈哈：「當然是為了使人家認不出我們來。」

我又道：「那又有什麼目的？」

哥登沉寂了一下，道：「目的是我們在做的事，我們明知是對全人類有利的，是一項驚天動地的大突破，可以改變整個人類的文明。但是，這件事，卻不能為人類現階段的觀念所接受。」

我搖頭道：「說出來，什麼事。」

哥登道：「當然會說出來的，但是要從頭說起，你才會明白。」

我擺了一個比較舒服的姿勢，準備聽他敘述。

哥登望了羅克和杜良一眼：「事情應該從那天，你們倆遲到的那天開始。」

杜良和羅克點了點頭，表示同意。

哥登又補充了一句：「羅克和杜良——那時候，他們當然不是叫這個名字，他們和我是大學的同事，後來我們都相繼離開了大學，在一個由基金會資助的研究所工作。」

由於我知道杜良和羅克的原來名字，所以我也知道那個研究所是什麼研究所。不過，如今寫出這個研究所的名字來，也沒有什麼意義，因為他們的活動，只是從研究所開始而已。

但是可以肯定地講一句，如果不是第一流的科學家，是絕不能在那家研究所工作的。

哥登說要從那天開始，就從那天開始吧。

第九部：實驗室製成品

研究所的走廊寬敞而明亮，來來去去的人很多，漂亮的金髮女郎，名銜是助理研究員的吉娜，在走廊中四下張望著。

看到她，和她打招呼的人，都停了下來問她：「吉娜，你在找什麼人？」

吉娜反問：「看到杜良博士沒有？或者羅克博士？哥登博士正在找他們，已經打了好幾個電話到我辦公室來了。」

被問的人都搖著頭，吉娜仍然焦急地向門口張望著，直到看到杜良和羅克一起從門口走進來，她忙向他們急步走了過去：「兩位總算來了，你們再不來，哥登博士會把我逼死。」

羅克和杜良互望了一眼，杜良笑了起來：「一定是他又自以為有了什麼新的發現。」

吉娜壓低了聲音道：「可能他真的有了發現，今天他一早就到了實驗室，一進去，我就聽到他怪叫，接著他叫我打電話給你們，他在和我說話的時候，一面說，一面甚至在跳舞。」

杜良呵呵笑了起來，說道：「跳舞，哥登跳舞？倒真要去看看才好。」

兩人一面說著，一面走向電梯，兩人的步伐又快又大，以致穿著窄裙的吉娜小姐要加快移動，才能追得上他們，而吉娜小姐的快步，引來了不少經過男士怪異的目光。

進了電梯，到了三樓。

研究所的規模十分大，整幢六十三層高的大樓，全屬於這個研究所。研究所的課題，也包羅萬有，最近，甚至有人在研究浴缸的水塞拔起之後，水流出去時所造成的漩渦，何以在東半球和西半球會方向不同。

這些研究的題目，絕大多數，都是乍一看來，一點實用價值也沒有。但是許許多多的發明，許許多多科學上的新成就，就是從一點一滴，看起來絲毫無關緊要的小研究的成功結果匯集起來的。

三樓，是羅克、杜良和哥登三人的禁地，事實上，每一層的研究室、實驗室，全是這些實驗室主人的私家地，任何人，即使是主持這個研究所的基金會主席，如果不得主人的允許，也不能隨便進入。每個研究員，都保持著自己的「領地」。

一出電梯，哥登便直著嗓子在叫：「你們終於來了，來，給你們看點東西，你們遲到了。」

羅克和杜良笑著，看到哥登站在他自己實驗室的門口，半推著門，那種迫不及待等他們兩個人，又怕其他人撞進去的樣子，都覺得好笑。吉娜這時，也跨出了電梯。

一看到吉娜也向實驗室走來，哥登又嚷叫了起來：「吉娜小姐，請你回自己的辦公室去。」

吉娜也習慣了，科學家總給人一種神秘兮兮的感覺。所以她沒有說什麼，轉身向另一個方向走去，而羅克和杜良走進了實驗室，哥登將門關上，指著一具電子顯微鏡，神情緊張而興奮，甚至張大了口，再也講不出話來。

一看到這樣情形，杜良和羅克兩人，也開始加快腳步，一起來到那具顯微鏡前，他們甚至互相推著，像小孩子去爭著看什麼新奇的東西一樣。

杜良的個子比較大，他一下子推開了瘦削的羅克，將眼湊了上去，他只看了幾秒鐘，就哈哈大笑了起來，轉過身去，羅克忙也湊過去看，一看之下，也忍不住哈哈大笑起來，一面笑，一面還用手指著哥登，像是哥登做了一件再愚蠢不過的事情一樣。

哥登立時脹紅了臉，怒吼道：「看看清楚！」

杜良止住了笑，搖著頭道：「看清楚了，大學二年級生一看，就可以看清楚那是什麼。」

哥登又吼道：「好，那是什麼？」

羅克看出哥登的神情極其認真，他也變得嚴肅起來，不再笑了：「那是脊椎動物在母體子宮內的最早形態，時間大抵是卵子受精之後的十五天，細胞已開始分裂、成形，我的答案對嗎？」

哥登走了過來，揮著手，看樣子，像是想打羅克，他的聲音仍然很大：「好，那麼，告訴我，是什麼脊椎動物。」

羅克和杜良呆了一呆，杜良道：「你這不是故意為難人麼？誰都知道，最初幾天，幾乎所有脊椎動物的形態全是一樣的，一頭駱駝和一隻青蛙，沒有分別。」

羅克道：「當然是青蛙。」他望著哥登道：「自從你第一隻無性繁殖的青蛙，熱鬧過一陣子之後，到現在已經快有三年了吧，怎麼還樂此不疲？你早已養大了幾十隻無性繁殖的青蛙了！」

哥登脹紅了臉道：「青蛙？你爸爸才是青蛙！」

羅克和杜良都皺了皺眉，哥登的脾氣雖然不好，但也決不會出口傷人，他們知道自己所講的話之中，一定有什麼地方令哥登真正傷心了。

他們沉默了片刻，才道：「好，我們不知道那是什麼，請你告訴我們。」

哥登深深吸了一口氣，神情變得嚴肅之極，壓低了聲音道：「那是我。」

杜良和羅克在問哥登的時候，已經迅速地想過了不少答案，但是就算他們想了一萬個答案，也決不會想到答案會是這樣的。

兩人呆了一呆：「什麼叫『那是我』？」

哥登的樣子，十分惱怒，但是也有一種近乎惡作劇的奸猾，他道：「那是我，就是說，那是我，你們看到的，是我！」

杜良首先震動了一下，向後退出了一步。羅克的臉色，跟著也變得煞白，兩個人同時張大了口，但是卻一點聲音也發不出來。

哥登臉上那種惡作劇的神情更甚，他湊近震驚得臉無人色的杜良和羅克，壓低了聲音，道：「明白了麼？我，就是我。」

杜良和羅克兩人像是見到惡魔一樣地向後退著，杜良叫了起來：「不能，你不能這樣做。」

羅克的聲音更在劇烈地發顫，他叫道：「天！你……自己知道自己在做什麼？」

哥登伸出雙手，按在他們兩人的肩上，道：「我自然知道我在做什麼，事情再簡單也沒有，就像我取了一個青蛙的細胞，用無性繁殖的方法，培育出一隻青蛙來一樣。我已經用這個方法，培育出許多隻青蛙來了，是不是？唉，你們的神情，為什麼這樣吃驚？」

杜良和羅克不但吃驚、而且還在冒冷汗，汗自他們的額角不斷滲出來。

哥登呵呵笑了起來：「而且，我用無性繁殖的方法，培育一隻成年青蛙的過程，越來越快，是不是？開始時，需要幾個月，到後來，只要幾天，就有一隻青蛙出來！」

杜良叫了起來：「青蛙是青蛙，你是你。」

哥登的神態，極其咄咄逼人：「我是什麼？」

杜良和羅克，叫了起來：「你是人。」

哥登陡地叫了起來：「人是什麼？」

杜良呆了一呆，他顯然有點氣餒，聲音也沒有那麼大，他道：「人，就是人。」

哥登卻還不肯放過他，用手指直指著他的鼻尖，道：「你是一個生物學家，告訴我，用你的知識告訴我，人是什麼？」

杜良深深地吸了一口氣，臉色更白，但是他卻有了足夠的鎮定，使他慢慢說出了他要說的話，而不是叫出來：「人，是一種生物——」

他還想說下去，但是哥登卻已揮著手，粗暴地打斷了他的話頭：「對了，人是生物，青蛙是生物，魚是生物，蘭花是生物，只要是生物，就可以用我們的知識，用無性繁殖的方法來培育。」

杜良發出了一下呻吟聲：「可是人始終是人，和青蛙不同。」

哥登說道：「當然不同，所以培育過程，也困難和複雜得多。」

杜良雙手連搖：「我不是這個意思，我是說，人和青蛙不同，人是有思想、有靈魂的。」

羅克道：「拋開靈魂不談，人是有思想的。」

哥登肆無忌憚地笑著：「關於人的思想、靈魂，那是哲學家、宗教家的事，我們是生物學家，那和我們全然無關，在我們看來，人只是生物的一種，和其他的生物，只有生理結構上的不同。」

羅克也發出了一下呻吟聲：「那你總不能用無性繁殖法培育出一個人來。」

哥登道：「我已經可以肯定，一定能夠，其成長過程，就像青蛙的成長過程一樣。」

當哥登講出這句話之後，三人之間的激烈談話，到此暫時停止，哥登望著杜良和羅克，兩人也直勾勾地望著他。

或許由於剛才的談話，實在太驚心動魄了，他們三人都不由自主喘著氣，過了好一會兒，杜良才道：「如果……培育成功了，那個……人，是怎樣的？」

哥登挺起了胸，用一種模特兒的姿勢，站在他們兩人的身前，杜良和羅克兩人都不約而同地指著他道：「你的意思是和……你一樣？」

哥登的神情，有一種成功後的極度滿足：「是，和我一樣！」

羅克又問了一句：「完全一樣？」

哥登道：「完全一樣，根據過去成功的例子，採用無性繁殖法培育出來的個體，和被採取細胞的母體是完全一樣的。」

杜良的樣子，看來像是支持不住一樣，後退了幾步，坐倒在一張沙發上，然後，他不由自主地喘著氣道：「那麼，當這個……」他指著那具顯微鏡：「培育成功之後，我們會有兩個哥登？」

哥登皺著眉，對這個問題，他看來還有若干程度的困擾，所以並沒有立即回答。

杜良叫了起來：「回答我。」

哥登又停了片刻，才道：「我剛才所說完全一樣的意思是，在外形和生理組織上完全一樣，但是在心理方面，我指的是知識和思想方面，我不知道會怎樣。各種生物的遺傳特質，各有不同，昆蟲可以完全一絲不變地承受上一代的生活方式，脊椎動物就未必如此。人在這方面的情形如何，由於我如今在做的事，還是人類歷史上的第一次，所以結果怎樣，我不知道。」

杜良和羅克兩人互望了一眼，然後，他們兩人一起開口，叫著哥登的名字，在叫了一聲之後，兩人又一起停了下來。

哥登道：「怎麼？你們兩人不祝賀我？我有了人類有史以來，對生命探索的最大突破。」

杜良吞了一口口水道：「恭喜你，哥登。」

羅克也咕噥著說了一句同樣的話。哥登興奮地道：「你們看，我該如何發表我的成就才好？」

杜良和羅克一起嘆了一聲，羅克道：「哥登，你有沒有想到一個問題？」

哥登睜大了眼，顯然不知道他這樣說是什麼意思。

羅克接著說：「你的成功，使一個嶄新的人，出現在這個世界上。」

哥登道：「那有什麼不對？」

羅克的呼吸有點急促：「這個人是什麼身分？他如何生活？他的社會關係怎樣？如今人類的社會觀念，對這件事的看法如何？這個人的出現，對宗教觀念的衝擊程度如何？這許多問題你可想過沒有？」

哥登停了半晌，道：「老實說，我全想過了。」

杜良道：「那你的結果是——」

哥登道：「我的結論是，那些問題的存在，全不是我的不對。」他的神情開始有點激動，聲音也提高了不少：「一個人生活在社會上，有種種的束縛，他人都注意這個人的來歷、背景，甚至於政府也要這個人的資料，用種種紀錄將一個人的身分、地位固定起來，這是那種生活方式的不對，不是我的不對。」

杜良道：「可是，我們人人都是在這種方式下生活的！」

哥登用力揮著手：「那就需要突破，人類的生活方式，本來就在不斷地突破。在我的實驗成功之後，人類就要習慣於接受一個突如其來的人，將來，可以預料，所有新的生命，全會用這種形式出現，現有的繁殖方式，將會受到淘汰。」

杜良和羅克兩人，都不作聲。

哥登吼叫了起來：「怎麼啦？我不相信你們兩人，身為科學家，會不能接受這樣的新觀念。」

杜良又向羅克望了一眼，有點愁眉苦臉的樣子：「正是因為我們可以接受，所以才擔心。」

哥登「哈」地一聲道：「擔心什麼？」

杜良深深地吸了一口氣道：「從此之後，我們就和現代人類分隔開來了，只有我們三個人，你想想，只我們三個人，而另一方面，是全人類。」

哥登握拳道：「不止的，一定不止只有我們三個人，一定不止。」

我坐著，沙發柔軟而舒適，可是我卻有全身發僵的感覺。聽哥登在講述事情開始的情形，我對於整件事，已經有了一個初步的瞭解。

哥登，他在實驗室中，用無性繁殖法繁殖人。

我心中所受到的震撼之大，真是難以形容，一個人，莫名其妙地誕生。他毫無疑問是一個人，但是他自何而來？如何在這社會上生存？他的成長過程又怎樣？這一切問題全是沒有答案的。

我呆了好久，才道：「那麼，到現在為止，有多少人接受了這種新觀念？」

哥登吸了一口氣道：「不多，除了在這裏的所有人之外，還有醫院的大部分工作人員。」

我揮著手，我揮手是毫無目的的，只不過想藉此使混亂的心緒，略為鎮定些，我道：「那個人……那個人……在杜良先生和羅克先生看到時，還只是在胚胎形成初期的人，後來……造出來了沒有？」

哥登道：「沒有，他在十天之後死亡了。」

我一聽，大大鬆了一口氣，可是，哥登立時又道：「我很快就找出了失敗的原因，是我太過於小心，不敢將成長的速度提高，事實上，在特種培育方法之下，成長的速度可以提高得十分快。」

我吞下了一口口水：「快到什麼程度？」

哥登道：「細胞分裂成長的速度，是在母體子宮內的三十倍。」

我整個人彈了起來，然後，又跌坐在沙發上：「這樣說，你培育一個……人的時間是……」

哥登道：「在母體子宮裏，從受精卵的細胞分裂開始，到一個嬰兒離開母體，是二百七十天到二百九十天，我在實驗室之中，只要九天到十天，就可以達到這個目的。」

我的呼吸急促，道：「十天，你就可以……有一個嬰兒？」

哥登道：「十天！」

我的聲音聽來不像是自己的，我又問道：「那麼……以後呢？」

哥登道：「以後，每一年，成長的速度，就減低一半。你知道，任何數字，如果一直減少一半，是永遠沒有盡頭的，但是到後來，一和一點零零五之間的差別，是覺察不出來的。」

我的思緒混亂之極：「我有點不明白。」

哥登道：「第一年，這個無性繁殖人可以成長為十五歲的孩子，第二年，他二十二歲半，已經完全是成人了，第三年，他二十六歲，第四年，他二十七歲，第五年，他不到二十八歲，再以後，就和常人差不多，不容易覺察得出來了。」

我總算明白了，培育一個無性繁殖人所需的時間，大約是五年到六年。

我呆了好久，才又問道：「那麼，在五年之後，這個人……我可以稱……這個人……為人？」

對於我這個問題，客廳裏竟然是一片沉默，沒有一個人回答。

本來，我就覺得如果稱這樣一個由實驗室培養出來的人為「人」，多少有點不很妥當，所以才會發問。而當我問了這個問題，竟得不到答案之際，我開始感到問題的嚴重性。

我深深吸了一口氣：「怎麼啦？這個人有什麼不妥？」

又是一陣子沉默，羅克才道：「你得聽下去，聽以後事態的發展。」

我苦笑了一下：「好，我已經準備聽最不能接受的敘述，希望你們能說得越詳細越好。」

羅克道：「當然，我們已經下了決心，要將一切結果告訴你，剛才講到哪裏？」

我道：「哥登說能接受新觀念的一定不止三個人，會有很多——」

我講到這裏，略頓了一頓：「哥登剛才已經說過，那一次他失敗了，那可以不必再說了。」

羅克點著頭，點燃了一根菸，深深地吸了一口，將煙徐徐噴了出來。

胚胎在十天後就死亡，令得哥登十分沮喪，但是他卻一點也不氣餒，繼續在他的實驗室中，做他的實驗。照他自己的說法，那是最易做的實驗，他從他自己的身體上取細胞來培育，那是再容易不過的事情，任何一塊表皮，就有數不清的細胞。

實驗又實驗，哥登很少在其他場合露面，也只有杜良和羅克兩人，才知道他在做什麼。期間有一次，哥登提議採取他們倆人的細胞來作實驗，連他們兩人也不知道為了什麼原因，他們拒絕了。

在實驗中，哥登用了他自己身上的各種細胞，一直到採取了血液細胞之後，才突破了在胚胎時期就死亡的這一關，而且，哥登也摸索到了加速培養速度，反而效果更好的方法。

一個嬰兒誕生了！

那天，哥登、羅克和杜良三個人，聚集在哥登的實驗室中。哥登的雙手抱著那個嬰兒，杜良、羅克眼睛一眨都不眨地望著他。

嬰兒的眉目面貌，有著酷肖哥登的輪廓，三個人都不說話，過了好久，杜良才道：「天！他長大之後，會和你一模一樣！」

哥登道：「當然會，他根本就是我生命的一個延續。」

羅克的聲音很乾澀：「他的成長，會發生什麼問題？和常人一樣？」

哥登道：「不一樣，快得多，我還沒有找出規律來，他細胞分裂的速度，至少是常人的十五倍，他也需要十五倍的營養，不過，無論怎樣，我們會照顧他，使他長大的！」

羅克和杜良點著頭：「不論他如何成長，這個嬰兒，已經證明了你的成功，你準備如何發表？」

哥登將嬰兒輕輕放了下來，神情猶豫：「我不想發表了。」

羅克叫道：「為什麼？」

哥登苦笑了一下：「就如你們所說，這是一個全然和如今人類觀念相反的新事實，就像是全人類認為地球是宇宙的中心之際，忽然有人提出了地球是繞著太陽轉一樣。」

杜良說道：「你……怕被人燒死？」

哥登苦笑了一下道：「燒死倒不至於，但是你想，以如今人類觀念為基礎的法律，對我會怎樣？」

羅克道：「你是在創造生命，並不是在毀滅生命，法律不會將你怎樣。」

哥登指著那嬰兒道：「這……是一個生命嗎？還是只是實驗室中的一個成品？」

羅克和杜良都不出聲。

哥登又道：「我是不是有權用他來作進一步的實驗？是不是可以在必要的時候，令他死亡？他和我們一樣，有生存的權利，還是這個權利在我手中？如果在繼續實驗的過程之中，他死亡了，我是不是犯了謀殺罪？朋友，你們對這些問題能有肯定的回答嗎？」

羅克和杜良驚住了。

嬰兒看來健康、可愛，和產生於母體的嬰兒，沒有任何不同。

也正由於如此，哥登的那些問題，才完全無法回答。

哥登嘆了一聲道：「在歷史上，科學的發展，受制於各種各樣人文規範的例子太多了。我不想牽涉在這種無聊的漩渦之中，所以——」

他講到這裏，停了片刻，才道：「所以，我決定秘密進行，不公佈我研究的成果。」

杜良和羅克兩人默然半晌，哥登問道：「怎麼樣？你們認為我這樣做不對？」

杜良皺著眉，緩緩地道：「你是對的，但是，秘密能維持多久？」

哥登道：「能維持多久就維持多久，或許，根本不必維持。」

羅克驚了一驚：「什麼意思？」

哥登指著那嬰兒道：「如果過不了幾天，這個嬰兒死了，那就當這件事沒有發生過一樣，我可以繼續實驗，繼續摸索。」

第十部：謀殺，還是救人？

在實驗室中用無性繁殖法培育出來的嬰兒沒有死，而且以極快的速度發育成長。

當羅克、杜良兩個人，第二次再看到這個孩子時，孩子已經會走路，而且會發聲，看來健壯活潑，完全和正常的孩子一樣。

那一次聚會，還是哥登召集的，除了杜良和羅克以外，又多了四個人，那四個人，不必哥登介紹，他們也認得。四個人中的一個，也是研究所中的研究員，是一個極優秀的心理學家，另外三個，雖然以前沒有見過面，但全是極其出色的生物學家、遺傳學家和醫生。一共是七個人，望著那個孩子。離上一次的聚會不過三個月，孩子看來已有四、五歲大。

當七個大人以十分嚴肅的神情，注視著那孩子之際，孩子睜大眼睛，眼珠轉動著，像是十分有趣地打量著七個大人。這七個大人，全是科學界的權威，在任何一個學術性的演講會上，他們都可以滔滔不絕地發言幾小時。

可是這時，他們卻一言不發。

空氣像是僵凝了一樣，靜得出奇，只有那孩子不時發出一些咿咿啞啞的聲音。

過了好久，羅克才首先打破了沉默道：「這……樣大的孩子，應該……會說話了。」

有一人打破了沉默，氣氛像是活躍了一些，那位心理學家道：「我剛才已做過了一些試驗，我不認為這孩子的智力和他的年齡相稱。」

哥登補充道：「他的意思是，孩子的身體是四歲，但是智力停留在三個月，迅速的成長，只是身體上的，不是心智上的。」

另一個科學家道：「這點很可以理解，智能的成熟、心理的成長、思想的形成，一切都和與外界的接觸有關。這孩子實際在世上生存的時間只有三個月，他不可能有更高的智力。而且，這三個月，他一直在實驗室中，沒有和別人接觸，他的智力，應該比普通三個月大的嬰兒更要低。」

哥登指著那位遺傳學家道：「思想不屬於遺傳因子的範圍？」

遺傳學家苦笑了一下：「在你和這個孩子之間，是不是能適用遺傳律，還是一個疑問。這個孩子，不是你的兒子——我的意思是，這個孩子不是根據正常的生育程序得到你的遺傳，他是你的一個細胞培育發展而成的。」

哥登抗議道：「任何人，都是由一個細胞培育發展而成的。」

遺傳學家搖頭道：「那情形不同，任何人，是兩個細胞，一顆精子和一顆卵子結合而成的，遺傳因素的結合，極其複雜，而這個人——」

哥登道：「這個人是由無性繁殖培育成功的，他的一切，應該和我一樣。」

所有的人都沒有講話，哥登的神情有點急促，臉色也脹紅了，他道：「這孩子……和我完全一模一樣。不信，你們看看我四歲時的照片。」

哥登一面說著，一面取過了一個文件夾來，打開。文件夾中，是一張放大了的四歲孩子的照片——哥登四歲時的照片。

所有的人看了照片，再看眼前的那個孩子，都發出了一陣嘆息聲。也不知道他們是由於吃驚而嘆息，還是感到了神奇而嘆息。

一位醫生在嘆息聲中，大聲道：「哥登，事情已到了這地步，應該公開發表了。」

哥登道：「我邀請各位前來，是因為各位都是科學家。科學家應該有一種信念，凡是新的事物，我們就要不斷摸索，各位，我可以肯定，我的成就，必定會受制於世俗的觀念，但是我也可以肯定，我的成就，將使整個人類的發展改觀。」

羅克喃喃地道：「這……毫無疑問。通過無性繁殖……人等於有了複製品，永遠……不會死了。」

哥登道：「不錯，讓人的生命，通過無性繁殖的方法，永遠生存下去，這正是我的目的。可是，人的生命，最重要的部分，不是身體，而是思想。」

哥登說到這裏，用力在自己的額角上指了指，重複道：「是在這裏！如果只是一具身體，那又有什麼意義？生命一樣會消失。」

那位心理學家站起來又坐下，坐下又站起來：「可是你不能……沒有法子將自己的思想、知識，灌進另一個身體中去的。」

哥登道：「所以，我要繼續研究。我想，我無法完成這項研究，我需要各位的幫助，我們大家為開創人類的新紀元而共同努力。」

哥登的話，其實並不具有什麼煽動性，但是卻深深打進了在場每一個人的心坎，在場的全是極其出色的科學家。不是科學家才有這樣的想法，而是有了這樣的想法，才能成為真正的科學家。

這種想法就是：不斷地創新，用自己的工作來改變人類的歷史，將之當作自己無可避免的責任。

實驗室中又靜默了片刻，各人都表示了同意，哥登才又道：「各位不妨去聯絡志同道合的朋友，一定要嚴守秘密，我已準備辭去這裏的工作，因為在這裏，當這個人逐漸長大之際，秘密一定無法保持，我已準備搬到歐洲去。」

羅克忽然道：「搬到哪裏去？奧地利？」

杜良道：「為什麼是奧地利？」

羅克攤開手道：「科學怪人不就是在那裏產生的麼？」他說了之後，打了一個哈哈，可是卻沒有人跟著他發笑。

哥登瞪了羅克一眼道：「一點也不幽默。」

羅克苦笑了一下：「對不起，我只不過忽然之間有這種感覺而已。」

哥登皺了一下眉：「要設立這樣的一個實驗室，需要很多錢，但由於這工作實在太偉大，我準備放棄一切，去完成這個目標。」

杜良立時附和，其餘人陸陸續續也表示同意。

收購瑞士勒曼鎮附近的一家小規模療養院，就是在那次聚會之後一個月決定的。

勒曼療養院規模不大，誰也不會注意，遷移工作開始準備。

實驗室中培養出來的那個人，哥登一直努力在使他追得上普通人的智力，可是哥登卻失敗了，一直到三年之後，那個人的身體，看起來已經完全是一個健壯的青年了，但是智力卻似乎還停留在正常人一歲都不到的階段，換言之，這個人是一個白癡，無可救藥的白癡。

哥登望著我，我已經被聽到的事，嚇到驚呆得講不出話來了。我手中的酒杯，早已乾了又添酒，添了又喝乾了好幾次。

我的喉頭發乾，像是有火在燃燒。

一個由實驗室製造出來的人，只用一個細胞，通過無性繁殖法培養出來的人。

不論這個人是不是白癡，他總是一個人。

而且，我也漸漸明白了種種謎一樣的事實的真相。丘倫在六年前看到的「齊洛將軍」、以及目前的丘倫，全是同類的產品。

但是其中的經過情形如何，我還是不很清楚，我只好怔怔地望著哥登。

哥登道：「如果不是我忽然心臟病發作，這種實驗，我幾乎已要放棄了，因為培育一個白癡，是毫無意義的。」

我有點不明白：「你心臟病發作，怎麼反而會使實驗工作有了發展？」

各人互望著，都不出聲，過了好一會兒，哥登才道：「這是一個意外，真的，開始的時候，誰也沒有想到過，只是一個意外。」

我吸了一口氣，道：「意外？我還是不明白。」

羅克沉聲道：「情形是這樣——」

■後備■

實驗在勒曼療養院中繼續進行，除了那個人繼續成長之外，一點也不理想，那人是沒有智力的，而且也不能接受任何教育，是一個無藥可救的白癡。

哥登已經心力交瘁，過度的工作引起的疲勞，還在其次，最致命的是極度的失望，他所培育出來的算是什麼？毫無疑問那是一個人，可是一個沒有思想的人，又算是什麼？那只是一具軀體。

哥登曾經設想，用無性繁殖法培育出來的人，不但在身軀的外形方面，甚至在思想和智力方面，都能夠和原體一樣，也只有那樣，才能使人類的歷史整個改觀。

哥登經常向他志同道合、從事共同研究工作的朋友，敘述著他的實驗成功之後的遠景。以他自己為例，他已經有了豐富的知識，也有著大膽創新、超越時代的思想。可是，不論怎樣，肉體的衰老是無可避免的。

而如果他的實驗工作成功了，那麼，一個培育出來的人，一個嶄新的身體，承受了他的全部智慧，而且還可以繼續吸收更多的知識、產生更多的智慧，那將是一種什麼樣的進展！

但是哥登的實驗卻失敗了，他所培育出來的，只是一具軀體。

在搬到勒曼鎮的療養院之後，秘密進行的實驗工作，範圍已經相當大，用無性繁殖法培育的個體也不止一個，但是在迅速成長的過程之中，所有培育出來的個體，全是沒有思想能力的白癡。

在一次研討之中，哥登心臟病猝然發作。

哥登在激動的講話之中，突然停止，雙眼發直，面上呈現著一種接近死灰的顏色，身子搖擺著，向後倒去。

當時在他身後的是羅克，羅克一把扶住了他，叫了起來：「天，哥登，你不能離開我們。」

哥登的嘴唇劇烈地顫動著，可是他卻已經講不出話來，這種情形，別說在場的不少著名醫生，就算是普通人，也可以看出情形不妙。

一個醫生立時上前，替哥登把脈，一面做手勢，羅克和杜良兩人架著哥登，離開了會議室，進入病房。在病房中，對哥登進行了一連串的搶救，哥登的性命，暫時保住了。

在病房外的一間小房間中，一共是九個人，包括杜良和羅克在內，每個人都因為面臨著一個極其嚴重的問題，而不由自主地呼吸急促。

杜良最先打破沉寂：「哥登的狀況極嚴重，他要離開我們了。」

所有的人都震動了一下，有的人不由自主，伸手抹著自己額頭上滲出的汗。

他們之所以來到這裏，有的人隱姓埋名，有的人改頭換面，全是為了一個共同的理想，而這個理想，是由哥登提出來的。

哥登是他們這個組織的靈魂，一切全是從哥登開始的。如果整個工作已經有了成就，那麼哥登的離去還不成問題。可是如今，工作只是開始，最重要的部分，還沒有解決。

在場的所有人，都很難想像哥登如果死了，他們的工作是不是還可以繼續下去。

杜良又道：「我們……如果不能挽回哥登生命的話，世界上再也沒有任何人可以救他了。」

杜良的話，並不誇張，因為在場的九個人之中，就有四個是最權威的醫學界人士。

一個醫生咕噥了一句，他發出的聲音，十分低沉，而且含糊，但是由於每一個人心情沉重，房間中靜得出奇，還是有幾個人聽到了他在咕噥什麼。

羅克就在那醫生的身邊，他聽得最清楚，那醫生在說：「其實，我們可以使哥登繼續活下去的。」

羅克陡地轉過身，由於緊張，他不由自主，伸手抓住那醫生的上衣：「你說什麼？我們可以使哥登繼續活下去？求求你，說出辦法來。」

那醫生的臉色本來就不怎麼好看，這時，更蒼白得可怕。他像是犯了罪似地叫了起來：「當我沒說過，當我沒說過這樣的話。」

聽到那醫生這樣說的，不止羅克一人。而他被羅克一追問，反應是如此強烈和異特，也頗出乎所有人的意料之外，所以，當他叫嚷的時候，所有人的目光，都集中在他的身上。

那醫生雙手緊握著，幾乎像是在向各人哀求一樣：「算我沒說過，好不好？」

另一個醫生道：「可是事實上，你已經說了，你是不是真有方法可以挽救哥登的性命？這件事，對我們全體太重要了。」

那醫生囁嚅著，身子發著抖，在各人的一再催促之下，才說道：「我的意思是，一次……簡單的心臟移植手術，就可以挽救哥登的生命。」

這句話一出口，有幾個人立時帶著憤怒地發出悶哼聲：「這誰不知道，問題是，上哪裏找一顆合適的心臟？說了等於——」

那人的一句話，只說了一半。

他本來是想說那醫生「說了等於沒說」的，可是下面「沒說」兩個字還未曾出口，他就陡地停了下來，不再說下去。

在那一剎那之間，他停止了說話，而他的臉上，現出了一種極其奇詭的神情來。

在那人臉上所現出來的那種奇詭神情，像是會傳染一樣，顯然是在場的每一個人，在極短的時間，大家都想到了相同的事，所以才會出現同樣的神情來。

一時之間，誰也不說話，小房間十分靜，只有各人發出來的濃重呼吸聲。沉默維持了起碼十分鐘，那真是長時間的、令人窒息的沉默，然後，杜良以極低的聲音，打破了沉寂：「可……可以嗎？」

他的聲音極低，可是這一個簡單的問題，卻使他的聲音，不由自主地發著抖。在場的每一個人，都知道他是為什麼而發抖，有兩個人甚至立時發出了一下呻吟聲，可是卻完全沒有人回答。

杜良在發出了這個問題之後，望著每一個人，幾乎每一個人都迴避了他的目光，最後，杜良的目光，停在羅克的身上。

羅克也半轉過頭去，杜良叫著他的名字，羅克又轉回頭來。

杜良說道：「我們是最初的三個人，你的意見怎樣，可以嗎？可以嗎？」

杜良連問兩聲，第二聲「可以嗎」的聲音，聽來尖銳而駭人。

羅克深深吸了一口氣，反問道：「你呢？你認為是不是可以？」

杜良道：「我……我……我……」他在接連講三個「我」字之際，神情極其猶豫，顯然他心中對於是不是可以，也極難下決定。但是在剎那之間，他像是下定了決心，挺直了身子，先是長長地吁了一口氣，才道：「我看不出不可以的道理，所以，我說，可以的。」

羅克像是如釋重負一樣：「你說可以，那就可以好了。」

杜良的神情極其嚴肅：「不行，沒有附和，我們在場的每一個人，都要極其明確地表示自己的意見。」

羅克僵呆了一陣才道：「可以。」

杜良向羅克身邊的人望去，在羅克身邊的，就是那第一個咕噥著，說可以挽救哥登生命的那個醫生，他道：「可以。」

杜良再望向一位遺傳學家，遺傳學家尖聲叫了起來：「不可以，那……那是謀殺！」

在遺傳學家身邊的兩個人，立時點頭道：「對，那……簡直是謀殺。」另外的人都表示「可以」。六個人說「可以」，三個人說「那簡直是謀殺」，當然他們的意見是「不可以」。

杜良嘆了一聲道：「我們之間，首次出現了意見上的分歧。」

那三個表示「不可以」的人，以遺傳學家為首：「如果少數服從多數……」

杜良立時打斷了他的話頭：「不行，我剛才已經說過了，每一個人都要極其明確地表示自己的意見，不能用少數服從多數的辦法！如果用少數服從多數的辦法，我也說不可以好了，事情仍然可以進行，是五對四，可以的占多數，而我的心中，可以自恕，因為那不是我的意見，不，我們不用這種滑頭、逃避的方法，我們要確實樹立一個新的觀念。」

遺傳學家道：「我們討論的，是要取走一個人的生命！」

杜良道：「不，我們討論的，是要挽救一個人的生命，挽救一個偉大科學天才的生命。」

他們的敘述十分有條理，完全是照著當時發生的情形講述出來的。

當我開始聽到他們為了「可以」、「不可以」而發生意見分歧之際，一時之間，還想不明白他們在說什麼可以，什麼不可以。

但是當我聽到了當時遺傳學家和杜良的對話之際，我陡然之間明白了。

剎那之間，我心頭所受的震動，真是難以言喻。

我立時向哥登望去，哥登的神色，十分安詳，絕不像是一個有嚴重心臟病的人。

由此可知，當時九個人的爭論，最後是達到了一致的意見，是「可以」，而且他們也付諸實行了，所以哥登才活到了現在，看來極健康。

我想說什麼，但是說不出來，我想發問，一時之間也不知道如何發問才好，因為這其中，牽涉到道德、倫理、生命的價值、法律等等的問題實在太多，根本不知從何問起才好。

而更主要的是，我知道根本不必問，他們自然會將當時如何達成了一致意見的經過告訴我的。

我只是急速地呼吸著，我真的不但在心理上，而且在生理上，需要更多的氧氣。

在杜良的那句話之後，又沉默了片刻，羅克道：「我假定我們每個人，都已經切實瞭解到我們討論的是什麼問題了？」

遺傳學家苦笑了一下：「還有問題。剛才，我說出了一半，杜良也說了一半，我們在討論的是，如何殺一個人，去救一個人。」

羅克道：「對，說得具體一些，我們的商討主題，是割取培育出來的那個人的心臟，將之移植到哥登的胸膛中去，進行這樣的一次手術，以挽救哥登的生命。」

那醫生說話有點氣咻咻，他道：「那個人的……一切和哥登一樣，心臟移植之後，根本不會發生異體排斥的問題，手術一定可以成功，而且那個人的身體，健壯得像牛一樣。」

遺傳學家道：「可是那個人……他會怎樣？他的心臟被移走……會怎樣？」

杜良的聲音聽來有點冷酷：「我們都知道一個事實，沒有任何人心臟被取走之後，還能活下去。」

遺傳學家道：「那麼，我們就是殺了這個人。」

杜良大聲道：「可是這是挽救哥登的唯一途徑。」

杜良大聲叫嚷之後，各人又靜了下來，過了好一會兒，羅克才以一種十分沉重的聲音道：「我看我們要從頭討論起，哥登培育出來的那個人，是不是一種生命？」

遺傳學家以一種相當憤怒的神情望向羅克：「你稱之為『那個人』，人，當然是生命！」

羅克道：「我這樣稱呼，只不過是為了講話的方便，實際上，哥登對他有一個編號，是實驗第一號。好了，我們是不是都認為實驗第一號是一個生命？」

遺傳學家首先表示態度：「是。」

他不但立即表示態度，而且還重複地加重了語氣：「當然是！我們和他一起生活了很久，誰都可以知道他不但是一個生命，而且是一個人，和你、我一樣的人。」

杜良道：「實驗一號完全沒有思想。」

遺傳學家道：「白癡也是人，有生存的權利，不能隨便被殺害。」

杜良顯然感到了極度的不耐煩，他脹紅了臉道：「好，那麼讓哥登死去，留著這個白癡，這樣做，是不是會讓你的良心安寧一些？」

遺傳學家也脹紅了臉，不出聲。一個醫生道：「我們在從事的工作，極其需要哥登，而實驗一號，可以用幾年時間培育出來，要十個、八個都可以，我想這事情，用不著爭論了。」

遺傳學家和另外剛才表示「不可以」的兩個，都低嘆了一聲。其中一個道：「看來，對於生命的觀點，要徹底改變了。」

遺傳學家道：「是的，我們要在最根本的觀念上，認為通過無性繁殖法培育出來的，根本不是一種生命，可以隨意毀滅，才能進行這件事。」

杜良和羅克齊聲道：「對，這就是我們的觀念。」

接下來，又是一陣沉默，杜良問道：「好了，贊成的請舉手。」

六個人很快舉起了手，遺傳學家又遲疑了片刻，也舉起了手，其餘兩人也跟著舉手。

杜良站了起來：「從現在這一刻起，我們為全人類樹立了一個嶄新的觀念。這個觀念，隨著時代的進展，一定會被全人類所接受，但是在現階段，這個觀念，卻和世俗的道德觀相牴觸，和現行的各國法律相牴觸，所以我們非但不可以公開，還要嚴守秘密，各位之中，如果有做不到的，可以退出，退出之後，也一定要嚴格保守這個秘密。」

大家都不出聲，過了片刻，杜良又道：「沒有人要退出？好，那我們就開始替哥登進行心臟移植手術。」

所有的人全站了起來，從那一刻起，幾乎沒有人講過什麼話，就算有人說話，也是絕對必要的話，都是和手術進行有關的。

由於有著各方面頂尖人才的緣故，手術進行得十分順利，全世界進行心臟移植手術的人，再也沒有一個比哥登復原得更快，不到一個星期，哥登幾乎已經和常人一樣，可以行動了。

而他新移植進體內的心臟，是一顆強健的新心臟，年輕得至少還可以負擔身體工作五十年。

第十一部：留待歷史去評價！

哥登望著我，指了指他自己的心口：「因為那是我自己的心臟，根本不存在排斥的問題。」

我的思緒極混亂，儘管我集中精神，聽他們敘述當時的情形，可是我耳際，仍然「嗡嗡」作響，當哥登向我望來之際，我道：「我……只想問一個問題。」

羅克作了一個手勢，示意我可以任意發問，我道：「那個人……那個……實驗一號，他……」

一個醫生道：「他是在麻醉之後，毫無痛苦地死亡的。」

我語音乾澀：「我看，『死亡』這個詞也有問題，你們既然不承認他是一個生命，又何來死亡？」

杜良皺了皺眉：「我早就說過，我們樹立的新觀念，是很難為世人接受的。」

我不由自主，閉上了眼睛，在我閉上眼睛之際，我彷彿看到了一個年輕、健康的人，被麻醉了，躺在手術床上，然後，在他身邊的第一流外科醫生，熟練地操著刀，剖開了他的胸膛，自他的胸膛之中，將他的心臟取了出來，移進了另一個人的胸膛之中。

這個躺在手術床上，當然立即死亡的人，本來是不存在的，死了也不會有人追究，可以說根本不算是什麼。

但是，世上哪一個人是本來存在的呢？這個人，不論他的編號是什麼，他實在是一個人，他是被謀殺的。可是，卻由於他的死，而使得另一個人活了下來。活下去的人，可以很快地又培育出這樣的人來。

這究竟是道德的，或是不道德的？

我的思緒真正混亂到了極點。

我猜想杜良、羅克等九個人在商議的時候，一定也有同樣的心情，我向他們望過去，像羅克、杜良他們，立即決定「可以」的那幾個人，他們的思想，是不是正確呢？

從現實的觀點來看，當然沒有什麼不對，「實驗一號」死了，哥登活了下來，用同樣的方法，可以使每一個人的生命得到有限度的延續，可以使許多現代醫學為之束手無策的疾病，變成簡單而容易治療。像陶啟泉的心臟病、阿潘特王子的胃癌等等，甚至，整個內臟都可以通過外科手術，加以調換。

「實驗一號」對哥登而言，只不過是一個後備。像是汽車有備胎一樣，原來在使用中的車胎出了毛病，後備車胎就補上去。

如果「實驗一號」根本不是一個人，只是一組器官，那就什麼問題也沒有了，可是「實驗一號」卻又分明是一個活生生的人。

在我張口結舌，不知該如何表示意見才好之際，杜良道：「不容易下結論，是不是？我早已說過，這種新觀念，不容易為人接受。」

我悶哼了一聲：「尤其是這種所謂新觀念被人用來當作斂財的工具之際，更不容易被人接受。」

杜良也悶哼了一聲：「你不能因此苛責我們，不錯，我們因之得到了大量的金錢，現在，我們醫院積存的財富之多，高於任何一個基金會，甚至超過了羅馬教廷，我們可以利用這些金錢，來展開我們的研究工作。」

我的思緒仍然十分混亂，無法整理出一個頭緒來，但是我還是有足夠的機智：「大量的金錢，是用許多生命換來的。」

杜良冷冷地笑著：「我想你這種說法是錯的。自從我們替哥登進行了心臟移植手術，而他又迅速復原之後，我們發覺，我們所進行的實驗，本來是想使人的生命，通過另一個新的自我的產生而延續，這個目的雖然未能達到，但是也不能算是完全失敗，至少我們可以使人的生命，作有限度的延續，這實在是一大發現。這個發現，是哥登在完全痊癒之後，提出來的。」

杜良向哥登做了一個「請」的手勢，請哥登繼續講下去。

哥登道：「我自己知道，我的心臟病完全好了。原本現代醫學中的一個盲點，被我們突破了，有許多絕症，可以用這個方法來醫治，於是我們就開始訂出一項大規模的計劃。」

計劃十分龐大，先訓練了一批人，完全採用訓練特務的方法來訓練，訓練那幾個人成為機警、行動快疾的特種人員。

然後，再搜集世界各種超級大人物的名單，和他們的起居、生活習慣。等到弄清楚了之後，就派出受過訓練的人員去。

受訓人員所要做的事，其實並不困難，只要使被選定的目標，受一點傷，流一點血就可以了。這樣的一點輕傷，任何人一生之中，都難以避免，也不會在意。困難的只是超級大人物一般來說，都不容易接近，一旦接近了，幾乎都能達到目的。

於是，各種各樣接近超級大人物的方式被採用，晉見阿潘特王子時，冒充日本購油的代表。

當他們得到了超級大亨的血液細胞之後，就以最快的方法，妥善的保存著，送到勒曼療養院來，在實驗室中，用無性繁殖法，培育成人。通常來說，只要五年時間，培育人就成長了，成長為和超級大亨一模一樣的一個人，成為他們的後備。

這些後備人，被豢養在勒曼療養院的密室之中，受到最好的照顧，使他們成為身體極健康的人，以備隨時需要，發揮他們後備的作用。

後備人都是沒有智力的，有時，他們也會逃出來，當年丘倫在湖邊看到的「齊洛將軍」，其實就是齊洛的一個後備人。

超級大亨只知道自己離奇地受過一次輕傷，有的甚至根本以為那是一個小意外，他們絕不知道自己已經有了一個後備人。一直到他們的健康發生了問題，患上了不可救治的重病，像陶啟泉那樣——

當哥登講到這裏的時候，我陡然揮了揮手：「等一等。」

哥登停了下來，望著我，我道：「我有兩個極其嚴重的問題要問。」

哥登的神情充滿了自信，一副任何問題他都可以回答的神氣。我吸了一口氣：「第一個問題是：超級大亨的病，是不是你們故意造成的？例如陶啟泉先生的心臟病？」

哥登淺笑了一下：「當然不是，如果是那樣的話，那是一種罪行。」

我「哼」地一聲：「那你怎麼知道他會得心臟病？又怎會知道阿潘特王子會

有癌症？」

哥登道：「我們不知道。我們只是培育了他們的後備，等著，等到需要的時候，就用得著了。」

哥登道：「汽車的行李箱中有後備胎，沒有人知道它會替換四隻原來車胎中的哪一隻。但是四隻在使用中的車胎，一定會有一隻變壞的。」

我皺著眉道：「這樣說來——」

哥登打斷了我的話頭：「足球隊都有後備隊員，也沒有人會知道哪一個正式的球員會出毛病，後備放在那裏，用得到就用，用不到，也沒有損失，因為我們已累積了相當的經驗，要培育一個後備人並不是什麼難事。」

我明白了哥登的意思，心頭不禁升起了一股寒意：「這樣說來，你們培育的後備人——」

哥登向在場的所有人望了一眼，像是在徵求各人的同意，然後，他才道：「我們已培育成的後備人，正確的數字是五百二十七個，過去幾年，每年平均可以用到二十六個，近兩年，有增加的趨勢。」

他望著發呆的我，又道：「你知道，超級大人物的日子其實並不好過，他們要付出比普通人更繁重的腦力和體力勞動，雖然他們有最好的醫生在照料他們的健康，但是有許多疾病，患病率十分高，尤其是以心臟病為多。而心臟病，是最容易醫好的一種。」

我伸手輕敲著自己的額角：「像陶啟泉先生——」

哥登道：「就以他為例來看看我們行事的方式，陶先生是亞洲有數的豪富，他的健康出了問題，是瞞不住人的，消息一傳出，我們就進行活動。」

他們的活動，十分有程序，也不性急，如果目標所患的疾病，是現代醫學能夠醫治的範圍之內的，他們根本不會出面。

等到肯定了目標的疾患，現代醫學無能為力之際，他們就出面了。出面的方式有許多種，但是目的只有一個：和目標直接見面，交談。羅克和陶啟泉見面的方式，就是冒充了巴納德醫生的私人代表。

陶啟泉是確知自己患了絕症的人，可是世界上是沒有一個人，尤其是豪富，甘心接受這個事實。不論他們平時對金錢看得多麼重，到了死亡的關口，他們也會願意拿出大量的金錢，甚至是他們財產的百分之九十九，來換取他們的生命。

而且幾乎毫無例外地，當他們一旦得知自己可以活下去之際，他們都會立刻簽署財產轉移的文件。

在這裏，我發了一個小問題：「簽署財產轉移的文件？他們怎麼肯？他們全是聰明人，要是簽了之後，醫不好病那怎麼辦？」

羅克「呵呵」笑了起來：「感謝貴國人，為我們解決了這個難題。」我真的不明白羅克這樣說是什麼意思，只好瞪著眼睛望著他，羅克道：「在貴國通過考試而錄用官員的時代，有一種舞弊的方法，叫作『購買骨的關節』？」

我不禁有點啼笑皆非：「叫『賣關節』，就是要應試的人，將選定的幾個人，寫在試卷上。考官一看，就知道那是付錢的主兒，就會錄取他。」

羅克道：「是啊，這些應試的人，他們付錢的方式，是怎樣的？」

一聽得羅克這樣講，我不禁「啊」地一聲，叫了起來，心裏又是好氣，又是好笑。

應試而買關節的人，通常是寫一張借條，借條後的具名，寫明「新科舉人某某具借」。如果關節不靈，中不了舉，不是新科舉人，當然不必還錢，這種事，略具歷史學識的中國人都知道。

我自然也因此明白了那些大人物簽署的文件，文件上的日期，一定是他們自知到那時必定已經死亡的日子。像陶啟泉，明知只有一個月的生命，叫他簽一份一年之後的文件，他當然肯。如果醫得好，到時他心甘情願地履行文件中所承諾的一切，如果醫不好，這文件，當然一點用處也沒有。

我「唔」了一聲道：「聰明的辦法。」

羅克道：「是，完全是自願的，而且在大多數的情形下，我們全是科學家，並不善於經營，所以我們所要求的，只是這個病人每年收入的二分之一或三分之一。這些病人的錢實在太多，利用他們太多的錢，來發展我們的科學研究，我看不出有什麼壞處來。」

我嘆了一聲，的確，那沒有什麼害處。可是我還有一個問題，這個問題更嚴重。

我在考慮應該如何提出這個問題來，羅克已經催道：「你剛才說有兩個問題，還有一個是什麼？」

我緩緩地道：「你們一再強調，後備人是沒有思想、沒有意識的，由於他們是培育出來的，不能算是一種生命，是不是？」

他們沉默了片刻，哥登才道：「意思是這樣，可是修辭上還可以商榷，例如說他們根本是實驗室中的產品，培育他們的目的，就是當作後備。」

我提高了聲音：「對這一點，我有異議，他們可能不是全無智力和思想，至少，他們會逃亡。而且，當他們逃亡之際，被你們派出來的人捉回去的時候，他們也會掙扎，他們要自由。」

我說得十分嚴肅，以為我的話，一定可以令得他們至少費一番心思，才能有所解答。可是，結果卻出乎意料之外，我的話，惹來了一陣輕笑。

羅克道：「第一，他們不是逃亡，而是在固定的行動訓練中，工作人員疏忽，讓他們走了出去。其實，即使是最無意識的生物，在遭到外來力量改變固有行動之際，都會有自然掙扎行動的。」

我還想說什麼，哥登已道：「衛先生之所以會有這樣的疑問，是由於他對後備生活情況不瞭解，我提議索性讓他去看一看，他就會明白。」

杜良皺眉道：「其實，那並不好看——」

我一下子就打斷了他的話頭：「即使不好看，我也要看。」

那情形真的一點也不好看。

不但不好看，甚至令人感到極度的噁心，噁心到我實實在在，不想詳細將「後備」的生活情形寫出來，只準備約略寫一寫。

他們的外形，全是人，而且，當我乍一看到他們的時候，著實嚇了一大跳，世界上任何一次重要的會議，都不會有那麼多的大人物集中在一起。

然而，他們全是大人物的後備，是準備在大人物的身體出毛病之後「用」的。他們的一切，全要由他人照顧，包括進食、排泄在內。

我只好說，我看到的「後備」，都受到十分良好的照顧，這種生命是不是真是生命，還是不算是生命，令得我也迷惑了起來。

杜良他們將秘密毫無保留地展現在我的面前，我對他們十分感謝，我心中的謎團，也全部解開了。可是如果要我完全同意他們的觀念，我卻也做不到。我是不是要反對他們的行動，我也下不了決斷。一句話，我是完全迷惑了。

當我要離開之際，杜良帶我到一間手術室之中，取出了一柄鋒利的小刀來，向我示意著，我不由自主伸出手來，讓他在我的手指上，輕輕割了一下，讓一滴血，滴進了一個小瓶之中。

我在這樣做的時候，自然明白，這一小滴血，他們可以將之成功地培育出一個後備的我來，一旦我的身體器官有了什麼不能醫治的疾病，或是損傷，這個後備，就可以挽救我的生命。

我不禁苦笑。人類對於生命的價值觀，是極度以自我為中心的，如果一旦我有需要用到「後備」之際，我是先考慮自己的生命，還是也會考慮到後備的生命？那時我就會想，後備算什麼，只不過是我身上的一個細胞而已，身上每天都有不知多少細胞在死亡。

在我最後離開醫院之際，我又和丘倫見了一面。那當然不是丘倫，而是丘倫在臨死之前一剎那間，他們取了丘倫身上的細胞，培育而成的一個「後備」。

不過情形不同的是，丘倫已經死了，永遠不會有用到這個後備的情形出現，這個後備，也就只好毫無意義地生存下去。

杜良、羅克和哥登送我到門口，他們三人低聲商議了一下，才由杜良發言，問道：「你對我們在進行的工作，有什麼最簡單的評論？」

這個問題，根本不必他來問我，我自己已經問過自己不知多少次了，那是不可能有答案的，因為我對這件事的看法，極其迷惑，對這個嶄新的觀念，我完全模糊，談不到接受或拒絕。

我只好苦笑了一下：「我只能說，我無法作出任何評論。」

羅克點頭道：「唔，這個反應很正常。」

我本來已經在向前走，忽然之間，我站定了腳步，道：「如果忽然有一天，自實驗室中培育出來的人，忽然有了思想，那怎麼辦？」

哥登道：「那正是我們夢寐以求的目標。」

我吸了一口氣，道：「你們不覺得，如果真有了這樣的一天，不會是人類的災難？」

哥登、杜良和羅克三個人的神情，十分怪異，像是我所提出來的事，絕對不會發生一樣。

杜良道：「那怎麼會？不會有天翻地覆的變化，不會——」

我搖頭道：「別太肯定了，科學家們，別太肯定了。變化，可能就是天翻地覆的災禍。」

三個人都不出聲，神情明顯地不以為然。我也不再和他們爭辯下去，因為這是未來的事，誰又能對未來的事，作出論斷？

羅克道：「你會將所知的講給海文小姐聽？」

我搖頭道：「不會，除了我的妻子白素之外，不會對任何人講。海文小姐那裏，我會用另外一個故事去騙她——」我講到這裏，頓了一頓，才道：「只怕至少要有好幾年的時間，我才能忘記後備人的那種眼光，那麼迷惘、無助，像是他們內心的深處，知道自己的命運一樣。」

杜良嘆了一聲，說道：「朋友，那是你主觀的想像，我相信那全然是你主觀的印象。」

我只好苦笑，除了相信他之外，我實在不可能再有第二條路可以走了。

海文那邊，我編了一個故事，她不知是信還是不信，反正沒有再追究下去，我幾乎像逃亡一樣，離開了瑞士。

在機場，沙靈來送我，我用最誠懇的聲音對他道：「老朋友，請相信我，一切……都不正常，但也不是我們的能力所能阻止的——別發問，只要相信我就好了。我所說的沒有能力，是因為根本在已發生的事情上，感到迷惑，全然不知道那是什麼事情之故。」

沙靈用一種極度迷惑的神情望著我，但我們畢竟是老朋友了，他相信了我的話，沒有再問下去。

我回家之後，對白素說起了全部經過，從白素惘然的神情看來，我知道她也難以下結論，心中和我同樣地感到迷惑。

半個月之後，陶啟泉精神奕奕地自他的私人飛機上走下來，接受著歡迎的人群對他的歡呼，在他回來之後的第三天，他主動要見我，我看到他坐在寬大的、柔軟的安樂椅中，向我投以嘲弄的眼光：「誰說錢不能買命？我早就說過，錢是萬能的。」

我只好苦笑，陶啟泉向前俯了俯身，道：「你答應了他們，什麼人也不告訴，是不是？」

我有點無可奈何地道：「是。」

陶啟泉又坐直了身體：「我很感激他們，他們要求的並不多，我準備加倍給他們，表示我的感激。」

我冷冷地道：「這是你們雙方的事。」

我起身告辭，陶啟泉送我出來，拍著我的肩，道：「當你面臨生死之際，你才知道，他們的工作是如何之偉大。」

我沒有加以辯論，因為，自始至終，我只感到迷惑，根本說不上是贊成還是反對。

事情到這裏，已經可以說宣告結束了，只有一個小小的餘波，值得記述一下。

阿潘特王子在回國之後，大約三個月，他就發動了一項政變，使他成為該國的元首，也就是說，他可以自由支配他統治地區的石油收益。

阿潘特要取得這樣的地位，當然是為了要支付勒曼醫院百分之二十的石油收益。

政變中死了不少人，這似乎是由於勒曼醫院的要求造成的，但是世界上不斷有這種事在發生，也不能完全責怪勒曼醫院。

在以後的日子中，我很留意超級大人物生病的消息，勒曼醫院依然也不出名，誰也不會留意這樣小地方的一家小醫院。

一直到一個大人物受了傷，傷得十分重，中了幾槍，但是不到一個月，這個大人物又精神奕奕出現在公眾面前之際，我知道，這又是勒曼醫院成功的一個例子。我不禁嘆了一口氣，心中依然迷惑。

勒曼醫院中進行的事，究竟應該怎樣下結論，只有留待歷史去評價了。

〈完〉

換頭記

序言

「換頭記」在報紙上連載的時候，題目是「人造總統」，第一次出版就改了這個名字，很給人以奇詭震撼的感覺，所以一直用了下來。

人體中許多器官的移植，都已經成了事實，人頭，在理論上自然也可以移植。而在許多情形下，人的死亡，十分冤枉——如果有人頭移植這回事，或是在人頭離開身體之後，可以供給頭部新鮮的血液，單獨的一個人頭，應該可以存活的。

「換頭記」也是二十多年前的作品，所以修正相當多，換頭的設想，在「聊齋誌異」中有，「陸判」一篇，寫判官替一個醜女換頭，過程奇詭妙趣之極——有機會，會把聊齋故事中精采妙趣、奇詭可怖的，全部重寫。

循例，A區也者，主席也者，「靈魂」也者，都不必深究何時何地何人，看小說，不必考證。

倪匡

第一部：神秘機構武力邀談

天氣十分晴朗，我和一個朋友打高爾夫球，當我的一擊，使得球兒飛到了我找尋不到的地方之際，在朋友的嘲笑下，十分尷尬，將球桿向地上一拋，表示我放棄這場比賽了。

也就在這時，我聽得一個操著生硬英語口音的人在對我道：「年輕人，高爾夫球這種運動的特殊意義是：不論在什麼樣的困境下，你都應該將球擊入洞，當然，有捷徑可走是最好，如果沒有，你便必須克服所有的困難，而不是將球桿一拋就算了！」

我在一聽得那聲音時，便抬起頭來，靜靜地聽他講完，然後，一聲不出，拾起球桿去找球，終於找到，而且繼續比賽下去，等到十八個洞打完，我以三桿領先取勝。

我離開那個高爾夫球場的時候，在門口又碰到他，我們就這樣認識了。

他約莫有五十歲，一頭金髮，典型的北歐高身材，他是世界知名的生物學家奧斯教授。

奧斯教授曾受聘於世界十餘家知名的大學，甚至蘇聯也聘他去講學，而在他逗留在蘇聯境內時，他和蘇聯的科學家創造了「雙頭狗」——那是生物學上移植的奇蹟，和他合作的是蘇聯國家科學院勒柏辛斯卡院士，他們兩人，將一隻黑狗的頭切下來，再在另一隻黃狗的脖子上開一個洞，將黑狗的頭接上去，黑狗的頭活在黃狗的身上，那黃狗變成有兩個頭。

這頭舉世震驚的「雙頭狗」活了七天，七天後，反倒是那「黑狗頭」還活著，而黃狗頭先死。

這種驚人的生物移植，後來並沒有繼續下去，那是因為勒柏辛斯卡院士突然失蹤了。

在蘇聯，不論是部長也好，將軍也好，院士也好，突然失蹤，是司空見慣的事，但對奧斯這樣一個崇尚自由民主的人來說，這種事發生在他的身邊，發生在他的合作者身上，那自然令得他極不愉快。

是以，他離開了蘇聯，以後，也未曾從事同樣的移植試驗。

而根據他私下對人說，那一次的實驗，若不是在後幾天，勒柏辛斯卡院士忽然心神不寧，以致犯了幾個小錯誤的話，那隻「雙頭狗」不會夭折，可以一直活下去，到壽命正常結束。

這一切，全是我在和奧斯論交之後才陸續知道的事。

我們論交之初，是在那高爾夫球場，他知道我終於贏了比賽，高興得要邀我一齊去喝酒，我們在酒吧中消磨了一個傍晚。

以後，我們時時在一起飲酒，他是一個酒徒，但對中國酒一無認識，於是我便開始向他灌輸中國酒的各種知識，以及和中國酒有關的種種故事。

等到我們相交已有三個多月的時候，我才不經意地問到他在這裏做什麼？因為本城並沒有一個學術機構，配請他這樣的學者來講學，他的回答很簡單，他道：「做實驗，我只想在一個不受人干擾的所在做實驗，所以揀中了這裏。」

我點了點頭，不再問下去。

我們保持了片刻的沉默，他轉著酒杯，那時他正在喝威士忌，酒中加了冰塊，他的視線留在旋轉的冰塊上，忽然向我問了一個十分突兀而且奇特的問題。

「衛斯理，」他叫著我的名字：「你說，一雙皮鞋，穿壞了鞋底之後，換了一個鞋底，是不是可以說那是原來的皮鞋？」

「當然可以。」我望了他半晌，然後回答。

他像是對我的回答不夠滿意，是以皺著眉頭，仍然看著冰塊不出聲。

我終於補充道：「應該說一半是，因為換了鞋底。」

「那麼你的意思是，如果過了一些日子，鞋面也壞了，那麼，再換了鞋面之後，那人所穿的鞋子，和他原來的鞋子，完全沒有關係了？」

我呆了一呆，奧斯的問題聽來雖然滑稽，但是要回答起來，卻也不容易。

如果說，在換了鞋底，又換了鞋面之後的那雙鞋子，和原來的鞋子，已全然沒有關係，那是很難如此講的，因為如今這雙鞋子，是舊鞋換了鞋底，又換了鞋面而來的。但如果說有關係的話，鞋底鞋面全換過了，又有什麼關係？

這其中，含有邏輯學上相當深奧的問題，是以我想了足有兩分鐘之久，才道：「教授，你可是想放棄生物學，轉攻哲學？」

「不！」他一口飲盡杯中的酒，放下酒杯，簡單地回答我，然後，顯得有點神思恍惚，甚至不道別，就離去了。

我感到十分奇怪，因為奧斯教授從來也不是這樣不講禮貌的人。

而這時，他既然有這種反常的行動，那我就可以肯定他一定有著心事。

本來，在他走開之際，我想追上去問個究竟，以我們這幾個月的交情而論，我應該可以分擔他的心事。

但是，剛走出兩步，在還未曾推開酒吧的玻璃門之際，便站定了腳步，因為就在那一剎間，我改變了追上他的主意。

我想到，他可能是由於實驗上遇到了什麼難題，所以才心不在焉，這是科學家的通病，正如愛迪生將懷錶放在水中當雞蛋來煮，對於他實驗上的難題，我無能為力，如果文不對題地去幫助，那只不過增加他煩惱而已。

我停了腳步，正待轉身過來，喝完我杯中的酒，忽然身後有人逼近。接著，便是一隻手搭在我的肩頭。

我是過慣冒險生活的人，如果是老朋友，絕對不會在背後一聲不出地將手放在我肩頭上，因為這會使我緊張！

而這時，我的確十分緊張，身子陡地一斜，擺脫了那隻手，同時疾轉過身來。

在我轉過來的同時，我左手五指併緊，已然做出了一個隨時可以向前插去的姿勢，但是並沒有出手。

因為雖然有兩個大漢站在我的面前，但他們都帶著笑臉，你不能打帶有笑臉的人，是不？

他們的笑臉十分怪異：硬裝出來的！

而且，兩個人的服裝十分異特，那種類似大酒店侍者的服裝，好像是一種流行的制服。

兩個大漢毫無疑問孔武有力，而且，他們將手放在我的肩頭上，也絕不是認錯了人，我瞪視著他們，他們中的一個道：「喝一杯酒？」

我冷冷地道：「我本來就在喝酒。」

那人臉上的笑容，看來更使人不舒服了，他再道：「請你喝一杯，有事要和你談談。」

我再冷冷地道：「對不起，對於和陌生人交談，並不是我喜歡的事！」

我看得出，那兩人是盡力在抑遏著怒意，他們一定有相當權勢，慣於發怒。當他們臉現怒容的時候，他們的樣子，十分陰森可怖。

但是他們像是知道，在我的身上，他們的權勢不發生作用，是以怒容逐漸斂去，甚至勉強地笑了笑：「朋友，當你和奧斯教授，第一次在高爾夫球場相識的時候，他也是以一個陌生人的身分和你交談的！」

那人的話，令我吃驚。

自從高爾夫球場那次之後，我和奧斯教授來往已有幾個月，可以說這兩個人在暗中跟蹤奧斯教授，至少也有幾個月了，而且他們的跟蹤本領十分高，如果不是他們自行露面，我根本未能察覺暗中有人在注意我們！

而從他們的口氣聽來，他們所注意的目標，是奧斯教授，不是我，那麼，這會不會和他今晚的神態失常，以及問我的那個怪問題有關？

我越想越感到好奇。

如果這時，那兩個人忽然走了，我一定會追上去，但是那兩個人顯然比我更急，他們又催道：「怎樣？」

我點頭：「可以，你們可以請我喝一杯酒！」

我們一齊向前走去，坐在吧檯前，我在當中，他們兩人在旁邊，都要了酒之後，左邊的那傢伙開口：「你似乎是奧斯教授在這裏的唯一朋友？」

我回答道：「不敢肯定，至少，是他的朋友之一。」

「你是他唯一的朋友，」那人代我肯定：「我們也想請你幫忙一下，說服奧斯教授，去接受一項五百萬美元的饋贈。」

我呆了一呆。

五百萬美元，這雖然不是一個天大的數目，但也足夠稱得上一個大數目。奧斯教授不見得愛錢如命，但是錢的用途畢竟很大，一個不貪財的人，也會想到有了錢之後的種種，例如奧斯教授，如果他有了五百萬美元，那麼，他自然可以建立一個相當完美的實驗室！

而聽那兩人講來，奧斯教授似乎堅決拒受這筆「饋贈」！

那麼，顯而易見，其中一定大有花樣！

而且，對方拿得出那樣一筆大數目來，那麼他們究竟是什麼身分呢？

我有點不客氣地道：「如果他不接受你們的饋贈，一定有理由，我想我們不必說下去了。」

那人呆了一下，然後壓低了聲音：「不，絕無理由，我們絕無惡意的，可以說，是求他救我們，他如果嫌數目不夠，中途再提出來，我們絕對保障他的安——」

當那人講到這一句話的時候，一定是我臉上奇異的神情使他覺得失言，是以他突然住了口，向我尷尬地一笑。

我心中急速地轉著念，我所想的不外兩個問題：他們究竟是什麼人？他們要奧斯教授做的，又是什麼事？

我道：「你剛才的話有語病，你們要給奧斯教授的五百萬美元，並不是如你所說的饋贈，而是酬勞。」

那人側頭想了半晌，他顯然是十分重視原則的人，即使是一詞之微，也要考慮再三，過了一會兒，他才道：「可以這麼說。」

我立即道：「好，那麼你要他做什麼？」

那人的面色變了一變：「對不起，不能說，而且，你也不必問奧斯，因為他也不知道，你更不必去打聽——如果不想對你不利的話。」

我聳了聳肩，表示不在乎他的恐嚇，然後，我又極不高興地道：「我最不喜歡和說話吞吞吐吐的人談話，謝謝你們的酒，我走了！」

我站起身來，那兩個傢伙急了，而且看來異常憤怒，竟不約而同，伸手就向我的肩頭一推，將我推回座位上！

他們真是自討苦吃！我許久未曾和人打架，以致手在發癢！當我坐回到我的座位上，而他們也開始晃著拳頭向著我之際，我向他們做了一個動人得可以得到奧斯卡金像獎姿態的微笑，然後，我雙手齊出，對準了他們晃著的拳頭，猛擊過去。

四拳相交，他們的拳頭，發出可怕的「格格」聲，但是那種格格聲，比起他們口中所發出的那種驚呼聲來，實在算不了什麼。

他們兩人開始後退，我卻不想就此罷休，身子向前一俯，又是雙拳齊出！這一次，我的雙拳，重重地擊在他們的口部，他們的口，立時腫起，和經過風臘的豬肉差不多，他們也同時倒在地上。

酒吧中有人叫起好來，我從從容容地喝完了酒，那兩人還沒有站起來。

當我在他們身邊經過的時候，我用足尖碰了碰他們的身子：「記得，想打架，隨時奉陪，絕不遲到早退！」

我在他們兩人的身邊走過，到了門口，再轉過身來：「謝謝你們請我喝酒！」

我推開門，向外走去。

停。

我駕著車，回到了家中，在向白素講起這件事來之際，仍然禁不住笑個不停。

但是白素卻顯然不覺有什麼好笑，她還覺得十分憂慮：「那兩個人行跡可疑，他們究竟要教授做什麼？」

我搖頭道：「我也想不到他們要做什麼，當我問到這一點的時候，他們不肯回答，並且還恐嚇我不許多問，這才將我惹火了的。」

白素蹙著雙眉，道：「衛，奧斯教授遇到什麼麻煩了，我看他不會有什麼朋友，和他通一個電話吧！」

白素提醒了我，教授的神態，的確有異於常，他有困難，我應該幫助他。

我拿起了電話，撥了教授的號碼，電話響了許久，沒有人接應，我再打，又響了很久，等到我幾乎想第二次掛上之時，突然「格」地一聲，有人聽了。

我忙道：「教授？」

教授的聲音，十分疲倦：「是我，什麼事？」

我呆了一呆：「教授，你可有什麼麻煩？希望你將我當做朋友。」

我的話說得十分含蓄，奧斯教授自尊心相當強，如果說要幫助他，或者他會覺得反感。

過了好久，才聽得他的回答：「你是我的朋友，但是我沒有什麼，謝謝你對我的關心。」

他其實是很有些「什麼」的，但是既然不說，相信也必有原因，我想了解一下他的處境：「如果你肯答應，我想參觀一下你的實驗室，方便麼？」

奧斯教授道：「當然，歡迎，明天上午十一時，我等你。」

當晚，我們的交談就到此為止。

在放下電話之後，我和白素兩人研究了一下，由於我根本不知挨了打的兩個人是什麼來頭，而奧斯教授本身，又諱莫如深，是以無法想得出五百萬美元的「饋贈」被拒絕，是怎麼一回事。

第二天，我起得相當早，先到貿易公司去處理一些事務——只是官樣文章，因為有一個十分能幹的經理在管著公司業務。

十時十分，離開公司，奧斯教授住在郊區，需要有充分的時間做準備。

當我來到電梯口之前，一切如常，電梯門打開，我跨進電梯的一剎那，身後傳來了一陣急促的腳步聲。

緊接著，一個人在我身邊擦過，「颼」地進了電梯。這種像是十分珍惜時間的人，其實最討厭不過，我不禁瞪了他一眼。

一看到他，便不禁一呆。

那個人，是昨晚在酒吧中打架的兩個人之一，而且，他的手中，正有一柄手槍對準了我！

我在一呆之際，我又覺出，有另一柄槍，自我的身後頂來，同時一個人用含糊不清的聲音喝道：「進去，快！」

如果不是一前一後，被兩柄槍指住，我會忍不住大笑。

因為我身後的那人，講話之所以會含糊不清，全是因為曾中了我的一拳，被我打破了嘴唇、打落了門牙之故，我未曾預料到他們會在這裏埋伏，是以我沒有抵抗的餘地。

我走進了電梯，電梯門合上。

他們兩人中的一個，操縱著電梯，使我奇怪的是，電梯不向下，卻向上升去。

我勉力維持鎮定：「我和人有約，如果你們的邀請，不必太多時間，我樂於接受！」

那兩個人並不出聲，而電梯這時已停在二十四樓。

電梯停在二十四樓，這不禁令我一震。

我的公司在這所高達三十四層的大廈之中，雖然不常來，但是我總也知道二十四樓是什麼所在。二十四樓，全由一間貿易公司佔有，這間貿易公司的性質，和別的公司有所不同，因為它專和一個地區發生貿易關係，這個地區，為了行文方便，不妨稱之為A區。由於這間貿易公司有這種特殊的關係，所以它實際上可以說是一個半官方機構。

而A區十分具有侵略野心，這間「五洋貿易公司」被視為是一個神秘的所在，也很自然，絕非秘密。

是以當電梯停在二十四樓，打開門，那兩人押我出去時，我心頭震動。A區以特務滲透聞名於世，而我對間諜特務，一向抱著敬鬼神而遠之的態度。

才一跨出電梯，那兩人態度囂張，公然揚著槍指著我，在走廊中的人，無不橫眉怒目，如果想知道那些人的樣子，只要看看通緝犯的照片，就可以思之過半。著名的臉相學家堅持說，相貌可以表示這個人的犯罪傾向，很有道理。

來到走廊最末端的一扇門前，那兩人推開了門，押著我進去，那裏面看來完全是一家貿易行，職員正在忙碌地工作。

我才一進去，職員都停下工作來望我，其中的一個，望了我一眼之後，連忙轉身，在他面前的打字機上，快速地打了十幾下。

一個人推開一隻大文件櫃，現出一道暗門，那兩個人沉聲道：「從這扇門進去。」

我笑了笑：「裏面是什麼，一頭會噴火的九頭龍？」

那兩人臉一沉，這使得他們腫起的嘴唇更加突出。

這次，我實在忍不住笑了出來，不等他們再說什麼，伸手去推，那暗門應手而開，裏面是一間華麗的辦公室。

辦公室正中，是一張巨大的寫字檯，寫字檯後面的牆上，掛著一幅高約七呎的人像，那是A區的終身主席，世界上最具侵略野心的獨裁者之一。

辦公桌後面坐著一個個子十分矮小的人。那麼矮小的一個人，坐在如此巨大的寫字檯和高背真皮旋轉椅之上，給人的感覺，應該十分滑稽。

但我當時卻沒有這樣感覺，我只覺得十分陰森，因為那個其貌不揚的小個子，有著一雙極其陰森、炯炯有光的眼睛。

這一對出色的眼睛，不但改變了他本來猥瑣的容貌，也使人不會注意他那可笑的矮個子，而感到他有一股異常的震懾力量，使得你站在他的前面，會感到一種壓迫感。

一眼間，我就能肯定那是一個極有來頭，非同小可的人物，他那銳利的目光，在我的身上掃了一遍，才道：「請坐，對不起，我們必須請你來談談。」

我心中想，我必須不被他嚇倒，他一定很知道自己的長處，知道那雙厲害的眼睛，可以給人壓迫感，使得人不由自主地退縮。

我偏偏不退縮，挺起了胸，直走過去，一直來到了他的寫字檯前面，然後，我雙手撐著桌面：「你有什麼話只管說，我還有約會。」

那人道：「是的，我知道，和奧斯教授的約會。」

我愣了一愣，他是怎麼知道的？我和奧斯的約會，我沒有通知過任何人！

他得意地笑了起來：「別忘記，衛先生，我們地區最出名的是特務統治，而且在國外的特務工作也很出名！」

他在講到「特務工作」時那種得意洋洋的神態，證明他是一個特務，他向後斜靠著身子：「你知道我是誰？」

我不知道他是什麼人，但是他一定是一個極重要的人物，這一點我深信不疑。

我搖著頭，表示不知道他是誰，但是我卻道：「大人物？」

那人有點自傲地笑了笑，人喜歡奉承，他將手放到了桌上：「你或許聽過我的代號：『ＳＯＵＬ』，你應該聽到過，我喜歡這個英文字的代號，它表明了我真正的身分。」

我呆了半晌。

我絕不是為了博取他的好感而假裝發呆的，我是真正呆住了。

古人常說：「久聞大名，如雷貫耳。」如今，我一聽到他的名字，確然有如雷貫耳的感覺，我像是劈頭有一個雷打下來一樣地呆住了。

過了足足有一分鐘之久，我才吁了一口氣：「久仰大名，真的。」

那人又笑了笑：「請坐，請坐。」

我一面坐下，一面道：「今天能夠見到你，而且，你還立即向我表露了身分，榮幸之至。」

我一向很少心中想一套，口中講一套的。

如今，我口是心非，心中正在罵：遇到了你這髒靈魂，只怕要倒楣了。

「骯髒的靈魂」，在A區炙手可熱，權傾朝野。他沒有實際職務，在一個民主國家中，簡直不可思議，但在一個獨裁地區中，卻順理成章。

「靈魂」是他的代號，因為沒有人敢直呼他的名字，那個代號的意思是：他是主席的靈魂，而我在心中稱他為「骯髒的靈魂」也是有道理的，因為他所做的，全是髒事。

死在「靈魂」簽署的秘密文件之下的人，因為「靈魂」的手令而下獄的人，上七位數字總有的。

「靈魂」是這樣的一個人！

第二部：骯髒的「靈魂」

這樣的一個人，用這樣的手段見我！

「靈魂」既然「請」我來，一定有極其重大、極其機密的事，要把我牽入漩渦。我無法想像，和A區有什麼關係，要有的話，當然是間接的，中間的媒介是奧斯教授？

我才坐下，「靈魂」已然道：「需要你參與一件極大的機密，當然你不會蠢到將機密洩露出去。」

我連忙雙手亂搖：「對不起，我對於任何機密都沒有興趣，還是別參與的好。」

「靈魂」的雙眼之中，射出十分厲害的光芒，令我感到不安。

他沉聲道：「不管你有沒有興趣，你必須參與，也已經參與！」

說罷，目光炯炯地望著我。

我苦笑著：「你選錯對象了，我和奧斯教授不過是泛泛之交，我們認識了只不過幾個月，大多數的時間，在酒吧中度過，實在不能做什麼！」

「靈魂」對我的推搪，無動於衷，他只是望著我，總算等我講完才道：「事情是：你去勸服固執的教授，接受五百萬美元的酬勞，或者更高，要他去做他絕對感興趣的生物學實驗。」

我嘆了一口氣：「你應該知道，酬勞再多，也絲毫沒有吸引力！」

「靈魂」有點惱怒：「為什麼？可以在瑞士最著名的銀行，替他開戶頭。」

「金錢必須有人去用，你們的地區，不客氣地說，連基本的法律也沒有，貴區的主席就是一個絕無法律觀念的人——」

我才講到這裏，「靈魂」的右手，提了起來，「叭」地一聲，拍在桌子上。他一定是一個拍慣桌子的人，因為那一下拍桌子的聲音十分大，打斷了我的話頭，他滿面怒容：「你竟敢侮辱我們偉大的領袖！」

我搖著頭：「絕非侮辱，只是批評，一個領袖，如果連容人批評的度量也沒有，那麼他決非偉大領袖。是以，我希望你別打斷我的話頭，你打斷我的話，適足以證明你心中輕視你的主席。」

「靈魂」面上的怒容，足維持了一分鐘左右，才漸漸斂去：「你口才不錯，說下去。」

我又道：「你們的主席，認為他的話就是鐵定不移的法律，任何人，連最起碼的人身保障也得不到。」

「靈魂」又再拍了一下桌子：「你是說，如果奧斯教授跟我去，就不能出來了，是不是？」

我點頭：「對，問題簡單，你看出我無能為力了吧！」

「不，」出乎我意料之外，「靈魂」仍然不肯放過我：「你可以將我的保證轉達給他，我保證他的安全。」

我苦笑了一下：「閣下的保證——」

我遲疑了一下，沒有再說下去，我想說他的保證，其實一點也靠不住，這是引人上當的拿手好戲，不少政敵，就是被他用這種方法剷除。但是我又怕我如果「直言相談」，會將他激怒，是以只講了一半，便停了下來。

「靈魂」顯然已知道了我的意思，他居然嘆了一口氣：「放心，這一次，如果我不履行保證，那一定是我的力量已失，不能保證什麼了！」

聽到了這一句話，我心中的吃驚，實在難以形容！

「靈魂」居然會講出這樣的話來，實在令人難以置信，若是他沒有力量，那就是說他已失勢，他失勢，意味著A區主席的下野，那將是一場什麼樣的政治風暴！

我無緣無故，竟牽入到這場猛烈的政治風暴之中，的確太不可思議了！

在A區中所發生的政治風暴，毫無疑問地將會影響全世界，而我——一個普通人，將要擔任什麼角色呢？我不知道該說些什麼，呆呆地望著「靈魂」。

「靈魂」又嘆了一口氣，他的聲調變得十分柔和，與其說柔和，毋寧說是沮喪：「我這樣的地位，日子過得很緊張，緊張得你不能想像，絕不能！」

在這一點上，我倒是同情他的。

他是一個獨裁者最得力的助手，運籌帷幄，叱吒風雲，一人之下，萬人之上，不知多麼威風，但是在那幾句話上，卻可以聽出這些年來，他過的實在是非人的生活，而且他還必須不惜一切代價，去維持這種非人生活。

因為他如果一垮下來，那就什麼也沒有了！

我又呆了片刻：「我稍微可以想像一下，你的生活當然是緊張的——」

我的話還未曾講完，他突然「砰砰砰」三下響，接連拍了三下桌子，打斷了我的話頭，尖聲道：「你不能，你絕不能！」

我實在無意和他在這個問題上爭下去，是以我攤了攤手：「好，我不能！」

「靈魂」喘著氣，好一會兒，才漸漸恢復了原狀，在尖叫時，他站起來，這時又坐下，以手支額，低著頭，好一會兒不出聲，然後才苦笑了一下：「你或許不相信，你和我們絕無關係，照理來說，我絕不應該相信你，但是我倒反而可以對你說說心中的話，而——」

他略頓了一頓，又苦笑著，才道：「而我對著我自己最得力的助手，卻反倒什麼也不敢說，這不是很……可笑麼？」

我糾正了他的話：「不可笑，只是可悲。」

「靈魂」又凝視了我半晌，才道：「這一切，你不會向外洩露吧？」

「你放心好了，我為什麼要向外洩露？我和你沒有利害衝突，我也不會時時刻刻想要取代你的位置，你怕我作甚？」我聳聳肩：「而且，我還想多活幾年，不想得罪你！」

他道：「好了，我們談正事，我和奧斯教授直接談過，失敗了。」

「你究竟要奧斯教授做什麼？」我直截了當地提出。

「靈魂」卻並不回答：「我只能告訴你一個大概。」

「請奧斯教授到貴區去進行一項實驗？」我還記得他剛才說過的話。

「不錯。」

「教授不肯。」我哈哈笑了起來：「大可以運用你們第一流的特務，將他綁架。」

「當然可以，太容易了！」

「靈魂」一面說，一面又用銳利的眼光望定了我，這使我的心中，不禁大為震動。「靈魂」是一個冷酷無情的特務頭子。

但是剛才，當他提及他幾十年來的緊張生活時，內心恐慌得如同暴露在萬支燈光下的一頭小老鼠！

他望了我片刻，然後才道：「我們要奧斯教授做的事，絕對不能有絲毫錯誤，絕不能！我們不能影響他的情緒，更不能強迫，一定要他自願，全神貫注地去做，而且，世界上能做到這件事的，只有他一個人，只有他！」

我仍然想推卸責任：「這與我無關，我無能為力。」

「靈魂」又用力在桌上敲了一下：「你去勸他接受邀請，不論他要多少報酬，或是什麼條件。」

如果我只求脫身，我大可答應他，立時可以離開，可是我卻知道，事情絕對沒有那樣簡單，他既然找到了我，而且，還對我透露了他們地區即將發生政治風暴的大秘密，那麼，我已經脫不了身，除非我能說服奧斯教授。

事實上，我更知道，即使我說服了奧斯，幫了他一個忙，事後是不是可以沒事，也是難說，因為我已參與機密，參與機密的人，總是特務頭子的眼中釘！

我一直不出聲，他有點不耐煩了：「你還在想些什麼？」

我不由自主地嘆了一口氣：「太多了，想的事太多了！」

「什麼條件，只管提。」他有點傲慢地說。

「你這句話講得不對，能不能說服奧斯，我一點把握也沒有，怎談得上什麼條件？」

「只要你肯去做！」

「那麼，你對奧斯說明了要他去做的是什麼實驗？」

我仍然在問他究竟要奧斯去做什麼，但是卻採取了一個比較委婉的方法。

「靈魂」也立時驚覺，他呆了一呆：「沒有告訴，但曾經暗示。」

事情現出一絲曙光，我相信奧斯教授知道「靈魂」要他做什麼，而這正是他神態失常的原因。

事情和生物學有關，可是卻無法想像究竟是怎麼一回事。

「靈魂」繼續道：「這是極度機密，至今為止，只有主席夫人和我兩個人知道，連副主席都不知道。」

我捉住了他這句話中的語病：「難道主席也不知道？」

想不到這一句話，竟然給他以極大的震動，不但他的身子震了一震，而且他的眼中，竟也有了驚惶的神色，面色大變！

雖然那只是一剎那間的事，但已令得我大起疑心。

而且，他對我的問題，避而不答，在立即恢復了鎮定之後，他自顧自地續道：「你既然已經知道了這個秘密，就必須聽命。」

我大聲道：「第一，我從來也沒有聽過什麼人的命令；第二，我什麼也不知道，因為你什麼也未曾對我說！」

「靈魂」立即更正了他的話：「我或許說錯了，我的意思是，你既然知道了我們和奧斯教授之間的糾葛，那一定要合作。」

我將雙手按在桌上，上身前俯，幾乎和他鼻子相碰，我大聲道：「你一定對我十分熟悉，該知道，我絕不在強迫下做任何事情！」

「靈魂」長嘆一聲：「沒有強迫，我求你答應，我必須獲得你的幫助。」

這傢伙，軟硬兼施，什麼都來，我知道如果不答應代他向奧斯說項，目前就無法脫身。如果答應，那麼，日後麻煩，方興未艾，真是左右為難！

我冷笑了一聲：「你必須獲得我的幫助，可是，要奧斯教授做什麼，卻不肯對我說。」

「不是不肯對你說，而是不能對你說，就算對你說了，你聽了之後，一定後悔曾聽到那樣的事，因為……因為……」他頓了一頓，甚至還喘了一口氣：「因為……太駭人聽聞了！」

我呆了半晌，我不認為「靈魂」目前的神態是假裝的，而且，事情要「靈魂」親自出馬，那不消說，定然極之嚴重。

要命的是：我無論如何想不出那是什麼事！

我沒有再追問，「靈魂」呆了片刻：「你明白了？」

「我明白！」我立即回答：「我是交了霉運，所以才會和你這樣的人見面。」

「別那麼說，朋友，如果這件事成功了，我們會十分感謝你，你和奧斯教授的約會是十一時，不多耽擱你了！」

「靈魂」極其聰明，他也不管我是否已經答應，只是提醒我該去見奧斯。我當然也不說什麼，轉過身，走到了門口。

我在門前略站了一站，才道：「我會盡力而為。」

「非常感謝你，請你別將我們見面的事對人說起。」

我苦笑：「你將我當白痴了。」

我推門而出，門外有兩個大漢「送」我到電梯門口，他們等我進了電梯之後，才讓我恢復了自由。

我是不是真正恢復自由，只有天曉得，我被監視，這是毫無疑問的事。

這種情形，令我十分生氣，我已經決定，見了奧斯教授之後，要盤問清楚，究竟「靈魂」和他談的是什麼交易。

我在「靈魂」處，耽擱了二十分鐘左右，不致於遲到。

奧斯教授在郊區的住所十分幽靜，全是建築華麗的別墅。

我在一幢別墅門前停車，看到房子的一邊是一所很大的溫室，暖房中有許多花草，有的正盛開著美麗的花朵。

我按鈴，我看到奧斯教授從溫室中走出來，開門讓我進去：「你遲到了！」

他也許只是隨便一問，或者他知道我一向守時，但是我卻不肯放過這機會，我立即道：「有一點意外。」

第三部：教授的實驗

在我的意料中，他一定會問我什麼意外，那麼，我就可以對他說，我和「靈魂」見過面，再進一步，就可以討論「靈魂」要他做什麼。

可是，奧斯教授卻並不問我發生了什麼意外，他只是輕描淡寫地道：「幸而你終於來了，你看，我在這裏進行的實驗，大多數在植物身上進行。」

他既然這樣講，我心中已經準備好的那一大串話，一時之間，自然也講不出口來，只得先跟他走去。

一走進了溫室，就彷佛置身在另一個星球。

所看到的，全是一些古古怪怪的植物，我看到一株桔子樹，但是在樹梢上所長出來的，卻是一顆顆的葡萄，而且在枝椏處，有蔓狀的藤長出來，在一棵芭蕉之上，生著三種不同的葉子，也開著三種不同的花，一種闊大的野芋葉，在葉柄處生出許多尖刺，如同仙人掌。

我感到十分迷惑，不禁問道：「教授，你從什麼地方搜集了那麼多古怪植物？」

教授「呵呵」地笑了起來：「不是我搜集的，是培養出來的。」

我明白，那是移植，教授本是世上移植學的權威，像那種移花接木的玩意，在他來說，當然不算是一回事了，別忘記，他曾經創造過雙頭狗！

我道：「原來那是移植的結果，我以為你做實驗，只限於動物。」

「動物和植物同時進行。移植的原理是一樣的，但是植物在移植後，有一種自然的生長力量，使移植體和被移植體，自然接合，然而動物卻缺少這種力量，我已經發現了植物那種超特力量的生長激素了。」

我有點吃驚：「真的？」

「到目前為止，這還是一個秘密，」奧斯教授的神情很嚴肅：「現在，我請你來看看，我將極難獲得的生長素施用於動物上的結果。」

他將我帶到了暖房的盡頭，推開了一扇門，那是他的另一間工作室，工作室中，是一列長桌，桌上放著許多器械和箱子。

他打開了其中的一隻金屬箱：「你看！」

他在講「你看」時，充滿自傲，可是我向那金屬箱子內一看，陡地呆了一呆，立即後退了一步，只覺得全身的皮膚發麻，而且起了一陣要嘔吐的感覺！

實在來說，那極其醜惡——雖然那是生物移植上的一項了不起的成就。

我看到了一個前所未見的怪物。

那怪物的身子，是一條粗大的蚯蚓，但是，在蚯蚓的一端，卻是一隻蝗蟲的頭，還有兩對足，蚯蚓的身子在蠕蠕而動，蝗蟲的足在爬著，唉，還是別說了吧，實在太令人噁心。

奧斯教授卻分明未曾注意到我已經有點受不了，他小心翼翼地合上了箱蓋：「你再來看，這才是真正成功的例子，因為哺乳動物也能接受這種生長素。」

他一面說，一面取下了一隻箱子上的布幕。

我實在不想看，但是好奇心又使我不能不去看那箱子中的東西。

那箱子的一面是玻璃的，是以我不必走過去，就可以看到箱子中是什麼。

我看到了一頭貓，神情痿頓，貓眼閉著，在發出咕咕聲。然而那隻貓，卻還有另外兩個頭，一個是兔頭，在左邊，兔眼正在慌張地轉動著。而在牠的右側，則是一隻小黃狗的頭。

那狗頭垂著，像是在打瞌睡。

那是一個三頭怪物，而這三個頭，顯然全是活的，我只感到全身震慄！

奧斯教授道：「這是我在六天之前完成的，牠們已活了六天，而且，生長情形十分良好，你怎麼不恭賀我的成就？」

我感到十分難說話，我只好道：「教授，你真了不起。」

教授道：「還有哩，你來看這個。」

我實在想閉上眼睛，但是我似乎已失去了閉眼睛的能力！

而且，我的身子，也不由自主地跟著他向前走去，來到了另外一間房間中，在一隻金屬箱之前，停了下來，那金屬箱之上，也覆著一塊布。

我做好了心理準備，接受來自超自然怪物的打擊，可是，當奧斯將布揭開之後，我卻大大地鬆了一口氣，我看到一頭猴子。

那猴子只有一個頭，自頸以下，全在那金屬箱子之中，那猴子見了人，發出嘶啞的叫聲，眼珠亂轉，像是十分痛苦。

我直到這時，緊張的神經，才略微輕鬆了一下，噓地一聲：「這猴子在洗土耳其浴？」

奧斯教授向我神秘地笑了一笑：「或許牠想！」

他一面說，一面伸手在猴頭上摸了一下，然後，雙手抓著猴子頭，向上提了起來，當他的雙手向上一提之際，我不禁呆住了。

那猴子頭並沒有身子，就只是一隻猴子頭！

在頸部分，有一個白色的橡皮套，連結著許多管子，通向那金屬箱子，奧斯教授捧著猴頭，直送到了我的面前。

我呆若木雞地站著，倒是那猴子，還在不斷地向我眨著眼睛。

過了好一會兒，我才結結巴巴地道：「你……做了什麼？」

奧斯教授將猴子放回了原地：「我將這猴子的頭和身體分離了。」

我只好喃喃地重複著：「分……分離了？」

「是的，這個猴頭，毫無負擔地活了十四天，活得很好。」

我不由自主，伸出手來，摸了摸自己的脖子，苦笑了一下：「真難以想像，你下一步的實驗……是什麼，你已經做得太過份了。」

「過份？」奧斯驚訝地反問：「這只是第一步！」

「第二步呢？」我的聲音，甚至有點發顫。

「第二步……」奧斯揚起了手，洋洋得意。

可是他只講了「第二步」三字，在外面，突然傳來了「砰」地一聲巨響。

那一下響，打斷了奧斯的話頭，他轉過身去：「你在這裏等我，我出去看看。」

他也不等我答應，便已向外走了出去，我只得在那間房間中等他。

在奧斯教授離開之後，房間中十分靜，只有那隻猴頭，不時在發出一種嘶啞的聲音。

我實在沒有勇氣去多看那猴子頭一眼，這隻猴子頭，算是什麼呢？算是生命？如果是生命的話，那是什麼生命呢？但是卻又絕不能說牠不是生命，因為牠是活的，牠會叫，如果牠是人而不是猴子的話，說不定還會講話——當我一想到這裏之際，我忍不住機伶伶地打了一個寒戰，涼氣直冒！

我為了壯膽，大聲叫道：「教授！教授！」

但是教授並沒有回答我，反倒因為我的一叫，大約使那猴頭受驚了，牠竟發出一種十分尖銳的聲音來，同時，掀起了上唇，露出了白森森的牙齒。

這更使我毛髮直豎，我退開了幾步，離得那猴頭遠一些，然後我又叫道：「教授！」

我已經退到門口了，教授是因為聽到外面有什麼奇異的聲響而出去察看的，照說，我這樣大聲叫他，他應該回答我的。

但是我卻仍然得不到教授的回答。

這時，除了那猴頭還在發出令人發悖的怪叫聲，整所屋子，靜到了極點。

可是，突然之間，我卻聽到了一陣汽車引擎的發動聲，自外面傳了過來。

這令得我陡地一呆，也使得我在一呆之後，立時向外跑出去。

當我穿過花園之際，我還來得及看到教授的那輛灰色房車，正在急速向外駛去。

本來，就算教授突然想起了有什麼事，而需要離開，那已經是夠突兀的了，但或者還可以勉強講得通。

可是這時，就在車子向前疾駛而出，我一瞥之間，我卻清楚地看到，教授是坐在車子的後座，而且，在教授之旁，還坐著兩個人。

在教授左邊的那個，甚至還轉過頭來，向後面望了一眼，但是由於距離太遠，所以看不清楚他的臉面。

車後座連教授在內有三個人，車子當然是需要有人駕駛的，那也就是說，至少有三個人來這裏，將奧斯教授綁架綁走了。

我之所以立即想到奧斯教授是被綁架的，那是因為我看到，坐在奧斯教授身邊的那兩個人，將他挾得十分緊。

而且，如果奧斯教授是出於自願離去的話，那麼在情理上而言，他似乎不可能連講也不講一聲。

我又向前奔出了幾步，在不可能追上那輛灰色房車之際，才停了下來。

在我向前奔出的時候，心念電轉，不知起了多少疑問，綁走奧斯教授的是什麼人呢？是「靈魂」指使他手下幹的麼？

但是，我剛和「靈魂」見過面，「靈魂」要我說服奧斯教授去接納他的請求，而且，他強調要奧斯教授去做的事，完全要出於自願，而不能有絲毫強迫，所以，「靈魂」不應該用這種手段對付奧斯教授。

那麼，那三個是什麼人呢？

我嘆了一口氣，本來已是神秘之極的事情，因為奧斯教授的被綁架，而變得更複雜了。

而且，在我來說，事情的麻煩，更難以設想。「靈魂」可能會懷疑我在從中搞鬼，因而來對付我了！

為了我的利益，奧斯教授究竟落到了什麼人手中，我亟需弄清楚！

我停留了大約只有半分鐘，便向我的車子疾奔了過去。

當我可以看到我的車子時，忽然聽得「砰」地一聲，車門被關上，有一個人自我的車子中，跳了出來，以極快的速度，向外奔開去。

那人開的是另一邊的車門，身子有車身隔著，我看不清是怎樣的一個人。

但是我一看到居然有人從我的車子中跳出來，心中的惱怒，實在難以形容，我大叫一聲：「別走！」

我迅速繞過了車頭，向前追過去。

然而，當我一越過我的車子之際，我忽然聽到了在我的身後，又傳來了一陣急促的腳步聲。

從那陣腳步聲聽來，自我身後逼近過來的人不止一個，在剎那間，我明白了，躲在我車內的不止一個人，他們之中的一個，在我走近車子時跳了出來，引我去追他，好讓他的同伴，在背後偷襲我！

我仍然向前奔著，但是突然之間，蹲了下來，同時，猛地轉身，倏然直立，雙拳向前擊出。

在我身後逼近來的，是兩個大漢。兩拳直陷進了他們的肚子之中，那兩個人穿著深色的運動衫，頭上套著絲襪，臉面不清，在我的拳頭陷進他們肚子的一剎間，我卻也可以看出他們臉上那種充滿痛楚的神情。

他們當然和綁走奧斯教授的人一夥，他們之中還有人沒有走，這是我求之不得的事。

我迅速地抽回拳頭來，他們兩人，不約而同地抱住了肚子，身子向前一俯，向前跌出了半步，而還不等他們的身子站定，我兩拳又已再度揮出，這一次，拳頭以至少八十磅的衝力，向他們的下頦擊出。拳頭和他們的下頦接觸之時，發出了可怕的「啪」地一聲響，在我右邊的那個，身子突然打了兩個旋，跌了出去。

但是，那人的身子才一跌出，手在地上一按，立時站了起來，連跌帶爬，向前疾奔了出去。

而在我左邊的那個傢伙，卻沒有他的同伴那樣幸運了，因為我的左手之上，戴著一只相當大的戒指，當那只不銹鋼戒指，連同八十磅的衝力，一齊撞向他的下頦之際，那滋味不是十分好受！

他發出了一下模糊不清的慘叫聲，身子向後倒去，我的拳頭上，立時染滿了鮮血。

我不去理會那沒命也似逃走的傢伙，踏前一步，在那人的胸口踢了一腳，那人已全然沒有反抗能力了！

他在地上翻了一個身，跪了起來，背對著我，雙手捧住了頭，自他的口中，則發出了一陣嗚咽聲，我拔起了一把草，擦著我拳頭上的血，然後，我向他走過去：「別裝死了，站起來！」

那人的身子發著抖，看來像是十分痛苦，但是，當我來到了他的身後之際，他卻突然一個旋轉，跳了起來，在他身子一轉之際，我已看到他的手中多了一柄槍！

由於他的身子在急速轉動，所以容易避開他的射擊，我著地向外，疾滾而出。

在我滾到車子底下之時，「砰砰」兩下槍聲，子彈射在地上，我的身子滾進了車底，又迅速地穿到了車子的另一邊。

那樣，在我和這傢伙之間，有了一輛車子，他射不中我。

他不再射擊，而轉身向外奔開去。我不禁為難之極。

我當然希望俘虜他，但是要俘虜他，就必須追上去，我來探訪奧斯教授，絕料不到會發生什麼意外，是以我的身上，雖然經常都備有一些武器，然而這些武器，卻全不能和手槍相敵。

我如果追上去，那麼那傢伙射中我的可能性就極高！

而如果我不追上去，那麼我就要失去唯一的線索！

我考慮了極短的時間，便突然拉開了車門，坐到了駕駛座上：用車子去追他！

當然，他仍然可以開槍向我射擊，但是我如果高速地向他衝過去，他可能命中不了目標。

而且，我伏著身子，就算他射中了車子，他也未必傷得了我。

當車子發出狂吼聲向前衝出之際，那人滿是血污的臉轉了過來，連續不斷地射擊。

車前的玻璃碎了，我低著頭，變得盲目地向前衝去，車子像一頭發了瘋的公牛。突然間，右輪上又中了一槍，車子猛地一側，突然翻了過來，變成了四輪朝天，我在車內，翻了一個觔斗，忙不迭爬出來時，車子已經起火燒了起來。

我一爬出車子，就向前面看去，我看到一輛車子在公路上迅速地駛出來，車門打開著，車中有人伸出手來，拉著那人，上了車子。

而在那人跳上車子的一剎間，「叭叭叭叭」，一排手提機槍的子彈，就在我面前一碼處，留下了一排整齊的彈痕！

我出了一身冷汗，僵立在那裏。因為我絕不認為那機槍射手之射不中我，是因為他的射擊技術差！

那一排子彈，完全可以射中我！

但是他卻沒有那麼做，他的目的，只是在阻遏我再向前追去！

在這樣的情形下，如果我還會向前追去的話，那麼我就是十足的白痴！

我呆立著，眼看那輛車子，絕塵而去，轉眼之間就再也看不到了。

我仍然呆立著，因為我心中的疑惑更甚，不明白何以對方要槍下留情。他們綁走了奧斯教授，但如果將我槍殺了，豈不是更乾淨俐落？

為什麼他們竟不這樣做？

我一直呆立著，直到我聽得奧斯教授的住宅中，有電話鈴聲傳出，我才奔回屋子，拿起了電話，電話的那邊傳來了一個聽來模糊不清的聲音：「有一位衛先生，是正在拜訪奧斯教授的，請他聽電話。」

竟是找我的電話！

我吸了一口氣，才道：「我就是。」

那邊的聲音道：「請你等一等。」

我忙問道：「是誰，怎麼一回事？」

接著，我聽到了「靈魂」的聲音。

「靈魂」在電話中道：「我委託你的事情，進行得怎麼樣了？」

我「哼」地一聲：「你已主使你的手下，將奧斯教授綁走了，還來問什麼？」

我雖然不以為綁走奧斯教授的是「靈魂」的人，但是整件事實在太波譎雲詭，「靈魂」也大有可能主使手下綁走教授，是以我才這樣說。

「什麼？」「靈魂」自電話中傳來咆哮。

「奧斯教授給人綁走了，是你手下幹的好事！」

「你在什麼地方？」他繼續咆哮。

「你電話是打到什麼地方來的？」我也惡聲相向。

「在原址等我，我立即就來！」

「你來？」我感到十分奇怪，立時反問他。

可是，他沒有回答，立時掛斷了電話。

以「靈魂」的身分而論，他在那間貿易公司內出現，已是十分值得奇怪的事。但如果說他竟準備公然行動的話，那更是奇怪之極！

因為這裏並不是A區。「靈魂」在A區，是個叱吒風雲的人物，但是在這裏，他要是亂來，可能鋃鐺入獄的。

當然，以A區的勢力，在交涉之下，「靈魂」終於會被釋放出來。但是A區的政局瞬息萬變，如果「靈魂」在此地受挫，那麼他在A區的政治生命可能會就此完結！

「靈魂」習慣於那麼險惡的政治生涯，他當然應該會考慮到這一點。但是他還是立即要到這裏來，由此可知這件事是如何的嚴重了。

那麼，我應該怎麼辦呢？

本來，奧斯教授、「靈魂」、將奧斯綁走的那一批人，三方面之間，和我絕無關連。然而如今，我卻已不可避免地捲進了漩渦之中！

照眼前的情形看來，我自然只好在這裏等「靈魂」的來到。因為若是當「靈魂」趕到，發現我不在這裏的話，一定會以為我在從中搗鬼！

當我想到這裏的時候，我忽然想起，如果剛才奧斯教授不是真的被人綁走，而是我勸教授逃走，然後再對「靈魂」說奧斯教授已被人綁走了，這倒是一個極好的辦法，這個辦法是可以使奧斯教授擺脫「靈魂」對他的糾纏，只是可惜如今奧斯教授真的落入了一批來歷不明的人手中！

第四部：迭遇武術高手

我來回踱了幾步，「靈魂」不可能如此快趕來，我應該還可以趁這個空檔做些事，我轉身上樓去，在教授的臥室之中，略轉了一轉，教授一定是一個十分愛整潔的人，他的房間中，可以說一塵不染。

在二樓，還有幾間房間，我都推開門來看了一看，沒有發現什麼異樣，這大約費去了我十來分鐘的時間，而那時，我已經聽得一陣急速的汽車聲傳來，我自窗口向外看去。

我看到一輛名貴房車和兩輛普通的房車，疾駛而至。

而那輛大車子，使用外交官的車牌。

我一看到這輛車子，就知道那是「靈魂」來了，於是我匆匆下樓去。

當我奔下樓梯，來到了樓梯的轉角處之際，我踢到了一樣東西。

我低頭一看，那是一本小記事本，是隨時可以放在上衣口袋中的那種。紫紅色的皮封面，我記得這是奧斯教授的記事本。

是以我俯身拾了起來，放入口袋中。

而等到我奔到樓下時，「靈魂」已然在幾個人的簇擁之下，旋風也似地捲了過來。

一看到了我，「靈魂」立時停了下來，在他身後的五、六個人，立時散開，將我圍在中心。他們的行動之熟練和快捷，已經配合得如此之完美，這證明他們全是久經訓練的一群。

而「靈魂」則直趨我的身邊，厲聲道：「怎麼一回事？你說，怎麼一回事？」

這個其貌不揚的矮個子，竟敢如此厲聲地向我喝問，我當真想一隻手按住他的頭頂，另一隻手向他的下頦，狠狠地打上一拳。

但是我卻竭力忍住了，沒有那麼做。

因為這個其貌不揚的小子，他擁有指揮十萬名以上遍布地球每一角落，窮凶極惡特務的權力！

我忍住了氣：「我和教授在實驗室看一隻猴子頭，忽然外面傳來『砰』地一聲，教授走出來看，等我叫他而聽不到他的回答之後，再趕出來看時，教授已經被綁走了！」

「靈魂」的雙眼之中，冒著異樣的光采地望著我：「什麼人？綁走他的是什麼人？」

「我不知道，他們套著絲襪，我曾和他們中的幾個人打過，但是終於被他們逃脫，我還幾乎喪生在他們的子彈之下。」

我揚了揚我仍然沾著血的拳頭。

可是「靈魂」卻一下冷笑：「你將教授藏到什麼地方去了？你以為我會相信你那套幼稚惡劣、無聊而不可靠的謊言？」

我又是吃驚，又是惱怒，我甚至惱怒得將拳頭揚到了他的鼻子之前，我大聲喝道：「我說的是實話，只有像你這種卑鄙的人，才習慣說謊！」

「靈魂」並不再和我爭辯，他只是冷冷地道：「衛斯理，你被捕了！」

我不禁怒火上沖：「你以為這裏是什麼地方？你有權力在這裏隨便逮捕人？」

「靈魂」冷笑一聲：「所謂權力，是強者的象徵。如果你現在不能抵抗我們，那我們就有權力，而你的被捕，也將成為事實！」

我厲聲道：「是麼？」

隨著這兩個字，我的拳頭，也已向前疾送了出去！

「砰」地一聲，我拳頭的正面，齊齊正正地擊在「靈魂」的面門之上，「靈魂」的身子向後跌去，我迅速地跳了起來。

我身形躍起，是想先將「靈魂」制住了再說，在目前的情形下，必須擒賊擒王，先將「靈魂」制住了，才能謀脫身之道。

但是，我低估了圍在我身邊那幾個人的力量了！

就在我身子躍起的那一剎間，「砰砰」兩聲響，我的背上已重重地中了兩掌。

發出那兩掌的人，一定是武術高手，因為那兩掌的力道是如此之大，以致令我猛地向前跌了出去，還未落地，眼前金星亂迸間，左腰也已吃了一拳！

我飛起一腳，向左踢出。

那一腳踢中了那人的什麼地方，我不知道，只聽到了一下十分難聽的骨裂聲。

緊接著，我的身子向下倒去，在地上一個翻滾，我的頭頂又中了一腳，那一腳力道之重，令得我視力幾乎消失！

但是我還是勉力跳起，依稀看到面前有一條人影，猛地向前撲過去，雙拳齊揮，那兩拳的力道極猛，我只覺得左拳是擊在硬物上，右拳則陷進了那柔軟的肉中。

接著，我被一種極大的撞擊力量弄得旋轉，轉了不止一下，在那幾秒鐘之中，如同陀螺一樣地轉動。

在身子急速地轉動時，絕無能力反擊，背部和頭部，又受到了重重的幾擊。

在我多年來的冒險生涯之中，還未曾遇到過那麼強的對手，這幾個「靈魂」的護衛，毫無疑問，全是一等一的高手！

我雖然被打得天旋地轉，但是我還可以覺得出，向我進攻的人，在施用著各種各樣的武術——傳統的中國武術。

當我身子的旋轉稍微慢了下來之際，在我面前，突然有雙足飛蹴而至，正踢在我的胸口之上，令得我又向後仰跌了出去。

當我的後腦重重地撞在地上之際，若不是我自小就接受中國武術訓練，那麼我一定早已昏死過去了，然而即使如此，我也昏迷了半分鐘之久。

我聽得「靈魂」用一種異樣的聲音叫道：「別打了，要活的！」

另一個道：「首長，他昏過去了！」

「靈魂」的聲音聽來異樣，使我幾乎要睜開眼來看看，那一拳究竟擊中了他什麼地方，造成了什麼樣的結果，以致他講話的聲音也變了。

但是我卻沒有那麼做，我仍然閉著眼睛。

既不能力敵，就必須用一些智謀，假裝昏過去，再出其不意攻擊！

「靈魂」卻立時道：「別太高興，這人是出名的狡猾，他假裝昏過去。」

在「靈魂」的那句話之後，我立時覺出，有一腳向我的臉上踏來。

那隻腳踏住了我的鼻子，搓來搓去，同時，我聽得他道：「首長，你放心，他如果是假裝昏去，我們可以令他真昏迷，如果他是真的昏迷，我們可以令他醒過來！」

說著，踏下來的力道加重了！

這令得我實在無法再裝作昏迷了！試想，當你的鼻子被人重重地踏著，而且還在不斷地搓動之際，如何還能躺著一動都不動呢！

我緩緩地吸了一口氣，盡量地再忍受了幾秒鐘那種難以形容的痛苦。然後，我雙手突然抓住了那隻腳，猛地扭了一下。

隨著我雙手的扭動，我聽得「喀」地一下骨折之聲，那種聲音聽在我的耳中，使我生出了一股莫名的快感，精神也為之一振，猛地一躍而起！

別以為我雙手已鬆開了那隻腳，我不會！

在我身子躍起之際，那人帶著一聲異樣的慘嚎聲，向下倒去。

而不等他的身子落地，我已掄著他，旋轉著，打橫掃了出去。

在那時候，我仍然眼前金星亂迸，情形不怎麼好，但是卻可以覺出，在將那人橫掄而出之際，至少撞倒了三個人。

然後，我雙手突然一鬆。

由於我掄起那人的時候，用的力道實在太猛，是以我雙手一鬆之後，由於離心力的作用，那人的身子，「颼」地向前直飛了出去。

我的身子搖搖擺擺，轉了過來，我竟意外地發現，我的身前沒有敵人，站在我前面的，只是一個矮小的身形，那是「靈魂」。

在「靈魂」的臉上，滿是血跡，這令我要開心得尖聲大笑！但是，他的手中所握著的那柄手槍，卻又令我笑不出來，那柄大型的德國製軍用手槍，和他矮小的身形，顯得十分不相稱。

他繼續用那種像重傷風也似的聲音道：「我對你感到討厭，如果你打不死，那麼，可以試試這柄手槍的威力！」

他的話，反令得我的神智清醒了不少。

我轉動著眼睛，四面看著，四個人躺在附近呻吟，還有一個人，則在十碼開外處躺著，發不出呻吟聲。

我當然不想試一試那柄手槍的威力，因為我知道在如此近的距離，他手中的槍射中了我之後，我的身子會起什麼樣的變化。

是以，我站立著不動，我只是道：「打架是你先發動的！」

「靈魂」沉聲道：「轉過身去！」

我沒有辦法不依從，我只得轉過身去，「靈魂」又向他的護衛咆哮起來：

「起來！起來！飯桶，五個也對付不了一個！」

在地上的四個人，掙扎著，苦著臉，有兩個人站了起來，還有兩個當然是斷了骨，他們只能像狗一樣地在地上爬動著。

而在遠處的那一個，根本生死不明，連動也未曾動一下，「靈魂」憤怒地道：「走！」

我向前走著，盡量使自己的樣子輕鬆：「將我押回那間『貿易公司』去？或者，可以將我再轉押到別的地方去，車子經過市區之際，我大聲叫，你怎樣？」

「靈魂」刻薄地道：「謝謝你提醒我，放心，你會在行李廂中。」

我立時道：「我一樣可以弄出聲響來引人注意，當別人發現你公然從事非法活動，你的聲譽將受到影響，許多在等待機會的敵人，將會在主席面前攻擊你，你的政治生涯，也就完了。」

我竭力想用言語來打動他，但是他卻全然不聽。

我們已來到了車子之旁，他吩咐道：「打開行李蓋，鑽進去！」

我無法不照做，在我進了行李廂之後，他「砰」地一聲，合上了廂蓋，我在行李廂中縮著身子，我當然能夠用拳頭敲著行李廂蓋，發出巨大的聲響。「靈魂」似乎並不在乎這一點，車子已在開動了。

然後，我聞到了一股濃烈的麻醉氣體的味道。

我明白為什麼「靈魂」不怕我弄出聲響來了，他在車廂之內，可以通過特殊的裝置，向行李廂施放麻醉氣體！

我已然有昏眩之感，在半分鐘之內，我就要昏過去了！

在這僅餘的半分鐘內，我該做些什麼？

我立即想到了那本小本子，取了出來，在黑暗中摸索著，當我感到我把它塞進了一條隙縫中時，已然半昏迷了！

接著，我全然昏迷過去。

過了不知多久，我的眼前開始看到許多紅色和綠色的圓圈在晃動，口渴之極。

我大聲地叫道：「水！水！」

可是事實上，卻一點聲音也發不出來。

我像是拚命在澳洲的中央沙漠中掙扎，爬在灼熱的沙粒上。頭頂是該死的太陽，我舔著焦枯了的嘴唇，我狂叫著：「水！水！」

終於，我能發出聲音來了，我聽到了我自己叫出來的聲音：水！

於是，有一些極酸的汁液，流進了我的口中，那種汁液酸得如此不堪，大概是純的檸檬汁，令得我的身子，猛地震動，這自然也令得我清醒了不少，我一欠身，坐了起來。

同時，我睜大了眼，也可以看到我眼前的情形了。

我在一間房間中，那房間並不大，但佈置得十分神秘，光線黯淡，有一套沙發，我躺在其中的一張長沙發上，當我站了起來之後，我雙足踏在柔軟的、暗綠色的地氈上。

所有的窗子，全掛著暗綠色的簾子，在我的對面，坐著兩個人。

我轉頭向門口望去，門旁，有一個人站著。

這三個人都不說話，而其中的一個人，手中拿著一隻杯子，是空的，杯中的檸檬汁，大約已灌進我的口中，我搖了搖頭，使得自己更清醒些，然後，我一伸手，拿起我前面的一杯水，一口氣喝了個乾。

我用手背抹了抹口，站了起來，大聲道：「這裏是什麼地方？」

隨著我的咆哮聲，門打開，「靈魂」滿面怒容地走進來，我「哼」地一聲：「你想怎樣？你要奧斯教授替你做事，對付我，又有什麼用？」

「靈魂」並不回答，他只是向門外招了招手，一個瘦得十分異樣的人，頭上紮著一幅黑巾，他的臉和骷髏一樣，給人十分神秘的感覺。

而在那人一進來之後，「靈魂」向後退了一步，向我指了一指，另外三人，也一齊退了開去，他們的手中都握著槍，對準著我。

我冷笑道：「好了，又玩什麼把戲？」

「靈魂」冷笑道：「這位先生要你把左臂的衣袖捲起來。」

我呆了一呆：「做什麼，打防疫針麼？看來他是一個蹩腳醫生。」

我故作鎮定，才這樣講，但是「靈魂」卻一本正經地道：「你錯了，他是全世界最好的醫生之一，他的醫理，任何人不明白。」

我再向那人看了一眼，哈哈大笑了起來：「他是一個巫醫？」

「靈魂」道：「可以說是。」

我突然跳了起來，我跳到了一張沙發之上，使我的身子猛地一彈，本來我在那一彈之後，是可以又向「靈魂」撲了過去的。

但是，我剛一跳起來，「砰砰砰」三下響，那三人都立即扳動了槍機。三顆子彈都從我的身邊掠過，其中的一顆，由於離得我實在太近了，就在我的頸旁掠過，以致我的頭髮，也焦了一片。

這三顆子彈之所以未曾命中，當然不是由於那三名槍手的技術差。那三名槍手拔槍之快，射擊姿勢之美妙，在在都表示出他們是第一流的神槍手，而他們之所以未曾命中，當然只是存心警告。

我站在沙發上，不敢再動。

「靈魂」嘲笑地道：「快下來，將你左手的衣袖捲起來，我們大可以在你昏迷的時候，將你綁起來，但我們沒有那樣做，那是尊重你，希望你也懂得尊重自己！」

給他那麼一說，我倒不好意思再怎樣了。但是我還是瞪著眼道：「那個巫醫，他想在我身上玩些什麼把戲？」

「靈魂」道：「不會死的，不必害怕。」

我悶哼了一聲，這個神秘的巫醫，能令任何人都感到自心底生出一股寒意。

我自沙發上跳了下來，只見那巫醫一直放在身後的左手，移到了身前，他手中握的是一個藍底白花的布包裹。

他將那布包裹放在桌上，解開來。

布包裹裏面是一隻竹盒子，那竹盒子以極細極細的竹絲編成，盒身通紅，可見已然年代久遠。竹盒上還有許多圖案編織著，但由於竹盒實在太陳舊了，看不清楚。

一看到那隻竹盒，不禁喚起了我一段很久之前的回憶，那是我在一個極其神秘的區域中度過的一段日子，這個區域中的一切，都神秘而不可思議，那便是中國大陸雲貴兩省中的苗區。

第五部：限期三天尋出教授

那竹盒是苗區的手工藝品，那個瘦得出奇的人，這時，我也知道了他的身分！

他是一個蠱師！

那是苗區中具有無上權威的人物，因為他操縱著所有人的生死，而且，他可以要你什麼時候死，你就得什麼時候死！

那絕不是「神話」，而是實實在在的事實。從中國苗區傳出去的蠱術，一直流傳在泰國、緬甸、馬來西亞等地，在那一帶，蠱術被稱為「降頭術」。

當我在苗區生活的時候，我曾和兩個最著名的蠱師，成為極好的朋友，而我到苗區去，也是為了一件極其不可思議的事。

當我在苗區的時候，我還意外地見過一個細菌學家在那裏研究「蠱術」。他的研究，已有了一定的眉目。

我望著那蠱師，不等他打開那隻盒子來，我就對他講了一句話。那句苗話，當然不是「靈魂」所能聽得懂的。

然而我所料的卻一點也沒有錯，那奇異的人，睜大了眼睛，現出十分奇怪的神色來，望定了我。

其實，我問他的話，翻譯出來，是十分普通的，我只是問他：「你認識繫金帶的桃版麼？」

這句話，需要解釋一下，「桃版」是一個人的名字，「繫金帶的」則表示這個人的身分，只有最老資格的「蠱師」，才能在腰際繫上金色的帶子。

別以為那僅是一種普通的帶子，那條金色的帶子，製作過程極其繁雜，通常要手藝精巧的苗女七、八人，工作近一年之久。

而佩上了這條金帶，也表示這人在苗區之中的無上權威！

當我問出了這句話的時候，「靈魂」因為聽不懂我在講什麼，而瞪了我一眼。

但是在我面前的那個蠱師，卻突然震動了起來，他手按在那竹盒上，猛地抬起頭來，望定了我之後，好一會兒，才以同樣的苗語問我：「你認識桃版麼？」

「靈魂」雖然聽不懂這句話，但是他卻有足夠的機靈，知道我們兩人正在交談，是以他咆哮：「你們在講些什麼？」

那蠱師轉過頭去，指著我，十分惶恐地道：「他認識桃版，他認識桃版！」

「靈魂」不耐煩道：「桃版是什麼人？」

那蠱師十分發怒，但是他顯然不願使怒氣發作，是以他只是在眼中閃著憤怒的火花：「桃版是我的父親，是最偉大的人。」

「靈魂」叫道：「胡說，最偉大的人，是主席，只有他才最偉大！」

那蠱師一副敢怒而不敢言的神態，但從剛才的話中，我已知道了他的身分，原來他是桃版的兒子！

我們兩人的交談，使得「靈魂」怒不可遏，他陡地走過來，竟然伸出手來，「啪」地一聲，在那蠱師的臉上，重重摑了一掌！

隨著那「啪」的一下掌聲，房間之中突然靜了下來，靜得只聽得到我們幾人的呼吸聲。

「靈魂」對於這種突如其來的沉寂，顯然也感到十分意外，他在兩分鐘之後，又道：「為什麼你們不出聲了？為什麼？」

那蠱師沒有出聲，我則緩緩地道：「你既然懂得利用蠱師，那麼你總該明白，永遠別得罪一個蠱師，而且，永遠別讓他們的手碰到你的身子，你的手，也不可觸及他們的身子！」

「靈魂」的面色，變得十分蒼白：「別恐嚇我！」

我鎮定地道：「我並沒有恐嚇你，但是你已經開始害怕了！」

他連忙翻起右掌心來，仔細地看著，面上現出十分猶豫的神色，直到那個蠱師冷冷地講了一句話，他才如獲重生。

那蠱師道：「你不必害怕，我沒有下蠱。」

「靈魂」鬆了一口氣，但是那蠱師又指著我道：「可是，我也不能對他下蠱，他曾經是我的父親、偉大的桃版的救命恩人。」

「靈魂」怒不可遏：「你違反命令？你應該知道結果怎樣！」

蠱師面色鐵青，冷冷地道：「我知道！」

「靈魂」揚起手來，又待向那蠱師摑去，但是才揚到了一半，便忙不迭地縮了回來。

我揚了揚手：「你不必發怒，本來你想叫他來害我，是不是？」

「不是害你，是給你一個期限，叫你去做一件事！」

「不必了，我這個人，用刀架在脖子上，叫我去做事，我也不肯，現在，我們談一樁交易，答應我的條件，我就替你做事，好不好？」

「靈魂」考慮了半晌，才道：「好，條件是什麼？」

我向那蠱師一指：「讓他自由，別再管他的行動，並且保證你的手下，不再去騷擾他。」

「靈魂」呆了一呆：「那不行，他是我們這裏最有用的人，每當我們有重要的任務，要派人出去，而又怕派出去的人投奔敵對陣營，他就有用了。」

我道：「可是，我卻又怕他留在你那裏，並不安全。」

「靈魂」道：「你放心，他安全，而且，他自己也必然願意留在我這裏的，京版，是不是？」

那蠱師向我慘然一笑，然後又點頭道：「是！」

從這種情形來看，「靈魂」顯然控制著他，而他似乎也有說不出的苦衷。我還未曾再追問下去，「靈魂」已然道：「而且，在他而言，他還一定希望你能夠真誠地和我們合作。」

我略想了一想，道：「你原來想要我做什麼？」

「三天，三天的期限，替我找回教授來。」

「三天！」我叫了起來：「你瘋了，我連教授落在什麼人的手中都不知道，一點線索也沒有，我一個人，怎能在三天之內找到他？」

「不是你一個人，我的組織將予你全力的支持。」

「那也不中用，就算你肯將你的組織的指揮權移交我也不行，如果行的話，你自己不會去找麼？」我連續地加以拒絕。

「靈魂」嘆了一聲：「時間不夠了，三天已是極限，而且，找到了奧斯教授之後，沒有時間勸服他，只好強迫他去做！」

我疾聲問道：「究竟是做什麼事？」

「靈魂」衝口而出道：「主席──」

他只講了兩個字，便突然住口。

他雖然只講了兩個字，但這算是我捲入這件事以來最大的收穫，因為我知道這件事，竟和A區的這個大獨裁者有關。

本來，我早就應該想到這一點的！

若不是事情和這個「偉大的」獨裁者有關，那麼，「靈魂」又怎會親自出馬？

那麼，發生在這個「大獨裁者」身上的，又是什麼樣的麻煩呢？

我立時毫不留情地取笑他：「原來是你們的主席有了麻煩？你們的主席，據你們的宣傳，無所不能，是當今世界上最偉大的人物，甚至是全人類的救星，為什麼他有了麻煩，自己不能解決？」

「靈魂」的面色，十分難看：「太肆無忌憚了，你要小心！」

我冷笑：「對，我要小心，我要小心地使我不和你們發生任何關係！」

「靈魂」冷冷地：「現在，答應三天之內找教授回來！」

我將雙臂疊放在胸前：「我可以答應你盡力而為，但是我絕不受人驅使，除非讓我知道事情真相，使我明白是不是值得去做這件事。」

我以為，「靈魂」剛才既然說得如此之迫切，那麼在如今這樣的情形之下，他一定肯將實情向我講了！

只是我料錯了。

「靈魂」斬釘截鐵地道：「不能，絕不能！」

我的心中一涼，若不是機密到了極點，他怎會這樣？然而，事情越是秘密，我想知道的好奇心也越甚。

我冷笑道：「你大可不必如此故作神秘，你已將事情對奧斯講起過，如今他已落在另一幫人的手中，他會洩露！」

「靈魂」搓著手：「洩露也不要緊，他只是知道一些梗概，而不是事情的全部。」

我立即道：「他只知道事情的一些大概，便寧可不要五百萬美金，由此可知你要他去做的事，如何卑鄙！」

我故意這樣說，希望在盛怒之下的「靈魂」，多少會露出一點口風。

「靈魂」卻並沒有發怒，他只是嘆了一聲：「我也想不到為什麼奧斯教授不肯這樣做？為什麼？他又不是基督徒，相信所有生命——尤其是人，全是上帝所造，不應該用人力改變。」

我心中陡地一動，奧斯教授是一個著名的生物學家和外科手術專家，而如今「靈魂」又這樣講，那麼，難道是要奧斯教授去進行一項手術？

一想到了這一點，等於在一團雜亂無章的線團中，找到了一個頭。

雖然，要將那個「線團」予以整理，使得它完全通順，還不是一件容易的事，但是我至少可以執著那個線頭，來進行思索。

我想起了「靈魂」急迫和有異於常的神態，由於他是「靈魂」，因此我的注意力，又自然而然地落在他的主席的身上。

A區的主席已有三個多月未曾公開露面，世界各地都在對這件事進行著各種各樣的揣測，有一些「觀察家」，甚至已肯定地說，這個野心勃勃的大獨裁者，其實早已死了，只不過為了避免引起極度的混亂，是以死訊隱秘不發。

那麼，「靈魂」親自出馬來找奧斯教授，而且，找得如此之急，是不是為了他的主席呢？

我呆了約有一分鐘，在那一分鐘之中，我一直逼視著「靈魂」，而「靈魂」也像是看透了我心中所想的是什麼一樣，顯得十分不安。

我趁他顯得十分不安之際，又展開了心理攻勢，冷笑道：「據我想來，只怕和教徒不教徒沒有什麼關係，多半是你們那位主席的人格，不足以感召一個傑出的生物學家！」

「靈魂」的面色突變，他的臉色，變得如此之難看，那倒是我絕對意料不到的。他竟然一伸手，抓住了我胸前的衣服，他抓得如此之緊，以致令我也不免有些吃驚起來，我失聲道：「你做什麼？」

「靈魂」厲聲道：「你知道多少？你知道多少？」

我猛地在他的肩頭上一推，將他推開了：「你什麼都未曾講過，我能知道多少？」

「靈魂」吁了一口氣，面色漸漸地恢復了正常：「你只是猜想！你是聰明人，最好不要胡思亂想，我們的主席很好。」

他這最後一句話，和「此地無銀三百兩」，實在有著異曲同工之妙。

我點頭道：「那或者是我想錯了，請代我向貴主席問候，現在，我可以告辭了？」

「不能，你必須在三天之內幫我們找到奧斯。」

「那算什麼？」我不禁發起怒來：「你手下有上萬個特務，卻硬要我來幫忙？」

「不錯，我手下的人很多，而且我們正在努力找他，但是我相信，如果他會和別人聯絡的話，那麼他一定會找你，因為你是他的朋友。」

「我絕不會為你們工作！」

「靈魂」沉思了半晌：「本來，京版如果肯下蠱的話，你一定肯答應。」

他講到這裏，忽然獰笑了起來：「我要告訴你，如果你不答應，不論我遭到了什麼樣的失敗，我還是有足夠的力量，使你家破人亡！」

他那時的兇狠神情，令得我不寒而慄。

但是我還是硬著頭皮大聲道：「這算是威嚇？」

「就算是吧，兄弟！」「靈魂」冷冷地道。

有人說這個權傾一時的「靈魂」，乃是小流氓出身，如今這句話聽來，當真有點小流氓的口吻！

我聽了這種流氓口吻的話，倒是不知該如何回答才好了，「靈魂」又道：「記得，三天，你只有三天！」

我還未曾回答，他就揮了揮手。

「靈魂」一揮手，那幾個大漢，便大聲叱喝了起來，將我趕了出去，我被趕出了房間，來到了走廊中，又被從樓梯上趕了下去。

我一連下了好幾層樓梯，才看清楚，原來我正是在我的進出口公司的那間大廈之中。

不消說，剛才我和「靈魂」見面的地方，一定是寫著「貿易公司」招牌的特務機構。

我盡力使自己定下神來，走進了我的公司，這時，正是中午休息的時間，公司中沒有什麼人，我進了我的辦公室。

我坐了下來，雙手捧住了頭，整理一下混亂的思緒。

但是，我發覺我自己竟然無法定下神來，我無法擺脫「靈魂」對我的威脅。

「靈魂」是如此龐大、嚴密的特務機構的負責人，他要鬧得我六宅不安，實在容易之極。

如果在前幾年，我只是單身一個人的話，那麼，對於「靈魂」的威脅，我自然只是置之一笑。

但如今卻不同：一個有家室的人，沒有權利任性胡來。

想來想去，當我發現自己竟已變得如此怕事之際，心中更是十分的不舒服，順手取過了一瓶酒來，喝了兩口。

就在我用手背去抹唇之際，電話鈴響了。

我拿起了電話，一個女性的聲音：「衛斯理先生？」

「是。」

「請你等一等，奧斯教授要和你講話。」

我的心狂跳了起來，「靈魂」的料事，竟如此之神，奧斯果然和我聯絡了！

而奧斯與我聯絡，會打這個電話，道理也很簡單，當我和他認識之際，我曾給他一張名片，名片上印的，就是這個電話！

我忙道：「奧斯，怎麼一回事？」

但是我卻並沒有立即得到回音，那當然是電話從一個人的手中，交到另一個人手中之故。

接著，在幾秒鐘之後，我聽到了奧斯的聲音：「衛斯理，我的朋友，是你麼？」

「是我，你在哪裏，你可好麼？你——」

我提出一連串的問題，但是不等我講完，他便已打斷了我的話頭：「我很好，我在一心想保護我的自己人的地方。」

他講到這裏，略頓了一頓，才又道：「你可將他們中的幾個人打慘了！」

我呆了一呆，一時之間，不明白他這樣講是什麼意思，我忙又問道：「教授，你說什麼？你不能自由說話麼？」

「不！不！」教授立時說道：「我在自己人處，你明白麼？他們為了避免使我被『靈魂』的手下綁架，所以先把我『綁』來了，現在我很好，我接受他們的保護，我真的很好，請你別替我擔心，他們找不到的。」

我知道奧斯教授的倔強脾氣，是以我也知道，沒有人可以強迫他這樣講。

所以，可以得出一個結論，教授在另一個國家的情報人員手中，而這個國家，正是和A區作對的，所以才使奧斯有了「自己人」的感覺。

我忙道：「那很好，我以為你落入歹徒手中——」我講到這裏，陡地想起，我在追逐車輛時，機槍手對我手下留情的事，是以我又道：「請你向當時向地上發射機槍的那位先生致謝，多謝他手下留情。」

奧斯笑了起來：「他們自然不會無緣無故地傷害人，而且，我還受到了委託。」

我道：「他們託你做什麼？」

「託我請你來見見面！」

我不禁苦笑了一下。

在這件事情中，我已然越陷越深了！

我還未曾擺脫「靈魂」的糾纏，而另一方面，又要「見見面」了。

我本來想拒絕，但是我卻又十分想和奧斯教授面談。

而且，在我略為考慮了一下之後，我還想到了一個最重要的因素——為我自己著想。

是以，我思索了不過半分鐘左右，便道：「可以，如何見面？」

奧斯教授道：「請你等一等。」

接著，便是另一個聽來十分柔和的男子聲音：「駕車到市中心多層停車場的第四層，一個穿著紅黑相間直條服裝的人，會來接頭。」

「他認識我麼？」

「當然認識，我們已從國際警方方面，得到了你最詳細的資料！」

我笑道：「看來，我像是一隻吃得太飽、而飛不起來的鷓鴣，最好的行獵目標！」

「千萬別那麼說，我們沒有惡意。」

「好吧。」我終於答應下來：「但是你們也必須提防一點，我才從『靈魂』那邊出來，他們必然對我進行極嚴密的監視和跟蹤。」

「這個……」那人沉吟了一下，才道：「衛先生，我想，你最好先擺脫那些監視追蹤的人，然後才到我們約定的地方來，以你的能力而論，這自然絕對不困難。」

那傢伙的談話技巧十分高，他給我戴了一頂高帽子，使我想提出異議來，也在所不能。

我只得道：「好的，我看著辦好了，但是這樣的話，可能會遲到。」

「不要緊，我們的人會等。」

這個電話到此結束，當我放下電話的時候，我心中暗忖，「靈魂」未曾預先安裝設備，偷聽我的電話，實在是大大的失策。

要不然，他現在就可以知道奧斯的下落了。

我抬起頭來，想起正在樓上急得團團亂轉的「靈魂」，不禁發出了幾下得意的笑聲來，我立時離開了自己的辦公室，向經理借了他的車鑰匙，使用他的車子。

然後，我搭電梯落到了大廈底層的停車場，駛車離開。

市中心的多層停車場，離我辦公室所在的大廈極近，步行至多五分鐘，我不斷地兜圈子，一直兜了近二十分鐘，才駛進了那停車場，由盤旋的車道上，一直駛上四樓，在一個空車位上，停了下來。

才停下，便聽到一根柱子旁，傳來「卡」地一聲響，我循聲看去，只見一個穿紅黑相間直條子上裝的人，正以背對著我，在用打火機燃點一根香菸。

我打開車門，走了出去。

那人轉過身，向我望了一眼，什麼也不說，便向外走去，那是一個樣子十分精明，三十上下的年輕人，我跟在他的後面，和他保持著一定的距離。

一齊進了電梯，等到電梯的門關上，開始下落之際，他才道：「久仰大名，衛先生。」

我們一齊出了停車場，攔了一輛計程車，在一家戲院門口停下，買票進場，五分鐘之後，又從邊門離開了戲院。

然後，我們又上了另一輛計程車，到了一幢十分精緻的小洋房之前。

我以為已經到了，誰知那人按鈴之後，一輛黑色的車子，自花園中駛了出來。

第六部：想到了驚人的內情

那車子停在門口，那人和我一起上去，這之後，又換了三輛車子，到了一條十分冷僻的街道，那人帶著我，走上了一幢房子的二樓，敲了半分鐘門，一個老婦人來開門。

那人自上衣袋中取出證件，那老婦人用一支小型的電筒，在證件上照了一照，那證件上發出一陣青濛濛的光華。

然後，她才讓開了身子，讓那人和我進去。

裏面是一間不很大的客廳，陳設也十分簡單，就和普通的家庭一樣。

我在一張沙發上坐定，只見幾間房門，全都打開，奧斯教授高大的身形，一馬當先，向我走了過來，他「哈哈」地笑著，緊緊地握著我的手。

在他身後的，則是五、六個身形魁梧的人。

最後出來一個身形瘦削的中年人，他穿著一身十分挺拔的西服，他來到我的面前，伸出手來：「我是平東上校。」

我和他握手：「很高興看到你。」

平東上校坐了下來，伸著長腿：「衛先生，我的幾個部下，給你打得至少要在醫院中休息兩個星期。」

我攤了攤手：「十分抱歉，但在當時的情形下，我無法知道是朋友還是敵人。」

平東上校道：「這不必再討論了，你曾和『靈魂』會面，你們討論些什麼？」

我道：「他威脅我，若不能在三天之內找到奧斯教授，他就要使我六宅不安，家破人亡。」

平東上校沉思了一會兒，又問道：「那麼，他可曾向你提起過究竟要教授去做什麼？」

我不禁覺得十分奇怪：「你們應該知道，教授，他說曾對你說過。」

奧斯教授道：「但是我卻不明白他是什麼意思。」

我進一步問道：「他要你做什麼？」

「他們第一次和我接頭的時候，只是要我去製造一頭雙頭狗。」奧斯來回地踱著。

「第二次呢？」

「第二次，他們說，狗頭既然可以移植，那麼，人頭自然也可以移植，他們問我的意見如何，我說，在理論上來說，可以成立。」

聽了教授的話，令人的心中起了一陣極其奇異的感覺，所有的人都有一種十分難以形容的神情，我相信我自己的臉上，一定也有著那種怪異的神情。因為教授所講的一切，超乎自然，如果人頭可以移植的話，那麼將出現什麼樣的情形呢？一個雙頭人？還是一個三頭人？

我又自然而然地想起教授實驗室中那隻剩下一隻頭的猴子來，突然又起了一陣噁心之感！

教授繼續著：「第三次，我想這一次他們所說的，才是真正目的，他們問，將兩個人的頭互換，是不是有這個可能。」

我和平東上校互望了一眼。

我們的心中，充滿了疑惑，如果說，「靈魂」要奧斯教授去把兩個人換一個頭，這件事的本身，有什麼意義呢？

難道說他們想因為這種「成就」而展開一項宣傳？

但是，照「靈魂」急切的情狀來看，卻又顯然另有目的！

這目的是——

我想到了這裏，心中突然一亮，人也陡地站起，由於我在那一剎間想到的事，實在太駭人聽聞，我的手按在桌上，身子在不住地發著抖，以致令得桌子也抖動了起來，而放在桌上的杯子，也因之相碰，發出了「得得」聲。

那種突如其來、駭然欲絕的神態，令得奧斯教授和平東上校兩人，都嚇了老大一跳，他們齊聲問道：「怎麼了？」

我竭力想使自己鎮定下來，老實說，我絕不會因為驚恐而變得失常。但這時，我越是要使自己不要發抖，卻更抖得厲害。

由於我抖得這樣厲害，以致平東上校竟走了過來，雙手用力按住我的肩頭，想使我停止不抖。

但是這種顫抖，是按不住的，平東上校駭然道：「你這是什麼病？」

我一面抖，一面搖頭道：「沒……沒有，我是……想到了他們……他們要教授做什麼了！」

在講出了這一句話之後，我反而鎮定了下來，我吸了一口氣，問道：「上校，你們一直將A區當作假想敵人，是不是？」

平東上校點了點頭。

我忽然問起這樣一個問題來，一定使他覺得十分奇怪，是以他用奇異的目光望著我。

我再吸了一口氣，又道：「那A區的主席，近三個月來，未曾在公開場合露面，你們可有他行蹤的情報？」

平東上校臉上的神色更奇怪了，他來回踱了幾步：「你怎麼忽然問起這個問題來了？」

「請你回答我！」

平東上校嘆了一口氣：「早在兩個月前，我們便已接到了訓令，要不惜一切代價，用一切方法，來獲知那位大獨裁者的下落，然而慚愧得很，至今為止，我們已然犧牲了不少幹練的情報人員，但仍然一點消息也沒有，他像是突然消失了！」

平東上校講到這裏，略頓了一頓：「有一些專家甚至研判，他其實已然逝世了。」

「不！」我肯定地回答：「這位大獨裁者沒有死，但是他一定有著極度的麻煩，這個麻煩，只有奧斯教授，才能解決。」

平東上校和奧斯教授兩個人，面色突變，他們的身子，也在漸漸地發起抖來。他們齊聲叫道：「你……你瘋了？」

我搖頭，表示不是瘋。

但是他們兩人也搖著頭，表示我一定瘋了。

我很可以了解他們兩人的心情，他們已完全聽懂了我的話，知道「靈魂」要奧斯教授去做什麼了。

「靈魂」要奧斯去「進行一項手術」，一點也不錯，但是那手術卻使人心驚肉跳，而且，手術的對象，是一個世界上握有最瘋狂的強權的人。

老實說，我、平東和奧斯，只是三個普通人，實在無法不想起來就發抖！

好一會兒，我們才停止了那種看來可笑的搖頭動作，我沉聲道：「你們以為，如果不是那位大獨裁者有了什麼麻煩的話，『靈魂』會親自出馬麼？」

平東上校結結巴巴：「那麼……那麼……」

他並沒有能講下去，他雖然是一個極之幹練的情報人員，但是在如今這樣的情形下，他也不知說什麼才好！

我又道：「而且，靈魂對我表示過十分悲觀，他說，他將保證奧斯的安全，除非他已沒有力量來維持教授的安全！」

「他暗示自己會失勢？」平東駭然問。

「是的，他是主席的靈魂，如果那位主席死了，靈魂自然也無所依據，大批政敵將起而攻之。」

「那麼，這位大獨裁者在生病？」上校問。

「當然是，」我向教授一指：「你的意見如何？」

奧斯教授來回地走著：「我是一個科學家，不是情報員，我只是依據事實來判斷一切，而不作平空設想。」

我們三人都不出聲，感到這件事情的極度嚴重性。

究竟沉默了多久，連我們自己也覺得茫然，而在這一段時間中，心頭之沉重，難以形容。

平東上校最早開口：「這是一個極其重要的情報，我必須先向總部報告，你們兩人在這裏等我。」

他一面說，一面便向外走去。

我卻連忙攔住了他：「慢一慢，請恕我問一句：你準備如何向總部報告？」

平東上校道：「很簡單：A區主席的健康發生極嚴重的問題，他的生命可能在幾天之內完結，A區的特務正在盡一切可能，要著名的奧斯教授去挽救他的性命，但奧斯教授正在我方人員嚴密的保護中。」

我點了點頭：「這樣的報告是合情合理的，我想，你絕不必提起……換頭的事。」

平東上校搖頭道：「當然不會，正如剛才教授所說的那樣，我雖然是一個情報人員，但是我還……不是一個幻想小說家。」

我苦笑了一下，平東上校匆匆走了出去。

在房門被關上之後，奧斯顯得十分之不安，他來回踱著：「我要被嚴密保護到什麼時候為止？」

「不會太久的，『靈魂』曾表示事情十分緊急，至多四、五天，我想就可以聽到A區主席的死訊了。」我安慰他。

可是奧斯教授卻顯然不曾接受我的安慰，他緊皺著那兩條濃眉，仍然來回踱著，過了約莫兩分鐘，他停了下來：「衛斯理，你應該知道，我是醫生。」

「我當然知道，你是世界上最有成就的醫生之一，你那樣提醒我，是什麼意思？」

「醫生的責任是救人，是盡一切可能，將一個垂危的人從死亡的邊緣挽救回來，至於那個人是什麼人，這不在醫生的考慮範圍之內。」

「你是說——」

奧斯打斷了我的話頭：「學醫的時候，一個頑皮的同學，向一位老教授提出了一個問題：如果一個在幾天之後就要被執行死刑的囚犯，患了重病，是不是要替他悉心醫治？如果醫好了他，將一個健康的人送上斷頭台，這是不是諷刺？老教授的回答很簡單：『只要他有病，而你又能醫他，那你就不能忘記你是一個醫生！』」

我感到十分詫異，我道：「教授，你的意思是說，站在醫生的立場而言，你是應該接受『靈魂』的邀請，去挽救那大獨裁者的性命？」

奧斯嘆了一聲：「如果全世界真的只有我一個人能夠挽救他，那我有這責任的。」

我尖聲叫了起來：「你瘋了，你忘記了他是一個獨裁者，他曾殺過千千萬萬的人，如果他不死，他還會繼續屠殺下去！」

「是的，但是你又怎麼可以知道他死了之後，他的繼承者會比他仁慈？」

奧斯這一句話，我無法回答，因為我們全是凡人，無法知道未來的事。

我忙道：「教授，別胡思亂想了。」

奧斯教授苦笑著，坐了下來。

從他的情形看來，我的話顯然未曾發生作用，因為他正在「胡思亂想」！

我感到事情十分不妙，因為如果奧斯認為他有責任去救人，那麼，他就真的可能自願去替「靈魂」服務。

而他如果自願前去的話，儘管平東上校不願意，只怕他也沒有辦法強行扣留這樣一個著名的學者！

當我想到這裏的時候，我不由自主，向他慢慢走近，我心中在想，為了不讓他繼續想下去，我一拳將他擊昏，倒是一個好辦法。

我來到了他的身邊，已經揚起拳頭來了。

可是，也就在此際，我聽得門外，突然傳來了幾下重物墜地的聲音，我陡然一呆，心知有什麼不尋常的事發生了。

我連忙跳到了門旁，迅速地將門打開了一道縫，向外看去。

只向外看了一眼，便整個人都僵住了。

只見外面已然塞滿了穿黑色西服的人，一望便知，全是「靈魂」的部下。

而地上躺著的，則全是平東上校的手下，他們有的已經昏了過去，有的正被人家壓著。

而平東上校被兩個人推進來，跟在後面的，正是「靈魂」。

顯而易見，「靈魂」已經率領著大批部下，以壓倒性的力量，和迅雷不及掩耳的方法，將這個情報機構完全佔領了！

我在乍一看到這種情形時，實在不知道這一切究竟是如何發生的。

但是我立即就明白了，帶「靈魂」來到這裏的，不是別人，就是我！

我當然是在不知不覺間帶他來到這裏的，他一定趁我沒有察覺之際，在我的身上放下了無線電波接收儀，就可以正確地知道我的所在！

我竟粗心大意到這一地步！

本來這事和我一點關係也沒有，即使是「靈魂」曾如此窮凶極惡地威脅過我，我也不準備理會這件事。

但是如今，「靈魂」竟通過我而到了這裏，那實在使我不能忍受！

我聽得「靈魂」在大聲呼喝：「搜查每一間房間，保持行動小心！」

我也在那時關上了門，拉過了一張椅子，將門頂住，奧斯問道：「發生了什麼事？」

我沉聲道：「靈魂來了。」

奧斯一呆，但是他立即道：「我要見他！」

他一面說，一面向前，走出了一步，也就在他向前走出一步之際，我的拳已然重重地向他的左頰之上，擊了出去！

奧斯教授的身子雖然高大壯實，但是也當不起我這一擊，他身子一晃，倒了下去，我立時將他的身子扶住，在他的後腦上，又補了一拳。

然後，我急速地拖著他，來到了窗口。

那時，已然聽到撞門聲了！

我必須將奧斯教授藏起來，不給他們找到，但是這間房子，總共才那麼大，怎可能藏得下奧斯教授？

我將奧斯拖到了窗邊，想將他自窗口塞出去，我打開了窗，將奧斯舉了起來，他至少有一百六十磅重，我將他的身子塞出了窗口。

然後，抽下他的領帶，再加上我自己的一條，在他的肩下穿過，將他掛在窗外。

這當然是權宜之計，但在這時，也沒有別的辦法可想。

我希望他沒有那麼快醒，如果他一下醒過來的話，那麼他必然會掙扎，若是他一掙扎，就非自三樓跌下去不可。

當我轉過身來時，房門已然岌岌可危，我一步跨到了房門旁，「嘩啦」一聲，門已倒下，一個人衝了進來。

那人才一衝進來，我的右肘，便已重重地敲在他的頭上，同時，我的右膝抬起，撞在他的胸口，那人向後倒了下去，撞倒了另外兩個人。

門口空了出來，我整了整衣領，若無其事地走了出去，向「靈魂」一揚手：「你好。」

「靈魂」瞪了我一眼，立時搶進了房中，他向房內看了一眼，便轉過頭來，怒道：「奧斯呢？」

「奧斯？」我裝出一副令他發怒的神情來，反問道：「什麼奧斯？」

「靈魂」像是旋風也似地衝到了我面前，我連忙伸出手來：「若是你想動手，那你一定要吃眼前虧！」

他對我怒目而視，然後厲聲喝道：「找，你們快去找，將奧斯找出來。」

他的手下，有好幾個人散了開去，我笑道：「你怎麼能肯定奧斯在這裏？」

「你在這裏，他自然也在！」

我「哈哈」笑道：「那麼，你將我擄去，不也就等於擄到了奧斯？」

「靈魂」怒極，突然抬腳向我踢來。

我早已警告過他的，那是他咎由自取，我一伸手，便抓住了他的腳踝。他的身子自然站立不穩，向後倒下去，但是我的另一隻手，卻又執住了他的衣領。他本是一個身材異常矮小的人，我可以毫不費力就將他提起來。

但這時我卻不將他的身子舉起來，因為若是一將他的身子舉起來，便不能藉他掩護。

我將他拉得接近我，然後退到牆前，那樣，前後都有掩蔽，就不怕人攻擊。

我大聲道：「靈魂，命令你的手下迅速撤退。」

「靈魂」一面在做無補於事的掙扎，一面厲聲道：「找不到奧斯，我不會離去！」

「奧斯根本不在這裏，連我也找不到他，何況是你？」我這樣騙他。

然而「靈魂」卻不是三言兩語就能騙得過的人，他連聲冷笑：「衛斯理，你抓住我沒有用，我死也要找到奧斯！你們快去找，一定就在那間房間之中！衛斯理將他藏起來了，你們圍在我的面前看我做什麼，沒見過我發怒？」

由於我制住了「靈魂」，是以有七、八條大漢，惡狠狠地圍在面前，想伺機而動，但是「靈魂」卻向他們咆哮著，要他們繼續尋找！

其中一個人遲疑道：「我們已經找過了。」

「再找！」「靈魂」怒吼著。

三、四個人又閃身進了房間，這時，輪到我發急了。

我將奧斯教授吊在窗外，絕對經不起搜查。

我之所以要將「靈魂」制住，也正是為了想分散搜查者的注意力。

但是「靈魂」卻像是瘋了一樣，儘管他已被我制住，卻一點也不理，仍然命他的部下繼續搜查！

我連忙道：「靈魂，如果你的態度不是那麼惡劣，那麼我或許會在三天之內，帶你找到奧斯。」

「靈魂」怪笑了起來：「你在討饒了，你心虛了？教授一定在這裏——」

他的話還未曾講完，我已聽得那房間中，傳出了好幾個人的叫聲：「找到了，找到了，他被吊在窗外，昏迷不醒！」

我抬頭向平東上校看了一眼。

平東上校的背後有兩柄槍指著，本來還一直神色自若，直到這時，臉上才變了色。

我的臉色一定也變得難看之極，我該怎麼辦呢？雖然制住了「靈魂」，但一點用也沒有。

如果「靈魂」十分害怕、膽小，唯恐我會加害他，那麼我制住了他，就有用，可是他竟是如此強悍！

當他聽得已找到了奧斯教授，居然發出了一聲歡呼！那種情形，當然令得我和平東上校兩人極其沮喪。

但是，我卻還有最後一張王牌。

我雙手一鬆，「靈魂」一直在用力掙扎，是以我一鬆手之後，他便向外跌出了一步，但是他卻立即站定。

他向我做了一個咬牙切齒、窮凶極惡的神情，但是即使在這樣的一個神情中，他也掩飾不住他心中的高興，他狠狠地道：「我成功了！」

我將我那張最後的王牌打出來，我冷冷地道：「你失敗了，奧斯是在被綁架強迫的情形下，他能做什麼？」

這張「王牌」果然有效，「靈魂」的臉色突然間變得蒼白。

他陡地向前跳來，但是又立即跳向後，尖聲問：「你知道了什麼？」

我雙手插在口袋中，用一種毫不在乎的神態反問道：「你為什麼只問我一個人？」

「靈魂」的聲音更尖利：「你們……你們知道了什麼？」

他在問的時候，又望向平東上校。

我發現我已擊中了他的要害，於是我便「哈哈」大笑：「我們什麼都知道了，而且，上校已將我們知道的事作了報告。」

「靈魂」的眼中，射出驚惶而又憤怒的神色，望定了我們。這時，奧斯教授已然被拖到了客廳中，放在沙發上，兩名大漢正在拍他的臉頰，令他醒轉。

「靈魂」望了我好一會兒，才突然又笑了起來：「不論你們報告了一些什麼，就算這報告被公開發表，也不會有人相信。」

「可是你忘了一點，」我繼續向他進攻：「教授根本不會答應替你做這樣的事！」

「他會，他非做不可！」

這時，兩個人已將奧斯教授弄醒了，但是他的神智還未完全恢復，「靈魂」大聲叫道：「兩個人架著他，將他先送出去，對這裏所有的人，發射迷藥針！」

「靈魂」的話才一講完，幾乎每一個他的「手下」，都扳動了槍機，自槍中射出來的，不是子彈，而是一種極細的金屬針，我也中了兩針，但是平東上校更在我之前，我看到他的臉上，現出了一種如痴如醉的神色，接著，他的身子便倒了下來。

在他的身子倒下來之際，我看到屋子在旋轉，我感到「靈魂」的臉在向我逼近，越來越大，大到了後來，我只可以看到他的一雙眼睛，他的眼睛中射著異光，那種光芒越來越強烈。

終於，我什麼也看不到了。

第七部：拒絕探險不歡而散

等到我醒了過來的時候，天色已黑，只覺得四周十分寂靜，什麼聲音也聽不到。

我掙扎著站起，扶著牆，向前走了幾步，著了燈。

我看到橫七豎八，睡倒在地上的，總有三十人之多，大概也都到了該醒轉的時候，再加上突如其來的光線刺激，他們都已迷迷濛濛地睜開了眼睛。我只覺得喉頭乾澀無比，但是我還是勉力叫道：「上校，上校！」

平東上校也正在掙扎著要坐起來。

我的叫聲，可能給了他一定的力量，他身子一挺，便已站定。

我苦笑了一下，想講幾句安慰他，同時也安慰自己的話，可是我的喉嚨竟乾得一個字也講不出來。

而平東上校在一站定之後，行動快速得令人吃驚。

他奔向一隻花瓶，將花瓶提起，花瓶內是一副新型的無線電通訊儀，他的手指，不斷地按著那具通訊儀上的許多按鈕，就像是一個最熟練的打字員一樣。

他足足在通訊儀上工作了三分鐘之久。

然後，他轉過身來，對圍在他身邊的部下道：「你們還在這裏做什麼，快去設法，用你們一切的關係，用盡一切可能，去堵截『靈魂』，不讓他帶著教授離開！」

那些人中，有一個道：「可是……上校……他們走了已有一個小時之久。」

「去！」上校突然咆哮了起來：「執行我的命令！不要在這裏廢話連篇，去！」

那二十來人，立時一聲不出，一齊散了開去。

平東上校喘著氣，轉過身來，這時，只有我和他兩個，他臉上的神情，就像是一個挨了一掌的小孩子一樣，我想他的心中，一定想好好地哭一場。

平東上校望了我一會兒，才道：「我們還有希望？」

我苦笑了一下：「正如你的手下剛才所說，我們昏迷了一小時以上！剛才，你將這裏發生的一切，全報告了上去？」

「是的，我還請高級核心，下令動員附近一千哩之內所有可以動員的力量，我要求可以調動空軍、海軍，一齊協助我們。」

我搖了搖頭：「上校，我再提醒你一句，我們遲了一小時！」

平東上校來回地踱著，其實，他不算是在踱步，他只是不斷地在跺腳。

好一會兒，他才道：「那麼，唯一的希望是，教授不答應他們所請。」

我想起了教授對我講起的「醫生良心責任」，對於平東上校的「希望」，我不敢樂觀。

但是，我卻不忍心去潑他冷水，只好含糊地應著。

就在這時，那無線電通訊儀，又發出了「滴滴」的聲音，上校連忙湊近去聽，等到他聽完之後，他興奮地轉過身子來：「批准了！」

我愣了一愣：「什麼批准了？」

上校道：「我剛才曾向上峰建議，准你進A區去將教授救回來，上峰批准了。」

我用足以讓自己的耳朵，也起了一陣震蕩的大聲音反問：「你說什麼？」

平東上校將他剛才講的話，又重複一遍。

我想笑，因為這實在可算是天下間最荒唐、最無稽的事！

但是我卻笑不出來，因為這件事和我有關，在這樣的情形下，我的臉色一定難看到了極點，我不知道怎樣表示我對平東的話感到可笑才好。

而平東上校卻還在道：「我的建議，往往上峰不會駁回。」

我只好嘆了一口氣，對於一個做了如此荒誕的事，而還在沾沾自喜的人，實在是沒有什麼可以多說，我只是道：「上校，對不起得很，如果你有興趣到A區去旅行，請自便。」

平東上校睜大了眼睛：「什麼意思？」

我忍不住吼叫了起來：「這還不明白？我不去！」我長長地吸了一口氣，才又道：「我，不去！」

上校「哦」地一聲：「這倒出乎我的意料之外，原來你是個膽小鬼。」

我心中怒火陡升：「你有什麼資格說我是膽小鬼？你以為用這種卑鄙的話來刺激我，我就會被你們利用了？我是膽小鬼，你是什麼？你自己為什麼不去？你為什麼不去將奧斯搶回來？」

平東上校居然毫不動氣，反倒不在乎地笑了一下：「你不去也不要緊，何必動那麼大的氣？我向上峰推薦你，是給你一個機會去彌補你的過失。」

我幾乎想要揮拳相向了，我瞪著眼：「混你的賬，我有什麼過失？」

「奧斯和你在一起，你將他擊昏，所以才使他落入『靈魂』的手中。」

真他媽的混賬東西，他竟講出了這樣無恥的話來，我冷笑一聲：「那麼，照你想，我應該怎麼辦？要我喝一聲：『變』，將他變做我衣服上的一個鈕扣？還是要我施展法術，將他藏在頭髮中？如果說有什麼錯誤的話，錯誤在你的身上，你的總部，輕而易舉地就給人佔領，如果有人開拍滑稽特務片，我一定推薦你去當主角！」

我的話，對平東上校而言，可以說是極盡侮辱之能事了！

可是，他卻仍然並不激動，他嘆了一口氣：「你不提這件事，倒也罷了，如今既然提了出來，而且指責我的無能，那麼，我也不得不指出，總部所在，絕對秘密，正因為你的疏忽，所以才將敵人帶來了！」

這一悶棍，令我實在有些受不住，我的臉色一定青得很難看，我雖然不能看到自己的臉，但是我卻感到了面肉的僵硬。

我喘了一口氣：「好了，我們之間，已沒有什麼可以說下去了。再見！」

我轉身向外便走，平東上校也道：「再見，希望你多多保重。」

我狠狠地道：「我知道怎樣照顧自己的！」

平東道：「你真要小心才好，『靈魂』雖然已得了奧斯，但是事情並不就此過去，因為，你知道得太多了！」

他的話，令我陡然一呆。

在這一剎間，我的神智清醒了不少。

對的，平東上校說得對，「靈魂」雖然得到了奧斯，但即使奧斯完全聽從「靈魂」，事情也並不就此可以了結。

因為，我知道得太多了！

我甚至推測到了A區主席，那個舉世都在注意他一舉一動的大獨裁者，已必須施行一項罕見的手術才能活下去！

而且，我還推測到，這項罕見的手術，可能是人體最重要器官的移植。

我可以更接近事實地說：這種移植，是人頭的轉換！

這樣大的秘密，我知道，這就表示我隨時徘徊在鬼門關的邊緣！

在這樣的情形下，我絕沒有退卻的餘地！

然而，我又應該怎樣呢？難道要我接受上校的任命，到A區去冒險？

當然我不能，我只不過在門口略停了一停，大約只有幾秒鐘的時間，便發出了「哼」地一聲，繼續向前走去。

我招了一輛計程車，司機問：「去哪裏？」

我心神恍惚，又十分氣惱，竟大聲道：「回家！」

司機大約當我是神經病，望了我好一會兒，才道：「先生，府上在哪裏？」

我呆了一呆，才笑了起來：「對不起，我正在想別的事，我要到——」

我的話還未講完，車門突然被一個人打開，那人探頭進來，向司機道：「對不起，這位先生，不需要搭車。」

那傢伙一面說，一面竟然伸手來抓我的手臂！

我心中正自憋著怒氣，無處可出，那傢伙正好是自討苦吃，我揚起拳頭，就待擊了下去。

可是，當我的拳頭疾揮而出，離那人的下頦，只有半寸的時候，拳頭突然煞住了。

那人是我的好朋友巴圖！

他是一個大國的異種情報處理專家，和我有深厚的交情。

拳頭沒有擊中巴圖，必然的結果，是我被巴圖拉出了車廂！

而我一出車廂，「呼」地一聲，那輛車便急急駛走，我想那位司機一定在慶幸能夠擺脫了我這個「神經病」！

一出了車廂，我用力拍著他的肩頭，他也用力拍著我。

我笑著：「你來得正好，我有麻煩。」

他也笑著：「我想，我的出現，和你的煩惱，大約有關連，我收到了一項異種情報，冒險駕著還未曾正式使用的超音速噴射機趕來和你相會。」

「哦，你收到的異種情報是什麼？」

「說出來嚇你一跳。」

「你放心，只管說好了，我不至於那麼膽小。」

「情報說，A區主席快死了，除非替他進行一項換頭手術。」

我大吃了一驚，整個人都呆住了。

我的天，這是最秘密的情報，而他竟然在一條馬路上（雖然說這條馬路不是很熱鬧），用這麼大的聲音，叫了起來。

看了我的情形，他竟然哈哈大笑：「看，你果然嚇了一跳！」

我伸手握住了他的手臂，餘悸未定，是以聲音聽來十分異樣：「你瘋了，這樣的事，能隨便亂說麼！」

巴圖卻開心地「哈哈」大笑了起來：「衛，你太緊張了，在大街上可以說的話，即使被人聽到，也絕不會被人懷疑那是真正的秘密！」

我不得不承認巴圖的話是對的，但是我仍然道：「還是別亂說的好。」

巴圖拍著我的肩：「我要和一個人接頭，你可願一起去見他？」

我問道：「平東上校？」

「是的，我必須先讓他知道我來了。」

「不必了，我不想再去見他，因為我才從他那裏出來。」我搖頭拒絕了他的建議。

「那麼，你到我的酒店中去等我，金像酒店，七〇七室，我隨即就來！」

巴圖一面說，一面將鑰匙拋了給我。

我本來急於回家去，可是巴圖來了，而且他的來到，又和這件事有關，我自然不得不改變計劃。

接過了鑰匙，巴圖連跳帶奔，走了開去，他永遠是那麼精力充沛。

我攔了一輛計程車，到金像酒店，七〇七室是一間極其豪華的大套房，我坐在一張柔軟的天鵝絨沙發上，然後打電話回家，向白素說明我必須遲歸的原因，因為巴圖來了，我們有事情要商議。

我坐了只有二十分鐘，便有人敲門，同時也聽到了巴圖的聲音。門一打開，巴圖像一陣旋風也似地捲了進來：「太好了，衛，太好了。」

我瞪著他：「什麼太好了？」

「能夠和你一齊工作，不好麼？」

「巴圖，」我正色地道：「我和你是朋友，但是我不會和你一起工作。」

巴圖像是想不到我會有這樣的回答，他略帶委屈地道：「這是怎麼一回事？在夏威夷的海灘上，你不是說過，有什麼稀奇古怪的事，千萬不可忘了你，要和你一齊去探索？」

我嘆了一口氣：「是的，我說過。可是如今這件事，沒有什麼奇怪，只不過是一個獨裁者，想盡方法要活下去。」

巴圖大聲道：「是的，可是他想用什麼方法活下去，你知道嗎？」

我大聲道：「我當然知道，我知道的比你多得多，你所得的情報，全是由我提供的。」

「有一點你不知道。」

「什麼事？」我有點挑戰似地問。

「這位大獨裁者正在傾全力發展核子武器——」

我不等他講完，便道：「算了，這算什麼特別的情報？世界上每一個角落的人，都知道這一點！」

「你聽我講下去，好不好？他派他最親信的將軍，去主理核子武器發展，而他的最後一次公開出現的地點，根據人造衛星偵察的結果，正是他們核子基地的附近。」

我不屑地道：「那又有什麼稀奇，他去巡視核子基地，十分尋常。」

第八部：零星情報拼湊真相

巴圖道：「是的，他在那地點，一年總得出現好幾次，但這一次卻有許多例外。」

「什麼例外？」

「往常，他在視察核子基地之後，回到京城，他的部屬，照例在機場上有盛大的歡迎場面，但是這最後一次，他似乎根本未曾回到京城去！」

「是的，他自那次出現之後，到如今已足有四個月未曾露面了，你們的情報人員，什麼情報也得不到，只好亂猜！」

巴圖搖著頭：「別將我們看得太低能，我們有情報，但不能確定，如今事情發展到這一步，零零碎碎地拼湊起來，對於整件事情，也可以有一個梗概了。」

「講講看。」

「A區附近的那個輻射塵測量站，測得輻射塵增加，這個現象，應該是一次極小型核子武器爆炸的結果，情報人員曾推測那可能是一種極新型的核子槍。」巴圖來回地踱著：「自這件事之後，到如今，是四個月。這個時間，是一個很重要的因素。」

我沒有出聲，巴圖繼續說下去：「在這四個月中，那個核子基地的一切活動，全部停止，而主席卻下落不明，上個月，我們故意要換大使，想趁呈遞國書的機會，逼他出現，可是結果，由副主席代替！」

「那麼，你拼湊的結果是——」

「我的結論是，測量站記錄的輻射塵微量增加，並不是什麼核武器的試驗，而是那個核子基地中，出了意外。」

他頓了一頓，續道：「意外可能是人為的，更可能是A區地下志士的傑作，總之，在這次意外中，這個大獨裁者，受了傷！」

「哼，如果是核武器自動爆炸什麼的，這個主席又不是真神，早就死了。」

「當然他沒有死，但是我有理由相信，他身子一定受了灼傷，我剛才提到四個月這個時間因素十分重要，它的重要處，就是一般受輻射灼傷的人，總還可以多延留四個月左右的生命！」

聽到這裏，我不禁聳然動容。

我站了起來：「那麼，你的結論是——」

他接過了口去：「我的結論是：四個月前，這位大獨裁者，在巡視核子基地時，因為不可知的意外，受了輻射線的灼傷。當時，受灼傷的部分極少，絕不致命，他自然立即受到了最好的照顧，但是那沒有用，受輻射灼傷的地方，漸漸蔓延開來，到如今，我相信除了頭部之外，他的身體，已沒有一處完整的地方，這四個月中，他當然吃足了苦頭！」

我聳了聳肩：「好得很，這正是狂人應得的報應。」

巴圖道：「他自己是不是不想死，不得而知，但是他的得力部下，一定都希望他能活下去的。」

我吸了一口氣：「於是他們想到了奧斯教授！」

「是的。」

「如今，他們已將奧斯教授擄走了！」

「是的，我們必須將他救出來。」

我搖了搖頭：「是你，不是我們。」

巴圖嘆了一聲：「你還不明白我的意思，奧斯是你的朋友，你怎能見死不救？這件事，奧斯答應也好，不答應也好，成功也好，失敗也好，他都絕不能活著離開！」

我聽了之後，默然不語。

我之所以默然不語，是因為我知道巴圖的話是對的，不論在什麼情形下，奧斯都有死無生！

但是，我又能做些什麼呢？

我呆了半晌，仍然搖了搖頭。

巴圖又嘆了一聲：「任何困難的事，我都喜歡一個人做，但這件事，衛，需要你幫助，我們要去挽救一個傑出科學家的生命，這個科學家，有可能使人類醫學史完全改寫！」

我嘆了一聲：「我並沒有答應你的要求，但是我不妨聽一下你的計劃。」

巴圖道：「計劃很巧妙，我們以高級外交人員的身分進入A區，就算失敗，至多被驅逐出境。」

我聽了之後，皺了皺眉，巴圖以為我是怕死，這使我很不高興，但是我卻也沒有打斷他的話。

他又道：「當然，我們首先要查明，奧斯教授是不是決定幫他們忙——你要我說出詳細的計劃，老實說，根本沒有，只能見機行事，但如果你肯，立時便可成行。」

我驚訝地問道：「這是什麼話？」

巴圖道：「現在的辦事效率之快，令人驚嘆，我在動身飛來之前，使用無線電話通知了這裏的工作人員，準備兩份外交人員的身分證明，現在，持有你、我兩人外交身分證明的人，已在機場相候了。」

我不出聲，只是慢慢地轉過身去。

巴圖續道：「衛，你如果不答應和我一起去，那我自己去了，我知道，我們至多只有三天的時間，每一秒鐘，都非常寶貴。」

我實在不想去，但是，我又實在難以拒絕，因為巴圖是我的好朋友，我無法眼看他去冒險，而不加以援手。

而且，奧斯教授的安危，我也一樣關心。

當時，我僵立在門口，大約過了半分鐘，我向背後伸出手去，我伸出的手，立時被巴圖握住。

一切就這樣決定了。

七小時之後，超音速噴射機在A區一個大城市的機場上降落了。

這七小時的飛行，我們的生命，每一秒鐘都在危險之中，因為這一型的飛機，還在試驗階段，它的速度特別快，我們居然奇蹟也似地飛行，終於安全降落，當我們步出飛機時，看到機場上，軍警林立，雖然我們都持有正式外交人員的文件，但是看到了這種情形，心中也不禁感到一股寒意。

一個中校帶著幾個士兵，向我們走來，他板著臉孔，冷冷地打量了我們一眼：「就是兩個外交人員？」

巴圖道：「是的，我們使館中的人會來接我們，我想，你不至於要對我們進行檢查吧？」

「當然不，」那中校仍是板著臉：「而且，也不會有人來接你們，你們的飛機在一小時之前，進入我國國境時，外交部已宣布你們為不受歡迎的人物，你們必須立即離去。」

「什麼？」巴圖高叫了起來：「這不合外交慣例，我要與我們使館的人接觸，我們當然要抗議，貴國這樣做法，是——」

可是那位中校，立時打斷了他的話頭：「外交慣例？像你們這樣懷有特殊目的的人，就合乎外交慣例？」

巴圖呆了一呆，那中校道：「我們已替你準備好了飛機，請跟我來。」

巴圖忙道：「不，我們要回去的話，當然搭我們自己的飛機離去。」

「不，你們的飛機，在一入國境時，空軍部隊已下令扣留了。」

巴圖氣得臉色大變，那飛機正在試驗中，是一項重大的軍事秘密，因為這類戰鬥機，不但速度極高，而且可以攜帶多種核子導彈，若是被對方扣留，那當真是偷雞不著蝕把米了！

巴圖尖叫了起來：「你簡直是流氓！」

那中校厲聲道：「侮辱軍官，是要付出代價的！」

巴圖還想再罵，但是我卻拉了拉他的手臂：「巴圖，我們走吧！」

巴圖苦笑道：「可是那飛機——」

我攤了攤手：「你有什麼辦法？你看到了沒有，機場上足有一團的士兵，而我們，只有兩個人，你想要怎麼反抗？」

「我不能失去那飛機！」巴圖高叫著。

突然之間，他左手向下一拋，轟地一聲響，一大團煙霧，立時冒了起來。

我絕不贊成在這樣的情形之下出手，可是巴圖這傢伙卻已然先出手了。

他既然出手了，我怎可以袖手旁觀？

就在那一大團煙霧突然冒起之際，我身子也向前疾撲而出，一拳擊在那中校的胸口。

那中校的身子，向後倒去，我一再伸手，拉住他的手臂，將他的手臂，扭了過來，那時候，我們全在濃煙中，誰也看不到誰。

一同被困在濃煙中的，還有幾名士兵，那幾個士兵的手中，全有武器，可是在這樣的情形下，他們也不知所措。

我拉著那中校，認定了飛機的方向，疾奔出去，好在我們離飛機並不遠，我一衝出了煙霧，便奔到了飛機的邊上，緊接著，巴圖也從煙霧中出來，靠著那中校的掩護，並沒有人向我們開槍。

巴圖首先跳進了機艙，他一面伸手來拉我，一面已使飛機引擎發動，我一腳將中校踢出，身子一聳，上了飛機。

飛機立時在跑道上向前衝去！

但是，在這樣的情形下，如果我們可以逃得出去，那才是奇事了。

機關槍聲，立時從四方八面，集中向飛機傳了過來，飛機猛地一震，左翼已著火，巴圖用力按下一個紅色的圓掣。

我和他兩人，被一股極強的力量，彈出了機艙：呈拋物線彈出，大約彈高了一百公尺左右，當我們身在半空之際，倒可以看清機場的形勢。

在我們四周圍的士兵，至少有三百人，飛機已然全被烈火吞噬，立即就會發生爆炸。

我們身在半空中，那是最好的靶子，但兵士顯然未曾奉命，是以沒有發槍。

巴圖的手臂，突然振了一振，「呼」地一聲響，一隻氣墊迅速地自動充氣，而他將那隻氣墊，向我拋來！

我和他兩人，隔得本來就極近，氣墊向我一拋，我一伸手便抓住，而他的手，也未曾離開那氣墊，我們兩人一齊跌下，跌在那隻氣墊之上。

巴圖在還未曾落地之際，便叫道：「快滾出去！」

我們鬆開了那隻救命氣墊，身子向旁，疾滾了開去，滾開了十來碼之後，一聲巨大的爆炸聲，濃黑色的濃煙，沖天而起，高達數百公尺，那架飛機，已經爆炸了。

包圍在我們四周圍的士兵，因為飛機的爆炸，而亂成了一片，細小、灼熱的金屬片，四下飛射著，這種混亂，給了我們機會，使我們可以向機場的草地衝過去。

可是幾乎是立即地，在我們的面前，出現了整排的軍隊，而在我們的左、右和後面，軍隊也一齊掩了過來。

那個中校滿面怒容地奔到了我們的面前：「你們被捕了！」

巴圖道：「我們是外交人員。」

中校厲聲重複著：「你們被捕了！」

巴圖道：「好，我們被捕了，但是請問——」

他講到這裏，突然壓低了聲音：「請問，未能完成截留飛機的任務，你將在什麼時候被捕？你又有幾分不被槍決的機會？」

巴圖那一句話，比什麼都厲害，那位中校的面色，變得和水泥跑道差不多。

我笑了一下：「你何必代他擔心，或許在軍法處中，有他的親戚，那麼他就可以不至於被槍斃，只做二十年苦工什麼的。」

中校的面色更難看，巴圖沉聲道：「中校，你只有一個機會：你不是說替我們預備了一架飛機麼？你和我們一齊上那架飛機，我們帶你離開，到了外國，你可以憑撰寫回憶錄的版稅而生活得很好，我猜你不是屬於正規軍隊，而是特工部隊的軍官，是不是？」

那中校無助地向不遠處的一架小飛機望了一眼，巴圖道：「你可以押著我們前去的。」

中校道：「你……竟引誘我叛國？」

巴圖聳了聳肩：「或許你更喜歡二十年的苦工監，我們當然不便勉強。」

中校大喝一聲：「走！到那架飛機去，我會押你們去見最高首長！」我心中大喜，巴圖也是，想不到我們在絕處，又有了生機。我們在中校的「指押」下，向那架飛機走去，圍在我們面前的士兵，一齊讓路。

然而，我們卻未能走到那架飛機的近前，四輛吉普車便已疾駛而至。先從吉普車中，跳下了十來位手持一種十分異特武器的軍官，然後，一位將軍下車。

那下車的是一個身材十分魁偉高大的少將。中校一見了他，就像是已經看到了屠刀的羔羊一樣，身子不由自主地抖了起來。

當然，我和巴圖兩人的臉色，也好看不到什麼地方去，那少將向我們望了一眼，然後直來到中校的面前，一揮手，和他同來的幾個軍官，已將中校圍了起來。

那少將冷冷地道：「你被捕了！」

他走向前去，粗暴地將中校肩上的肩章拉下來，又將中校的軍帽摘下，幾個軍官立時推著那可憐的中校走了。

我心中之所以感到這位中校可憐，是因為我們離那架飛機已然極近，如果那四輛吉普車遲五分鐘來的話，我們早已飛到空中去了！

當然，不但是那中校倒楣，連我們也倒了楣，中校被帶走之後，少將來到了我們的面前。

我不能不佩服巴圖，因為在這樣惡劣的情形之下，他竟仍是一樣地若無其事：「將軍閣下，我想貴國對我們兩人的身分，一定有些誤會。」

少將得意地笑了起來：「一點也不，特務先生。」

他一面說，一面用戴著手套的手，幾乎直指到我們的鼻尖上來：「尤其是這位先生，我們國家安全部部長，早已提醒過我們了！」

我不禁倒抽了一口涼氣，他口中的「國家安全部部長」，就是「靈魂」！

我忙道：「他……料定我會來？」

人員！」

「是的，他下令全國，注意你的蹤跡，想不到你竟這樣堂而皇之地冒認外交人員！」

我強辯道：「不是冒認，我是正式的外交人員，有真正的證件！」

「不論你有什麼證件，你們兩人都必須遭受扣押，如果你們是真正的外交人員，那你們的國家，一定會替你們交涉！」

將軍傲然地回答著，我向巴圖望去，在這樣的情形之下，巴圖也只好望著我苦笑了一下。

在兩名軍官的監視下，我們上了一輛吉普車。

第九部：不可思議的途徑

車子一直駛到了極其巍偉宏大的「王宮」之前。「王宮」是主席府，我們竟被帶到主席府來了，真不知道他們想將我們怎樣。

車子一到了「王宮」門前，便停了下來，兩名軍官上前去和守衛交驗證件，所有的軍人立時撤退，而由穿著淺藍色制服的主席特衛隊來接替開車子。

A區的特衛隊是最高的特權階層，人數並不多，只有三百人左右，在這裏的隊員，全是軍隊中的團長，而離開了特衛隊之後，他們若不神秘死亡，便可以做更高的官。

特衛隊的司令官是「靈魂」。

我們的囚車繼續向前駛，穿過了一條兩旁全是名貴花卉的大道，直來到了王宮的門前，然後，車門打開，當我們下車的時候，看到一位特衛隊的官員，正等在車旁，那軍官居然和我們握手：「我是泰中將，特衛隊的副司令官。」

在這樣的情形下，我們只好將一切全看開，我笑道：「啊，幸會，幸會，這裏就是著名的王宮了？主席要召見我們？」

「兩位，」泰中將的年紀不算大，但是他講話的神情卻極嚴肅：「你們也胡鬧得夠了，你們也應該看得出我們是在極度容忍。」

巴圖嘻皮笑臉地道：「還有我們的運氣好，這一點也不可否認。」

泰中將冷然道：「現在，你們將會見一位偉大的人物，如果你們再胡鬧的話，那麼你們的運氣，就不會那麼好了。」我和巴圖互望了一眼，心中暗忖，難道真的是主席要召見？

如果是的話，那麼，我們的一切猜測，當然全不正確，因為我們推斷那位大獨裁者，正在死亡的邊緣！

我先道：「很樂意會見這位大人物。」

泰中將翻起手腕，對著他的「手錶」道：「第一分隊，到正門來集合。」

他這句話才一出口，大約不會超過十五秒鐘，便看到十二名特衛隊員，一齊奔了過來，泰中將道：「你們負責看管他們兩人，一有異動，格殺勿論！」

一個看來是分隊長的人高聲答應，泰中將又道：「帶他們自第三路線，到會議室去。」

泰中將的話，在我們聽來，莫名其妙，但是他不待我們發問，已向外走了開去，那十二名特衛隊員散了開來，將我們圍在中心。

然後，他們操起整齊的步伐，向前走去，我們被夾在中間，自然不能不走，穿過了好幾條長廊，那些走廊，簡直就像是迷宮，接下來所發生的一切，令得我和巴圖兩人，大開眼界！

我們先到了一間房間，看來正像是會議室，我們以為已經到了，可是，一被命令坐下，突然有下沉的感覺。

整間房間，是一架巨型的升降機！

那「房間」一直下降了多少，我們自然不可能知道，在時間上而言，大約三十秒，然後出來，又經過了許多曲折的走廊，到了另一間房間，在那裏，我們被命令脫下所有的衣服。

我們當然大聲「抗議」，可是那位分隊長冷冷地道：「不脫也可以，但只要你們的身上，有一點金屬的話，等一會兒通過光環地帶時，就會自討苦吃。」

我不明白「光環地帶」是什麼意思，巴圖已低聲道：「脫吧，那是一種對金屬有特別感應的光，會使金屬發出高熱，但對人體卻又無害。」

我們脫清了衣服、鞋、襪，然後，再穿上他們拋過來的衣服，才繼續向前走。

我們向上爬著石級，又穿過了一道小河（那是真的小河，流水淙淙），然後，經過了許多道一吋厚的鋼門，最後，我們到了一個圓筒之前，那圓筒徑約六呎，所有人都擠了進去，然後，突然間，圓筒旋轉了起來，足足轉了五分鐘之久，每一個人的平衡感都遭到破壞。

旁人是怎樣出來的我不知道，我是天旋地轉地跌出來的，一跌出來之後，還未曾看清是跌在什麼地方，身子又向上升了起來。

我還不是直接向上升起，而是呈螺旋形向上升起，這更令得我的平衡組織失靈，接著，被一股大力，彈了起來，落在地上，我勉力睜大了眼，看出跌進了一間房間，我感到這間房間的四周圍全部鑲滿了「哈哈鏡」，一切全是變形的。

我聽得巴圖在叫我，他就在我的身邊，當我循聲看去時，巴圖卻在翻觔斗。

事實上，我身邊的一切，全是固定不動的，而自然也不是四壁鑲滿了哈哈鏡，我之所以有這樣的幻覺，是剛才旋轉得實在太厲害了。

足足有十分鐘之久，我才能搖搖擺擺地站了起來，兩人各自伸手搭住對方的肩頭，這樣可以使我們站得穩一些。

這是一間陳設得十分華麗的房間，我們都在奇怪：經由這樣秘密而不可思議的途徑，才到達這樣的一間房間中，對方的用意何在？

也就在這時，一扇門打開，四個身子又高又瘦的人，走了進來，那四個人走進來的姿勢，十分特異，他們的雙手，五指筆直地伸在他們的身邊，那樣子倒有點像美國西部的槍手。

由於他們雙手的樣子那樣奇特，我自然地向之多看了幾眼，只見他們的手，又粗又大，除了拇指之外，其餘四隻手指，幾乎一樣長短，顯得十分醜惡，他們的手掌，看來就像是一塊石板！

巴圖當然也看到了他們這異樣的八隻手，但是他卻顯然不知道這樣的手意味著些什麼，是以他只好奇地聳了聳肩。

我的感覺不同，看到了那樣的手，我感到了一陣異樣的恐怖！

那是中國武術之中，最難練、也最厲害的鐵砂掌！

據我所知，這種鐵砂掌的功夫，早已失傳，如何會忽然出現了四個懷有這等絕技的高手，令我驚駭不止。

我吸了一口氣，低聲道：「巴圖，小心這四個人，他們的手掌——」

巴圖不等我講完，就自作聰明：「空手道？」

我當真又好氣又好笑：「你只知道空手道，以為一掌可以劈碎幾十塊土瓦片，或是一塊木板，就是不得了的功夫？可是你可知道，所謂空手道，本來是中國末流的功夫，傳到琉球去的？這四個人練的，是正宗中國武術中極上乘的鐵砂掌！」

巴圖已然吃了一驚，但是他當然無法想像鐵砂掌的厲害處，所以他只是望定了我。

我又道：「等一會兒，如果有什麼意外的話，你要切切記得，不可以和這四人中的任何一人動手！」

巴圖似乎有些不服，但是我的神色實在嚴重，是以令得他不能不點頭答應。

我向這四人望去，這四人已然分了開來，站在門的兩旁，我問道：「四位是——」

可是這四人卻望也不向我望一眼，當然更別希望回答我的話了，我只得訕訕地住了口，就在這時，門又再度自動打開，一個身形矮小的人，大模大樣地走了進來，竟是「靈魂」！

如果我不是以前已經見過他，此際在這樣的情形下見到，一定也已感到一分駭然。因為他是不折不扣的第二號人物。

但是一則，我已經見過他，二則，我們一心以為，會在「王宮」中見到那個大獨裁者本人的，是以看到了「靈魂」，便不覺得有什麼特別，我在「靈魂」的哈哈笑聲中，甚至還有點失望地道：「原來是你？」

「靈魂」笑了好一會兒，他站在那四個人之間，並不再向前走來：「衛斯理，你來了，好，好，天堂有路你不走，地獄無門闖進來！」

我冷冷地回答他：「你敢於坦率承認在你們主席治理下的國家是地獄，那倒很難得，因為你們宣傳家稱之為天堂。」

「靈魂」的臉色，陡地一沉：「誰和你講廢話麼？」

我攤開了手：「我們是正式的外交人員。」

「靈魂」又笑了起來：「是的，而且，你所代表的國家，他們的反應也來得很快，對你們的失蹤，表示關懷。我們，也表示關懷，而且，正在盡力尋找你們的下落，哈哈！」

「靈魂」得意的笑聲，令巴圖十分惱怒，他大喝道：「你是個卑污的畜牲。」

「靈魂」冷笑道：「你也好不了多少，朋友，你真是來做外交工作？還是另有所圖？你們想找回奧斯教授，是不是？」

巴圖向前走了一步，兩個最高的漢子，立時迎了上來。

巴圖向他們的手望了一眼，便站住了身子：「是的，奧斯是世界著名的科學家，你們用這樣的手段，將他擄劫來——」

「靈魂」縱聲大笑，打斷了巴圖的話頭：「你完全錯了，朋友，你就可以看到奧斯教授發表的，他自願留在我國，繼續進行科學研究的聲明書，聲明書由他親筆簽署。」

我和巴圖兩人，不禁面面相覷，這是他們玩慣的把戲！

我試探著問道：「那樣說來，奧斯教授已經答應替你們的主席進行那項駭人聽聞的手術了？」

「靈魂」卻若無其事地說：「什麼？我們的主席要進行手術？哈哈，你們的情報工作，未免太差了。主席的身體極好，他至少可以活到一百二十歲。」

我接上去道：「如果是奧斯的手術成功的話，也許他會活到一百二十歲！」

巴圖毫不容情地道：「一百二十歲，太少了！應該是萬歲，萬萬歲，你有謀反的嫌疑！」

「靈魂」的臉色變得十分難看，我們的話，顯然令得他十分惱怒，他冷笑了幾聲：「既然你們不合作，有必要使你們先受些教訓。」他講到這裏，身已向後退去。

他退到了門口，才道：「給這兩人一點教訓，但我不要他們死！」

「靈魂」一講完那句話，便立時退了出去，那扇門也已自動關上。

而那四個人，也迅速地變換了他們站立的位置。

他們站成一排，慢慢地向我和巴圖逼近，我不禁大吃一驚，這四個人，他們既然有著這種厲害的功夫，我和巴圖兩人，當然不是他們的敵手！

而這一點，我一上來說得清清楚楚，是以我當時就警告巴圖切不可動手。

我連忙拉巴圖向後退，當巴圖的臉上，有不以為然的神色顯露之際，我連忙用最嚴厲的眼色，來制止他心中所想的事，不讓他妄動。

同時，我道：「四位……嘿嘿，想不到在四位的身上，看到了早已失傳了的鐵砂掌絕技！」

那四人停了下來，面上都有得意的神色，其中一個道：「你倒識貨。」他一開口，我就聽出他是山東半島，近膠州灣那一帶的人，我忙道：「四位可認識威海衛的王天成王大爺？」

四人冷漠地搖了搖頭。

我忙道：「那麼，煙台褚三爺，你們一定熟的？」

那四人仍然搖著頭。

我苦笑了一下：「四位有這樣的身手，若說不認識掖縣的于四哥，那我可不信。」

四人中的一個道：「你說的于四哥，便是于文泰？」

我忙道：「是啊，于四哥是膠州的好漢、英雄——」

我的話未講完，那四人已冷冷地齊聲道：「是狗熊，不是英雄。」

我呆了一呆：「你們認識他？」

「是的，我們和他有仇！」

我的手心已在冒汗。

看來我要和他們攀交情，已是攀不上的了。

唉，現在我才明白，我上一次能夠一叫出桃版的名字來，便免於被人落蠱，那實在是極大的幸運！

我苦笑著：「四位，那麼你們真要和我們過不去麼？咱們可無冤無仇！」

那四個傢伙，居然掉了一句戲詞兒：「上命差遣，兩位莫怪！」

我啼笑皆非，巴圖卻已然冷笑道：「衛，要是你再這樣苦苦哀求下去，那我寧願挨一頓揍。」

我苦笑道：「巴圖，當你挨了一頓之後，你就會知道，寧願苦苦哀求了！」

可是，巴圖卻已不顧一切地推開了我，向四人一招手，道：「來！」

那四個人中的兩個，倏地轉過身，對住了他。

巴圖冷笑道：「你們大可以四個人一齊來對付我，我倒要看看什麼叫做鐵砂掌，哼，我看那和義和團差不多！」

巴圖這個人，毛病出在他在西方住得太久了，是以對於東方的玩意，多少有些輕視和不信的觀念，他這句話一出口，我就知道糟糕了。

果然，那兩個人立即揚起了手，向前疾衝了過去，翻掌就拍。

巴圖的身形，極之靈活，他身子一閃，避開了那兩人的掌擊，橫肘向外，用力撞了出去，「砰」地一聲，已被他撞中了一個人。

那人的身子一側，向旁跌來，恰好跌向我。

巴圖既然已動上了手，我心中對這四個人，固然害怕，可是也絕沒有退縮之理！

那個人恰好向我跌來，這正給我一個機會，我身子一矮，頭一低，用力一頂，撞向那人，將那人的身子，又撞得向後跌去。

他在向後跌出之際，雙臂不由自主，揚了起來，這更給我以對付他的極好機會，一齊用力砍向他的肩頭！

那傢伙發出一下怪叫聲，和他肩骨脫骱的聲音，混在一起，聽來驚心動魄！

他厲害的是鐵砂掌功夫，肩頭已脫了骱，雙臂不能揮動，自然不必再去怕他了，是以我連忙又轉過身來。

可是，我才轉了一半，肩頭上便受了重重一擊！

那一擊的力道之大，實在難以形容，而這一擊所給我的痛楚，也永遠不會忘記，在那一剎間，只覺得我自己的肩頭，像是突然離體而去。

要是我的肩頭和左臂，索性離體而去，那或者倒也好了，可是它立即又回來了，但卻是支離破碎地回來，令得我全身的每一根神經，都感到無可言喻的痛楚！

我喘著氣，身子不由自主地打著轉，眼前只看到一大群亂飛亂舞的金星。我的右手還能揮動，我就那樣盲目地揮著。

緊接著，第二擊又來了。

第二擊來得更重，是擊向我另一肩頭的，像是有一塊一噸重的鐵，在我的肩頭重重地撞了一下，我整個人都跳了起來，發出自然而然的嗥叫聲，我倒向後面，雙手撐在地上，想掙扎著爬起來。

可是我雙手在地上一撐的結果，卻是整個人又跌向地下，在一陣劇烈的痛楚之中，我昏了過去。

我是在一陣冷笑聲中醒過來的。

在我的神智已然半清醒之時，覺得出有一桶水，向我潑下。

我發出了呻吟聲，然後才睜開眼來，我仍然在地上，那四個人在我面前，他們之中的兩個，正在替其中的一個按穴推拿。

那一個，正是雙肩受了我一擊的那人。

而另一個，則正雙手叉著腰，在對我冷笑。

巴圖呢？巴圖在什麼地方？我立即看到了巴圖，他還昏迷不醒，他的身子斜靠在牆上。

他的左半邊臉，可怕地腫了起來，而他的左臂骨，也顯然已經折斷。

我嘆了一口氣，只聽得門打開的聲音，「靈魂」又闖了進來，向巴圖望了一眼：「唔，你們下手太重了些。」

我的上半身，仍極其疼痛，但是我總算掙扎著站起，喘著氣：「巴圖受了重傷，必須得到醫治。」

「靈魂」道：「會的，來人，將他抬出去，立即吩咐醫生進行醫治，同時，對他進行嚴格的監視。」

他一叫，立時有幾個人走了進來，將仍然昏迷的巴圖抬了出去。

「靈魂」冷冷地望著我：「現在，你多少已得到了教訓，是不是？」

我走前一步，在一張沙發上坐了下來：「如果你是說，這樣一來，便可以令我屈服，或是可以使我害怕，那你就錯了！」

「靈魂」厲聲道：「你絕不是他們的敵手！」

我向那四人看了一眼，道：「是的，但他們是四個人，以多敵少，在中國武術的傳統之中，十分卑劣。」

那四個人面有怒色，我則緩緩地左右搖擺著身子，來增進我身子的血脈流通和減少痛楚，然後道：「如果一對一，那麼你就可以問剛才我擊倒的那個人，誰的身手高！」

那人沉不住氣，跨出了一步：「首長，請批准我和他單獨比試。」

「靈魂」斜著眼望著我，道：「有機會，不是現在！」他的面色突然一沉，道：「衛斯理，要不要去看看奧斯？」

我幾乎已不抱這希望了，但「靈魂」卻反而向我提了出來，我忙道：「自然我想見他！」

「你不但要去見他，而且必須勸他！」「靈魂」強調地說著。

我雖然知道身在險境，但是我對「靈魂」仍然寸步不讓，我道：「勸不勸他，那得看我是不是願意。」

「靈魂」「哼」地一聲：「跟我來！」

我跟著他，走出了那間房間，在外面，停著兩輛樣子十分奇特的小車子，看來有點像遊樂場中的汽車，「靈魂」叫我坐在前面的一輛，他自己則上了後一輛，突然之間，車子向前滑了出去。

車子向前滑出的速度，快到了極點，我根本來不及看清兩旁的情形，車子已突然停止了。

車子停在一扇十分大的鐵門之前，門前，站著一排衛兵。

我和「靈魂」一齊跨出車，兩個軍官奔了上來，向「靈魂」敬禮，然後，又扳下電閘，將門打開，「靈魂」道：「進去！」

我向內走了進去，身後的門關上，當我來到了走廊盡頭的那扇門前，門自動打了開來，那是一間囚室，而囚室中，奧斯正低頭坐在床板上。

第十部：只能再活四十小時

他雙手托著頭，根本沒有發現我的來到，我吸了一口氣，叫道：「奧斯！」

他陡地一震，抬起頭來。

在他的臉上，現出不可相信的神色來：「是你，你怎麼來的？」

「我來找你。」

「唉，現在，變成兩個失去自由的人了。」

我在他的身邊坐了下來：「別太悲觀。」

奧斯聽了之後，神情似乎振作了一些，他壓低了聲音：「你可知道，我見到他了？」

我一呆：「誰？」

「主席，他們的主席！」他的神色十分駭然：「他完了，他一定活不成了。」

我也緊張地問道：「他怎樣？」

「他受了輻射的灼傷，唉，我從來沒有看到一個人的身子爛成這樣子的，他的身子整個都完了，但他的頭部，卻還完好。」

我道：「所以，他們要你將完好的主席的頭，搬到另一個身體上？」

奧斯教授喘著氣：「是的，他們要我這樣做，也唯有這樣，主席才能繼續活下去。」

我呆了半晌：「活下去的，是不是主席呢？」

奧斯苦笑著：「這就是我以前問過你的問題了，一隻鞋子，如果換了鞋底……」

我們一齊相視苦笑，然後，我道：「你答應了？」

奧斯不作聲。

我又問道：「照你的理論來說，你是醫生，不論他是什麼人，你都有義務要挽救他的生命的，那你為什麼不答應呢？」

奧斯的身子，忽然發起抖來，他的聲音也在發顫，他道：「我……我看到了那個人。」

我呆了一呆：「你又看到了什麼人？」

「那個人，我不知道他叫什麼名字，但是我卻看過他的健康檢查報告，他的身體極其健康，幾乎一點毛病也沒有，就是他！」

我仍然不明白：「那麼，他究竟是什麼人？」

奧斯嘆了一口氣：「他究竟是什麼人，那不重要，如果我進行手術，那麼，他的身子，就會和主席的頭連結起來——」

我聽到了這裏，也不禁生了一股不寒而慄的感覺來：「你……要將那個人的頭，活生生地自他身上切下來？」

奧斯教授點了點頭：「是的，如果我——」

我不等他講完，便叫了起來：「謀殺！」

奧斯教授望了我好一會兒，才道：「衛，你用的這個字眼太舊了，舊的言語，已不能適應新的事實。在人們以前的言語範疇之中，將一個人的頭從一個活人的身上切了下來，那一定是奪走了這個人的生命，是以定名為『謀殺』，是不是？」

我道：「當然是，現在不是一樣？」

奧斯教授嘆了一聲：「現在情形不大相同，現在，將一個活人的頭切下來，卻可以不造成死亡。既然沒有死亡發生，那又怎算是謀殺？」

我陡然一呆，乍一聽得奧斯這樣講，我還有點不明白那是什麼意思。

但是我隨即明白了。

我在那剎間，想起了那隻猴子頭！

教授的意思，十分容易明白：一個人頭，沒有身子，一樣可以活下去。

這正如他所說，在他的行動中，根本沒有死亡，那麼，又如何稱得上是謀殺？

我實在沒有別的話可說，因為我們現在要談論著的事，是如此違反我們幾乎是與生俱來的觀念！

過了好一會兒，我才有氣無力地問道：「那麼，你終於答應他們了？」

可是教授卻又搖了搖頭：「沒有。」

「為什麼？」我再問。

教授站了起來，來回踱著步，忽然，他定睛看著他自己的雙手，自言自語：「上帝的手可以創造生命，改變生命，我不是上帝，怎能這樣做，我怎能？」

我也斬釘截鐵地道：「是的，你不能！」

我卻不想奧斯去挽救A區主席的性命。

他的承繼者，未必不是一丘之貉，但是一個獨裁者死了之後，內部必會引起一連串的內訌，在那種情形之下，至少要有好幾年，他們不會威脅到世界和平。

也不要以為我是一個以保衛世界和平為己任的人，我當然不是那樣的「偉人」，我只是替自己著想，我、巴圖和奧斯教授三人，只有一線生存的希望，我以為這個希望，就是他們內部產生大混亂。教授震了一震，坐了下來：「他的生命大約只有四十小時。『靈魂』曾說，只要他一死，就要用最殘酷的方法對付我。」

我苦笑了一下：「不但對付你，他也會用同樣的方法對付我，但是我們仍不可答應，教授，你的失蹤已然宣揚了開去，國際上會造成一種有力的聲援，他們不敢將你怎樣。」

教授搖頭道：「你錯了，一份聲明書發出，說我自願留在A區。」

從奧斯教授的話中，我可以知曉他的心中亂得可以，不知道應該答應好，還是不答應好。

過了片刻，他又道：「『靈魂』說，如果我的手術成功了，那麼我立即就可以獲得自由。」

我冷笑道：「他的所謂自由，就是乾脆將你殺了。」

教授又再度默不作聲，就在這時，囚室門打開，那四個鐵砂掌的好手，又走了進來，最後進來的是「靈魂」。

「靈魂」充滿怒意地向我望了一眼，先並不講話，過了好一會兒，才道：「你們全知道，我的權力極大，軍隊方面的許多將領，都對我心懷怨恨，但是，只要主席一日在世，他們都敢怒不敢言。」

我不知道他對我們講出這樣實情來，是什麼用意。「靈魂」停了半晌，才又道：「也就是說，主席一死，整個特務系統，一定會在一次軍事政變中垮下來的，也就是說，我完了。」

「靈魂」又望了我片刻：「兩位，現在我對你們所說的，是真正的肺腑之言。我一直將主席重傷的消息瞞著，已瞞了三個多月，現在已瞞不住了，甚至已有謠言說主席逝世，我必須挽救主席的生命，如果不能，那麼我就只好趁我還有權力之際，迅速發動一場大規模的戰爭。」

「靈魂」的面色鐵青，他續道：「你們明白大規模戰爭的意思麼？那就是核戰。」

我失聲道：「你瘋了，你發動核子戰爭，必然遭到核子報復，那對你有什麼好處？」

「有好處的，我準備接受核子報復，世界上一大半人，會因之死亡，核子戰爭無所謂戰勝國和戰敗國，幾天下來，殘剩的人會迫不及待地想活下去，我當然不會死，而在那樣的情形下也不會再有人來和我爭權奪利。」

「靈魂」的氣息有些急促，他道：「可是別以為我願意這樣，我必須這樣做，我不能失去權力，不能落入政敵手中。教授，這全看你是不是肯動手術了！」奧斯教授發出了一下呻吟聲來。「靈魂」又道：「你不肯答應，無非是因為怕事成之後，我要滅口，但是你們只管放心，我根本不需要你們保守秘密！」

我冷笑道：「你希望這消息傳出去，說你們主席的頭，是裝在另一個人的身子上？」

「靈魂」道：「是的，你們幾個人，知道這件事真正內情的，可以逢人便說，可以召開最大規模的記者招待會，宣布你們所知道的一切，但是我卻仍然十分放心，因為絕不會有人相信你們所講的話！」

我呆了一呆。

的確，「靈魂」講得十分有理。

A區主席沒有公開露面已有幾個月了，在最近的半個月中，全世界有著各種各樣的揣測。但是揣測，只不過是揣測而已。

如果日後，A區主席忽然又露面了，我們對人說，這個主席是人造的，他的身子被換去了，他剩下的只是頭，僅僅一個頭而已。

這樣的話，有誰相信？

如果我們舉行一個世界性的記者招待會，那我們所博得的，一定是一場哄笑，而且，我們一定會被視為神經病！

「靈魂」看到我和奧斯都不出聲，他才道：「你們應該放心，你們該確信你們的安全不成問題，我再給你們三小時的時間去考慮。三小時後，實在不能再拖下去了！」

他話一講完，也不等我們的回答，便一揮手，由那四個高手簇擁著，走了出去。

而他一走出去之後，「砰」地一聲響，囚室的門又已關上。

奧斯立即向我苦笑了一下：「『靈魂』的話，聽來倒十分有道理。」

我看到奧斯的心思已動搖，我也無法否認「靈魂」的話，聽來的確相當有道理。

奧斯又道：「他說得對，他絕不能失去權力，如果他知道非失去權力不可，那麼，他一定會毫不猶豫去發動一場核子戰爭！」

我沒有別的話可說，我只好道：「可是，教授，你還得估計一點，那便是：即使你答應了，但如果你的手術失敗的話——」

我講到這裏，便停了下來，望定了他。

奧斯教授又來回地踱起步來。

奧斯教授走了幾步：「靈魂曾給我看過名單，我覺得，在那些助手的幫助下，我的手術幾乎不可能失敗。」

我嘆了一口氣：「那麼，教授，我只有一句話好說了：祝你成功。」

奧斯苦笑了一下：「衛，你不會以為我去挽救一個大獨裁者的性命，是一件十分有違良心的事情吧？你會麼？」

我緩緩地搖著頭，我的動作十分緩慢，因為我的心頭十分沉重，在那一剎間，我實在想起了太多事。然後，我才道：「你說得對，『靈魂』會做極其瘋狂的垂死掙扎，你不得不去挽救那個大獨裁者，可以說，也是挽救了世界上的一場浩劫。」

奥斯鬆了一口氣：「多謝你這樣想，我請你不要離開我，我需要你給我精神上的支持。」

我苦笑道：「這要看『靈魂』的安排。」

我的話才一出口，便聽得「靈魂」的聲音，自屋角傳了出來：「我絕對可以使你們在一起，教授，你的決定是明智的。衛斯理，你也證明了你是聰明人！」

「靈魂」的人並沒有進來，他的聲音，是通過了隱藏的傳聲器傳來。

我和教授，都不出聲，接著，囚室的門打開，「靈魂」走了進來：「教授，謝謝你肯幫忙，我立即便去召集你的助手，和準備一切，你要先休息一下？」

奥斯教授有點近乎粗暴地道：「不要，什麼也不要，我只要酒，給我一瓶威士忌！」

「靈魂」搖頭：「你即將進行一項最複雜的手術！」

「那麼，一杯也好，我需要酒！」奥斯高叫著。

「靈魂」沒有再反對，他道：「好的，那麼，請兩位跟我來。」

我們跟在他的後面，走出了囚室，我道：「巴圖的傷勢怎樣了？你的目的已達，他應該受到極其良好的待遇，才是道理。」

「你放心，他受到的待遇一直極好。」「靈魂」帶著我們來到了一具升降機之前，升降機又將我們帶到了一間華麗得使人幾乎難以相信的房間中。

「這是主席的休息室。」「靈魂」介紹著，一面拉動了一根有絲穗的叫人鈴。

三十秒鐘之後，就有兩名俏麗的少女，在紫紅的天鵝絨帷幕之後出現，「靈魂」吩咐道：「兩杯上好的威士忌，招待一級國賓。」

那兩名少女立時退出，不一會兒，便推著酒車走進來，來到了我們的面前，替我們倒酒。這是兩名極其美麗的少女，但是看到了她們，卻使人想起了機器人，或是櫥窗中的塑膠模特兒。因為她們雖然美麗，但是缺乏人應有的生氣。

教授舉起杯子，一飲而盡，而且立時奪過了酒瓶，再倒了一杯。

「靈魂」也並不干涉他。他不斷地通過一具小巧的無線電對話機下達命令。

在他下達的諸項命令之中，給我印象最深刻的是其中的一項，他調了一師的特務部隊，來固守七〇三二地區，命令還特別提及，沒有他的手令，即使是副主席，也不准通過！

保。

「靈魂」擁有如此的權力，但是他還是怕主席一旦歸天，他的權力便會不保。

奧斯連盡了三杯酒，「靈魂」才將酒瓶自他的手中，奪了下來：「一切全準備好了。」

他講到這裏，頓了一頓：「我們已答應那人，在你施行手術之後，一有適當的身體，便將他的頭搬過去，他表示自己的身體，能和主席偉大的頭部連在一起，而感到極大的榮幸！」

奧斯站起身來。

「靈魂」又道：「手術要進行多久？」

「至少要三十小時。」

「那麼，多久可以復原？」

奧斯教授道：「如果沒有意外，四十天左右，和常人一般無異。」

「靈魂」吸了一口氣：「你必須成功！教授，你必須成功。」

教授冷冷地道：「別以為我想失敗！」

「靈魂」向外走去，我們在後面跟著。

在經過了一條迂迴曲折，又長得使人有點覺得不耐煩的甬道之後，我們終於來到了一扇門前，推開了那扇門，我們置身在一個極其宏偉美麗的大廳中。

這個大廳，我一點也不陌生，因為A區主席，經常在這個大廳中召集部下訓話和接見國賓。

穿過了宏偉的大廳，來到了另一個走廊，從這個走廊，可以望到「王宮」的大門。

而這時，「王宮」的大門口，顯然正有不平常的爭執發生。

四輛滿載軍人的卡車，停在「王宮」的門口。車上的軍人穿著另一種制服。在那四輛卡車之旁的，是許多穿著禁衛軍制服的軍人。

禁衛軍顯然是在對那四輛卡車上的軍人，做一種包圍，但是雙方都還沒有動作，而且，也都保持著沉默，只有一個沙啞的聲音，在大聲叫嚷著。

發出那嘶啞的叫聲的，穿著金碧輝煌的將軍制服。

氣氛緊張，連距離大門還有數十碼的我們，也可以感覺到。「靈魂」才一出現，便有幾個高級禁衛軍軍官，向他奔了過來，一位上校舉手敬禮：「報告首長，空軍司令要謁見主席。」

「靈魂」的面色，十分難看，但是仍然鎮定：「召集第一〇〇一部隊。」

那上校沉聲道：「已經召集了。」

「靈魂」道：「好，你做得很好。」

他一面說，一面又向外大踏步地走了出去，我和奧斯跟在他的後面，當我們離開大門口，還有二十碼左右之際，正在對兩名禁衛軍軍官大聲嚷叫的空軍司令，便住了聲。

他一住了聲，氣氛便變得更緊張。

第十一部：秘密醫院

每一個人都屏住了氣息，那空軍司令是一位上將，身形高大，但是他對矮小的「靈魂」，卻十分忌憚。

「靈魂」顯然也看出了這一點，是以當空軍司令的聲音靜下來以後，他向外走去的腳步，反倒慢了下來。

而就在這時，一陣汽車聲傳來，有六、七輛汽車，在王宮面前停下，先從那些汽車中出來的，是十來個衛兵。

後來，便是另外兩個穿著將軍制服的人，和幾個神情嚴肅的官員。

直到看到了那些人，「靈魂」的腳步才加快了，他一面向前走著，一面大聲道：「陸軍司令，你可有奉主席的召喚？」

一位才從汽車中下來的將軍，在衛兵的簇擁下，加快了腳步，來到了王宮門前，他和「靈魂」相遇，伸手和「靈魂」握了握：「沒有，但是一〇〇一部隊出動了，我身為司令官，當然要趕來現場的！」

「靈魂」點頭道：「很好！」

他立即又轉向另一位將軍和那幾個官員，臉上故意裝出一副訝異的神色來：「咦，做什麼？主席發出召開國務會議的命令？」

那幾個人的神色，相當尷尬，他們還未曾回答，空軍司令便已大聲嚷道：「我們要見主席！」

「靈魂」趕到門口，才只不過短短的兩、三分鐘，但是我已然看出他處事的精明和厲害了，他竟直到此時，才望向空軍司令！

而空軍司令，分明是這件事中的要角！

「靈魂」一面望向海軍司令，一面冷笑著：「各位，政體改變了嗎？」

陸軍司令大聲道：「沒有！」

他顯然站在「靈魂」這一邊，而且他的話也十分有力，有兩個官員（其中有一個好像是宣傳部長）也齊聲道：「沒……沒……沒有。」

「靈魂」冷冷地道：「那麼，未奉主席的召喚，空軍司令，你有什麼權要見主席？」

空軍司令的面色變了一變，「靈魂」根本不給他有講話的機會，立時又疾聲道：「而且，你還帶了四車軍隊來，目的是什麼？想發動軍事政變？」

空軍司令的額上，冒出了汗來，他大聲道：「車中全是優秀軍官和優秀戰士，主席必須親自頒發獎章。」

「你有接到命令？」

「沒有，可是，」空軍司令變得更大聲：「我們是主席的部屬，我們擁戴他，我們要見他。」

在接著趕到的人中，一定有人是空軍司令事先約定前來的，但這時，卻沒有人出聲。

「靈魂」冷笑著：「空軍授勳，挪後些日子，那算得什麼？」

空軍司令四面望著：「我要見他，我一定要見他，你不能處置我。」

「沒有人要處置你。」「靈魂」將他的聲音，放得十分柔和：「可是，你應該休息一下，緊張的國防工作使你失常！」

在空軍司令身後的四名空軍軍官，立時拔出了槍來，可是，他們的槍才一拔出，「砰砰砰砰」四下槍響過處，四名空軍軍官，一齊倒在血泊之中了。

「靈魂」來到了空軍司令身前，一伸手，將空軍司令的佩槍摘了下來：「你應該休息了，真的，你需要休息！」

空軍司令的臉色灰白，正在這時，另一名軍官拿著一疊文件，奔了過來，奔到了「靈魂」之前：「首長，這是全國空軍基地政治人員的報告。」

「靈魂」打開文件夾，翻閱了一下，又搖著頭：「司令，請跟這位上校去吧！」

一名上校立時走了過來，和四名禁衛軍，一齊擁著空軍司令，走進了王宮。

當空軍司令在我的身邊經過的時候，我知道，從此之後，我將再也見不到這個曾經顯赫一時的人物了。

而「靈魂」則若無其事地道：「各位請回去，據我知道，主席不想見任何人，在短期內，他絕不會見任何人，他正在處理一件極偉大的工作！」

他講完之後，也不理會這些大官和將軍，便邀我們上車，那是一輛極華麗的車子，轉眼之間，便已在街上風馳電掣，向前駛出，「靈魂」到這時，才道：「你們看到了？」

我點頭道：「我看到了，但是，不到十分鐘，你就平定了一項叛變。」

「靈魂」忽然嘆了一口氣：「你把事情看得太容易了，你也不能體會，剛才，我的生和死，實在只是一線之隔。」

奧斯教授冷冷地道：「任何人的生和死，都只是一線之隔。」

「靈魂」苦笑道：「並不盡然，我的處境特別凶險，剛才陸軍司令站在我一邊，但是我如果繼續不讓他們看到主席，那麼，或許陸軍司令便不會站在我的一邊了。」

我笑道：「你何以肯定他們不會叛變主席？」

「那倒可以放心，一切的大權，全操在他的手中，而且，他已成了一個不可推翻的偶像了。」

我和奧斯互望了一眼，並沒有再出聲，「靈魂」也疲憊地閉上了眼睛。

車子在向前飛駛著，街道仍然是整潔而冷清，看來像是一幕幕巨大的電影佈景。

我注意著兩旁軍隊的數量，在轉過了一個彎，車子駛進了一條兩旁全是大樹的筆直大道之後，兩旁站崗的軍隊，多了起來，士兵遠比兩旁的樹木為多。

「靈魂」的車子直駛向前，最後，到了一個檢查站之前，好幾個高級軍官一起奔過來，向「靈魂」行禮，一個軍官報告道：「首長，一切都照你的命令，沒有人曾接近過這裏。」

「靈魂」冷冷地道：「通過國家安全局，宣佈為了特殊的國防原因，這裏在連續的幾個月中，將成為禁區，任何人不得接近，空軍副司令的電話接通了麼？」

另一個軍官忙道：「他等你許久了！」

「靈魂」伸出手，那軍官一招手，另一名低級軍官連忙捧了一具電話過來，「靈魂」抓起電話，便道：「倫將軍，恭喜你，你升職為空軍司令了。」

電話的那邊，傳來了一連串感激的聲音。

「命令由主席親自簽署，」靈魂繼續道：「過兩天，便可以向全世界發表，祝你好運！」

「靈魂」放下了電話，揮了揮手，車子又繼續向前駛出去。

我看看這種情形，忽然想起一句話來，現在我知道「挾天子以令諸侯」是怎麼一回事了。

剛才「靈魂」說將副司令升為司令的命令，由主席簽署，那是十足的鬼話，我到了這時，總算明白「靈魂」何以這樣不想主席死去的原因！

主席實在不能死，主席一死，他什麼都完了，他將成為一個一無作用的人！

在我這樣想著的時候，一幢極宏偉的、純白的建築物，已出現在眼前。

那條筆直的路，直趨向那幢建築物，而那幢建築物，造在一個三面環山的小山谷之內。我可以清晰地看到，在山城上有著高射炮基地。

而那建築物之前，整列整列的士兵，全在作戰狀態中。

我從來也未曾看到一幢建築物，受到如此嚴密地保護，當車子漸漸駛近之際，奧斯低聲道：「他就在這裏，上次我就在這裏見到他。」

我自然知道奧斯口中的「他」是指什麼人，在這樣的情形下，我也不禁緊張起來。

當車子來到了離建築物約有六十碼之際，有一個檢查哨站，我們所乘的車子，在檢查站前，慢了一慢，在檢查站前的幾名軍官和士兵，一起舉槍為禮，一名少校揮手，示意車子通過。

車子駛過了檢查站，但是「靈魂」立時道：「停車！」

他的車子一停，幾名軍官一起奔了過來。

「靈魂」冷冷地道：「這個檢查站，是誰負責的？」

「報告首長，是我！」那少校立正，敬禮。

「靈魂」接著道：「你被捕了，罪名是失職！」

那少校舉起的手，還未曾落下來，一聽得「靈魂」這樣說，整個人都呆住了，臉色變得比灰還白，「靈魂」的六名衛士中的兩個，立時從車上跳了下來，執住了那少校的雙臂。

其餘的軍官，全部面無人色。

「靈魂」厲聲道：「任何人要通過這個崗站，都需要檢驗特別通行證，何以你拒不執行我的命令？」

那少校爭辯道：「可是……可是通過崗站的是你，是你啊！」

「你是個道地的蠢豬，剛才車速是每小時三十哩，現代的易容術和化裝術，要造成一個和我一樣的人，輕而易舉，你就能不憑特種證件，肯定是我麼？」

說。

那少校的身子開始發起抖來，在「靈魂」如此嚴厲地責斥之下，他無話可

而他身上的佩槍，也早已被「靈魂」的衛士繳下，一小隊禁衛隊員，跑步趕到，將那位剛才還威風八面的少校帶走了！

如果我第一次看到這樣的情形，我一定要替那位少校不值了，但是在半小時之前，我剛看到空軍司令的下場，也和那少校一樣，我的心中，當然也不會有什麼震驚之感了！

「靈魂」又向其餘幾名軍官望了一眼：「複述命令。」

那幾個軍官，立時像機器人一樣地立正，齊聲道：「任何人想通過，都必須呈驗特種證件！」

一個上尉，想是想出人頭地，在講完之後，踏前一步：「首長，請你將證件交給我，用特種紫外光來檢驗。」他一面說，一面伸出手來。

可是，「靈魂」卻自車中伸出手去，「啪」地一聲，在那上尉的臉上，打了一個耳光，罵道：「你是另一隻蠢豬，現在還不知道我是誰？」

那上尉僵立在那裏，一動也不敢動。

我真替那個年輕人難過，他怎樣才能使自己再開始動，我不知道，因為車子已然立時向前駛了出去，在建築物前，停了下來。

我們一齊下了車，由「靈魂」帶著走進去。才一進大門，我就聞到了一股醫院特有的氣味。

這當然是一座醫院！

醫院中看不到醫護人員，到處全站著禁衛軍，我們直來到了升降機前，「靈魂」才對教授道：「有關人員全在會議室中等候，希望手術可以立即進行。」

奧斯教授搓著手：「在會議室中的專家，和你提供給我的名單一樣？」

「是的，都是第一流的外科醫生！」

我忽然問道：「你的意思，他們在事後，也安全？」

「靈魂」冷冷地道：「你問得太多了，而且，我想，你也不必參加他們的會議，對麼？」

我在「靈魂」那種陰森可怕的語調中，有十分不祥的預感，我立即伸手碰奧斯教授，意思是想奧斯教授堅持要我參加他們的會議，由於「靈魂」要依靠奧斯教授，是以我和教授在一起的話，至少暫時安全。但是，或者是由於奧斯此時的精神，已然在極其緊張的狀態之中，又或者他並不是過慣冒險生活的人，沒有足夠的機警來體會我碰他的意思。

他只是回頭向我略望了一眼，繼續向前走去。

「靈魂」卻反而已看出我的用意了。

他對我發出了一個不懷好意的陰笑，向他身後的兩個衛士揮了揮手。

那兩個衛士一定跟隨著「靈魂」許多年，「靈魂」一揮手，那兩人便已知道什麼意思，立時踏前一步，一左一右，將我挾往。

我想張口大叫，但是「靈魂」卻已先我一步：「教授，你即將參加會議，而且立時要施行手術，我和衛斯理都不來打擾了，請你直向前去，你看到前面的那位老者了麼？他便是我們醫院的院長。」

那時，那位醫院的院長，已向前迎了上來，奧斯不知是不是曾和他相見過，但是至少，他們相互慕名已久。

是以，他們相見的情形，十分融洽，而且，他們兩人立時走進了會議室之中。

「靈魂」望著關上的會議室門，長長吁了一口氣，轉過頭來，他的臉上，有著十分輕鬆的神情，他向我一笑：「你看，不論你如何破壞，我的計劃還是成功了！」

他這樣講，令得我感到十分氣憤。

可是他卻還不知足：「現在，你該明白了？沒有人可以阻擋我，我將永遠維持我的權勢，沒有人可以勝過我。」

我冷笑一下：「如果手術失敗了呢？你忘記你求教授動手術的時候那副可憐

相了?」

「靈魂」臉上得意的神情，立時消失，他惡狠狠地望著我：「每一個人都有不喜歡人家提起的事情，一個聰明或是有教養的人，就不會故意提起！」

我明知我這時的處境，極其不妙，我完全在「靈魂」的勢力範圍之內，但是我的脾氣，卻又逼得我非去頂撞他不可。

我突然笑了起來：「這就是所謂怕人揭爛瘡疤！事實上，你只是一個可憐的小丑，一個影子，想想看，如果你主人的頭部，不能移植到另一個人的身上，那會出現什麼結果，你想想看！」

震驚和憤怒，令得他的動作粗野起來，他發出極難聽的咒罵聲，一個箭步，向我直竄過來，舉手便摑！

「靈魂」的身形，十分矮小，以至於他若是想打一個正常身材的人的耳光，手臂便必須伸得十分直。而為了表示他的權勢，或是掩飾他身形矮小的自卑感，他特別喜歡打別人的耳光。

我自然不會被他打中，在他惡狠狠地向前撲過來之際，我向後一仰，一翻手，五指如鉤，已然將他的手腕拿住。

我一擒住了他，他立時便知道自己犯了錯誤，他一面用力地掙扎著，一面發出了可怕的怪叫聲，他的幾個衛士立時向前衝了過來。

但是我的左手扭住了他的右臂，右手早已將他腰際的佩槍，拔了出來。

當我開始注意他那特大的佩槍之際，我還只當那是一種威力特強的德國軍用手槍，但是，當我這時，將這柄槍搶到手中之際，我不禁大喜過望！

那是一柄火箭槍，它可以發射九枚強力的火箭，那麼一件有用的武器，落到了我的手中，那無論如何，是一件值得高興的事！

我一拔槍在手，便立時揚了揚。

可是我的動作，卻並不能喝阻「靈魂」的衛士，他們仍然向前撲來，六人繞到了我的身後，已然將我圍住，我只得將火箭槍對準了「靈魂」：「你想想，如果我發射，會有什麼結果？」

「靈魂」厲聲道：「你將成為蜂巢！」

我「哈哈」笑了起來：「首先，你的上半身消失，而且，也沒有什麼手術可以使你復活，你將死不得全屍！」

「靈魂」不出聲，我道：「下命令叫你的衛士退後！」

「靈魂」喘了口氣，揮手道：「好，你們退後去，你們退後去。」

那六個衛士簡直不是人，而是聽從命令的機器，「靈魂」一揮手，他們便一齊退了開去。

我一看到我身後已沒有人，便拉著「靈魂」，疾退出去，那是一條走廊，我迅速地穿到了走廊的另一端，轉進了另一條走廊之中。

我一轉了過去，那六名衛士，看不到我，我回頭看去，那走廊中還有十幾名士兵站著，但是那十幾名士兵，顯然不知道發生了什麼事。

我這時只有一個念頭：我必須逃出去，必須！因為我感到「靈魂」不可能會放我安全離去！

我在想的，只是我如何離去。

我是不是應該一直帶著「靈魂」呢？看來我應該這樣，因為這樣的話，我就可以有恃無恐。

但是如果我這樣的話，我卻又將成為無數軍警追捕的目標，這當然不是好辦法！

我拉著「靈魂」，又向前走出了幾步，旋開了一扇門，那是一間雜物儲藏室，我深深地吸了幾口氣，使自己鎮定下來。

「靈魂」沉聲道：「你沒有機會的，你一點機會也沒有，絕對沒有！」

我本來也感到自己的機會，微乎其微，但是人家這樣講我，我卻不服氣，我回答道：「我的機會太多了，靈魂先生，在這所醫院中的所有人，一定都奉到命令，保持紀律，維持肅靜，你的衛士雖然知道你被擄了，但是他們也必然不敢通知軍警，這件事傳出去，會影響你的政治生命。」

第十二部：只剩下頭部活著

「靈魂」面色難看，一聲不出。

我笑了起來：「所以我有極大的機會逃出去！」

我一講完這句話，便立即揚起了我手中的火箭槍來，將槍柄重重地敲在他的後腦上。他的身子像是浸了水的油條一樣軟下來。

我伸手在他的衣袋中摸索著，找到一本藍色的小本子，那小本子只有幾頁空白的硬紙，看來沒有什麼用處。

但是，正當我想將之順手棄去之際，我想起「靈魂」在醫院門口作威作福時，曾提及進出醫院的人，都必須呈驗一種由紫外線檢查的特別證件，我相信這就是了，於是收了起來。

我又在他的身邊，取到了另一些有用的東西，和相當數量的錢鈔，然後，我在他的後腦上，再加上一擊，我估計這兩擊，他至少要昏迷三小時之久！

我將他塞進了一大堆待洗的髒床單之中，在那裏，不會有什麼人發現他。

然後，我將那扇門打開了一道縫向外看去，一看之下，我不禁吃了一驚，只見那六個衛士中的兩個，背對著我，就站在門前！

他們顯然在秘密地尋找著「靈魂」。

我連忙將門輕輕地關上，這種情形，雖然令我嚇了一跳，但是卻也使我十分欣慶，因為正如我所料，那六個衛士，並不敢將事情鬧得全院皆知！

我將門關上之後，又將之鎖上，然後，後退了幾步，踏在雜物上，攀上了一扇氣窗。

那氣窗是通向另一邊走廊的，那條走廊十分短，盡頭處是一扇門，而在那走廊的口子上，卻豎著一塊警告牌，上面寫著：任何人不經特別准許，不准接近。

在那塊警告牌之前，有兩名手持卡賓槍的兵士守衛著，他們離我，最多不過四碼。

但是，他們是背對著我而立的。

而且，他們只是站著一動不動，我等了約兩分鐘，便開始行動。

我的身子，慢慢地從氣窗中擠出來。

我必須十分小心，小心到一點聲音也不發出來的程度，身子幾乎一寸一寸地從那氣窗之中擠出去，等到我的身子，終於全擠出了氣窗，我的左手拉住了氣窗，然後，手一鬆，身子向下沉。

在將要落地之際，我身子屈了一屈，落地時的彈性增加，沒有聲音發出。那兩位士兵，仍然背對著我，站著不動。

我面對著他們，向後一步一步地退去，那條走廊只不過十碼長，我很快便退到了盡頭的那扇門前，我反手握住了門把，輕輕地旋轉著。

那門居然沒有鎖，我輕輕地旋著，已將門旋開了！

我連忙推開門，閃身進去，又將門關上，總算逃過了那兩個衛兵，大大地鬆了一口氣，雖然我不知道自己到了什麼地方，但是我卻至少已獨自一個人，可以仔細考慮一下逃亡計劃了！

然而，就在這時，我的身後，忽然響起講話聲。

我還未曾轉過身來，心中以為暫時安全，背後忽然有人講話，我的狼狽可想而知。

一時之間，我幾乎僵住了，連轉身也在所不能！

而在我身後發出的聲音，卻以一種十分不耐煩的聲調道：「什麼時候開始，我還要等多久？」

等我定下神來，聽得他講的是這兩句話，不禁呆了一呆，因為，我實在不知道那是什麼意思。

而那人卻一直在重複著這兩句話，他不住地在問我：「我要等到什麼時候？」

我緩緩地轉過頭來，那是一間陳設十分簡單的房間。

那房間幾乎可以說沒有窗子，光線相當幽暗，它只有四扇五寸高、三寸寬的氣窗。

那個和我講話的人，他坐在一張單人床上。他雖然坐著，但是可以看出他是一個身形高大的男子。

他穿著一件病人穿的白衣服，頭剃得精光，連眉毛也全剃光！

一個頭髮和眉毛全剃得精光的人，看起來自然十分滑稽，我望向他，他也似乎覺得有點不對。

我們兩人對望了片刻，我拚命在想：這人是誰？他是什麼身分？

但是我卻想不出他是誰來，然而他既然是住在守衛森嚴，非經特別許可，不准擅入的地方，應該是十分重要的人物。

然而，從這間房間的陳設，以及他所享受的待遇來看，他顯然又不是受重視的人物！

我正想出聲相詢時，他已然道：「你，你是誰，你不是醫生，是不是？」

我搖了搖頭：「我不是醫生。」

那人嘆了一口氣：「原來還沒有開始，還要我再等下去？」

他一面說著，一面臉上現出了一個無可奈何的苦笑來。

我心中的好奇心實在到了極點，是以我忍不住地問道：「你是在等——」

我只問了四個字，便突然停了下來。因為我發現那個人精神恍惚，根本沒有集中精神來聽我的講話。

接著，他伸手在摸他自己的脖子，在不斷地摸著，而也在那一剎間，我的心頭陡地一亮，我完全明白他是什麼人了！他就是「那個人」！

他的頭將被切下來，他的身體，即將經由手術和主席的頭連結在一起，供給主席的頭部以繼續活下去的力量。

而他自己，則將只剩下一個頭，而失去了他的身體！

一想到這一點，不禁機伶伶地打了一個寒戰，我向前走了兩步，將一隻手放在他的肩頭之上，他像是觸電也似地抬起頭來望著我。

我盡量將自己的聲音放得柔和，因為我認為他是世界上最可憐的人，我問他道：「你等得有點不耐煩，心急了，是不是？」

他卻連忙否認：「不，不。」

我苦笑了一下，指著他的頭，又指著他的身子：「你是自願的麼？」

他又道：「當然，我是……自願的。」

我嘆了一聲：「那麼，你知道你自己將只剩下什麼？」

那人的面色，在陰暗的光線下，變得可怕的蒼白，他道：「我知道……我知道……但是首長說，我還會活著，是麼？我還會活著！」

我在剎那間，實在不知道講些什麼才好，我的喉間，像是被一大團泥堵著。

我呆了好久，才道：「是的，你將活著，這一點我倒可以保證。」

我的確是可以保證的，因為我看到過那隻獨立生活的猴子頭。

那人鬆了一口氣，我立時又道：「但是，只剩下頭，活著又有什麼用呢？」

他喘起氣來：「那總比死好，我實在不想死，我真的不想死！」

我搖頭道：「你的想法不對，你如果不想死，你大可不答應這件事，你若是不答應這件事，我想他們是不能將你怎樣的。」

他吃驚地望著我，像是從來也沒有想到過這件事一樣，然後，他突然問道：「你，你是什麼人？」

我道：「我是一個外來者。」

他的身子在發抖，但是他終於強自鎮定了下來，道：「你怎樣進來找到我的？據我所知，我受著極嚴密的保護。」

我搖頭道：「這講起來太長了，你還未回答我剛才的問題。」

他突然笑了起來：「你的問題太天真了，身體強壯，條件適合的人，並不是只有我一個人，我如果不是『自願』的話，我就會立時被槍決，而直到有人『自願』為止。」

他說完了之後，又低下頭去。

他的確是一個十分強壯的人，但是他這時低頭坐在床沿的樣子，卻使我聯想起一隻頸際的毛已被拔去，而另一旁又有一鍋滾水在等待著的雞！

我道：「那麼你準備接受這種悲慘的命運？」

那人攤了攤手：「還有什麼別的辦法？」

我不說話，他也不再作聲，房間中突然靜了下來，我的心中，突然起了一個怪異的念頭，這個人雖然被嚴密地看守著，但是，似乎根本沒有人去注意他究竟是什麼人，而且，當一個人的頭髮和眉毛，全剃去之後，每個人的容貌，看來都十分接近。

那人和我，本就有三分相似，如果我也將頭髮、眉毛，一齊剃去，那麼，我就可以變得看來和他十分相似。現在，我無法逃出去，只有一個辦法，可使我脫險：冒充他！

這種逃亡的方法，有點像「基度山恩仇記」中的逃獄法，危險，但也是唯一的方法。

奧斯教授和專家們開完了會後，自然首先要將那個人的頭切下來，他會被帶離這間房間，放在床上推出去，在推他出去之時，如果我冒充他的話，有機會逃走！

我想了約三分鐘，才問道：「你的頭髮和眉毛，剃得如此乾淨，有人天天來替你剃？」

「不，」那人搖著頭：「我自己動手，已將近三個月了，我沒有別的事好做，我每天都不斷地剃著頭髮、眉毛和鬍子，他們吩咐我這樣做。」

他一面說，一面指著另一扇半開著的門。

那扇門既是半開著的，我自然早已注意到，門內是一間浴室。

我明白了他的意思，他剃頭的工具，就在那間浴室之內，我向他走近一步，突然之間，我一拳擊向他的頭部，他的身子向後一仰，我倒未曾料到他個子那麼大，卻是如此容易被擊倒！

當他的身子向後一仰之後，我立時提起他的身子來，這時他已昏過去了！

我又補擊了一拳，然後，迅速地除下他身上的那件白衣服來，換在我自己的身上，又將他的身子，塞進了那張單人床下。

我衝進了浴室，在不到十分鐘之內，就將我自己的頭髮、眉毛剃了個精光，當我照著鏡子的時候，我自己也不禁笑了起來！

因為我看來和那人太相似了！

我知道，由奧斯教授主持的會議，既然已開始在舉行，那麼，我也不必等太久，一定會有人來找我的。

我估計得沒錯，只等了四十分鐘，便有腳步聲傳來，我坐在床沿上不動，盡力摹仿著那人的姿勢。房門未被敲打，便被推了開來。

我學著那人的聲音：「我還要等多久？」

進來的四名醫生，走在第二位的，居然是奧斯，在那一剎那間，我真怕奧斯認出了我來，但是他並沒有認出我，他直來到我的面前，替我做了簡單的檢查。

我的手中一直握著那柄火箭槍，那件白衣服十分寬敞，即使在奧斯教授替我檢查之際，我要隱藏那柄火箭槍，也不是難事。

我並沒有出聲，因為這時，我自己的心中，也十分混亂，我還沒有一個具體的行動方針。

現在，我當然已可以破壞「靈魂」所安排的一切，但是，破壞了這一切之後，必然引起可怕的結果，包括「靈魂」所威脅的，發動核子戰爭在內。

奧斯檢查了我十分鐘左右：「這是一個完美的身體，我可以做得成。」

和他同行的三位醫生道：「那麼，可以開始了。」

奧斯教授道：「是的，通知冷藏系統準備，我們先要將他的體溫，降到冰點以下，然後，才可以取得他完美的身體，主席的身子同樣要冷藏，一切都將在低溫中進行。各位，我需要你們通力合作！」

一聽得奧斯這樣講，我嚇了一跳，看來如今的形勢，逼得我非採取行動不可了，因為如果我的身子被送進了冷藏系統之後，那麼，不會有反抗的能力！等到我失去了反抗能力之後，我的頭會被切下來，我的身體會被奧斯超凡的手術，去和主席的頭連在一起！

我連忙向屋中退了一步，也許由於我的神色十分緊張，因之一位醫生道：「對他加強守衛，你看，他的神情顯得他情緒不穩定！」

另一位醫生立時用一具無線電對講機下了一個命令：「快派八名衛士來。」

幾乎只是半分鐘內的事情，在那半分鐘之內，我還沒有想出應該怎麼辦來，八名士兵已然來了。

這時，我極其後悔，剛才為什麼不乾脆殺了「靈魂」！

在事情需要當機立斷的時候，如果還在後悔已經做錯了事，那麼，就會吃虧了。

當時我的情形，就是這樣，在我後悔之際，兩名士兵強而有力的手臂，已然勾住了我的手臂，接著，幾乎是突如其來的，一名醫生突然向我注射了一針，那名醫生動作極快，注射針在我的手臂上插了一插，立時拔了出來。

在我瞠目不知所對之際，那醫生已然道：「好了，沒有事了，在以後的幾小時中，你什麼感覺也不會有，但是卻仍是清醒的，手術需在你腦子活動不停止的情形下進行，不然，你的腦子便不能再活動，一切全是你自願的，你不必太緊張。」

我想張口大叫，說明我不是他們早經選定的換頭人，但是，當我想這樣叫的時候，藥力已經發作，我身子的知覺消失。

我像是頭部已被切下來一樣，根本不感到身子的存在——雖然還可以看到自己的身子。

我已沒有講話的能力，但是腦子十分清醒，清楚地知道即將發生的事情：將被送入冷藏庫，將被切下頭來！

我額上的汗，不由自主，涔涔而出。一名醫生替我抹著，另一名醫生叫道：「奧斯教授，你看！」

奧斯教授轉過頭來，皺著眉頭望定了我，又在我的肩頭上拍了拍：「你放心，你的頭會一直活著，直到你找到一個新身體為止，你絕不會死，也絕不會有什麼痛苦。」

奧斯教授又道：「你緊張，只是害了你自己，手術有一絲一毫錯誤，你就一定活不成！」

我心中苦笑，本來以為扮成了那個換頭人，可以使我有機會混出去。

可是誰想得到結果卻是這樣！

我怎麼辦？我怎麼辦？

不論為人何等機智，這時也一籌莫展，而且，就算我有了辦法，也難以付諸實行，因為我根本不能動！

我寧願一無知覺，那麼，當我恢復知覺時，就算發現我的身子已經不見，也只好接受既成的事實！

如今，我卻清醒地一步一步接近那可怕的事實。

活動擔架床推了過來，我被抬起，放在擔架床上，兩個人推著，向前走去，我躺在擔架床上，拚命掙扎，這是我的生死關頭，只要一被推進了冷藏系統，那就完了！

可是不論我怎麼掙扎，我卻是沒有一個地方可以略動一動，即使是手指，也一動都不能動。

我唯一可做的事，便是睜大著眼，眼看著我經過一條長長的走廊，一直來到了一扇漆有紅色的字的門前，略停了一停。

在那扇門上，紅漆寫成的字，我看在眼中，更是觸目驚心：「冷藏庫」！

那扇門一打開，一股寒氣，撲面而來，而我全身汗出如漿，是以這股寒氣襲了過來，更加令我覺得寒冷，身子不自由主發起顫來。

一個醫生來到了我的身邊，用毛巾抹著我頭上的汗：「開始時，會因為寒冷而感到極度的痛苦，可以放心，我們會替你注射喪失感覺的麻醉劑，而且，在攝氏零下十度以下，人體對溫度的再低降，也不會有敏銳的反應。」

我拚命轉動著眼珠，希望那醫生可以明白我是竭力想表達些什麼。我的眼球，已是我的身子所能動的唯一地方了。

但是，那醫生似乎一點也未曾放在心上，他替我抹了抹汗，便要走了開去。也就在這時，奧斯走了過來，問道：「他的情形可好麼？」

那醫生道：「不住地出汗。」

奧斯「噢」地一聲：「他的心情太過緊張，實在難免。」

在奧斯的身後，另有一人接口道：「教授，他神情緊張，會影響手術進行麼？」

一聽到這聲音，我更是一呆。

那是「靈魂」的聲音！

原來「靈魂」已被他們找到了！

奧斯沉聲道：「有影響，但不會十分大。」

「靈魂」道：「教授，你這次手術，只許成功，不許失敗，你何不將他全身麻醉後進行手術？」

「假如那樣，」奧斯回答道：「他就會死。」

「靈魂」有點怒意，他叫道：「就讓他死去好了，只要手術進行得完美就是！」

奧斯的臉，立即脹得通紅：「你這話是什麼意思？我是一個醫生，你認為我是什麼人？是一個劊子手？還是一個謀殺犯？」

「靈魂」道：「可是他……你看他！」

我可以看到「靈魂」的手指，直朝我的額頭上指來，奧斯教授這時，也向我望了過來，我再度拚命動著我的眼珠。

奧斯教授愕了一愕，他像是發現了有什麼不妥，他皺起了眉，然後揮手道：「你們全出去，我要和他單獨相對片刻。」

「靈魂」立即叫了起來：「你要把握每一分鐘的時間，你——」

第十三部：變成了換頭人

奧斯打斷他的話：「我會把握每一分鐘的，而且，我要使這項手術，變得完美絕倫！」

「靈魂」和另外一個醫生，以及還有幾個人，走了出去，奧斯將擔架車推到了一張椅子之前，他自己在椅子上坐了下來。

然後，只聽得他道：「你別緊張，緊張對你一點好處也沒有，你所受的痛苦，不會比進行一次普通的手術更甚！」

唉，他還沒有認出是我！他還在不住地安慰我。

我拚命地轉動著眼珠，我相信有好幾次，我的眼珠翻得太高，以致我的眼眶中只是一片空白了。

那種怪異的樣子，當然會引起奧斯的注意的。

奧斯嘆了一聲：「你有什麼話要說？事情已到了這一地步，絕不容許你反悔的了，你可以活下去，我向你保證。」

我仍然轉動著眼珠，奧斯伸手，將我的眼皮合上。

這真是要了我的命了，因為我的眼皮，一被合上，我便沒有力道再睜開來，我連轉動眼珠示意這一點，也做不到了！

唉，奧斯啊奧斯，你難道真的一點也認不出我來麼？難道到了手術床上，你也照樣動手？

我實在沒有辦法可想了，我的一生從來未曾有過如此可怕的經歷，試想，神智清醒地等著人家將你的頭切下來，而且，其結果還不是死亡，而是繼續活下去！

這實在是一想起來便令人顫慄的事！

我雖然沒有氣力運動身子的任何部分，但是我卻在不受控制地發著抖。

我覺出奧斯的雙手，在我的身上，輕輕地按著，那當然是想令我鎮定下來。

這時，我的心中，又不禁產生了一線希望。

因為「靈魂」的那柄火箭槍，仍然緊握在我的手中。如果奧斯教授一碰到了這柄火箭槍，那麼，他一定會大吃一驚，而且，也會想到那究竟是怎麼一回事。

就算他想不起那是怎麼一回事，那麼，我只求他向我多看幾眼，他一定可以認出我是誰來，他會救我！我寧願被「靈魂」投進黑牢之中，也不願活著看到自己的身體和頭部分離！

奧斯的雙手，按在我的肩頭上，然後，順著我的雙臂下移，我的心狂跳，希望他的手動得快些，並且不要半途停止。

我的希望，終於成了事實！

當奧斯教授的左手，碰到了我右手中所握的槍之際，我覺出他震了一震。

接著，我又覺出，他掀開了蓋在我身上的床單，拉開了那件白袍，他一定已看到那柄火箭槍了，我可以獲救了，我可以獲救了！

可是，正當我心中狂喜地呼喚之際，我卻聽到了奧斯自言自語的聲音。

我聽得他道：「可憐，竟然想到了自殺，你會活下去，而且，我也一定可以找到合適你的身體，你可以活下去。」

他一面說，一面輕而易舉地扳開了我的手指，將火箭槍取走了！

我的心中，像是被冰水淋過了一樣的冷，我不知用了多少難聽的話來咒罵奧斯，他是一頭蠢豬，比狗還蠢，他竟不看看那是一支什麼槍，也不想想，一個要被人切頭的人，怎樣有可能得到這樣一柄槍的，他也不向我多瞧幾眼！

我心中唯一的希望幻滅了，難過、驚駭，難以形容。

我想他大概是在猶豫如何處置那柄火箭槍，我也無法估計已過了多少時間，才聽得奧斯叫道：「可以進來了。」

一聽得那句話，我的身子比冰還冷了。

那等於是在宣判我已經完了，不再有任何機會，頭要和身子分離！

接著，我聽得腳步聲、開門聲，以及擔架床被推動時的聲音，我又被推向前去，奧斯教授和幾個醫生，跟在我的後面，在討論我的情形。

我簡直已喪失了集中精神去聽取他們談話的能力，在我聽來，他們的交談，就像有數十隻蜜蜂，正在我耳際嗡嗡地繞著飛。

所有的話中，我只聽清楚了一句，那便是奧斯說我的精神不怎麼穩定，但是他又說那不要緊，手術可以依時進行。

當擔架床又再度停下來之際，我的神智，略微清醒了些，在那時，我又聽到了「靈魂」的聲音。那的確是「靈魂」的聲音。但是或許是我那時的心情，太異乎尋常，是以我聽來覺得「靈魂」的聲音，十分異樣，說不出來的怪異。

「靈魂」是對誰在說話？是對我麼？大抵是對我在講話了，他道：「別緊張，教授說過，他一定能成功，你可以繼續活下去的。」

繼續活下去，繼續活下去，這句話我聽了不知道多少遍了，可是卻沒有人知道，我寧願不要活下去，我寧願死去，也比活著只有一個頭好些！

可是有誰知道這一點呢？我想大聲叫出來，但是我卻連張開口的氣力都沒有！

「靈魂」還在不斷地重複那幾句話，我也不知道何以「靈魂」忽然對一個微不足道的「換頭人」，表示起那樣的關心。

在那樣的情形下，我當然也不及去深究他為什麼要不斷地那樣說，「靈魂」的聲音，漸漸地，也變成了蜜蜂「嗡嗡」聲的一部分了。

我覺得在半昏迷的狀態之中，漸漸地，我知覺麻木了，我的神智也更昏迷了，終於，我昏了過去。

我不知道在經過了多少時間之後，才醒過來的。

當我的腦子又能開始活動，而且知道有我自己這個人存在之際，我盡量想：我是誰？我在什麼地方？我怎麼了？

過了沒有多久，慢慢地想了起來，所有的事，全想起來了！

我現在怎樣了？我的身子……我的身子……我感不到身子的存在，難道我的頭，已被奧斯教授切下來了？我的頭……是被安置在什麼地方呢？

我立即想起了那隻在奧斯教授實驗室中看到的猴子頭來。

我的腦中，清晰地現出那猴子頭像是在進行土耳其浴的樣子來。

我的身體一定已經不見了，而代之許多根粗細不同的管子，我的身體！

那一剎間，我在感覺上的驚恐，實在難以形容，我用盡所有的氣力，想覺出我身體的存在，但是自頭以下，一點知覺也沒有。

我拚命設想著我在揮手，在頓足，但是一切都屬徒勞，我只覺得輕飄飄地，所發出的力道，絕無歸依。

我用盡所有的氣力，想睜開我的眼睛來，這本來是一個連嬰兒也輕而易舉的動作，但這時對我來說，卻像是在用力舉著千斤閘！

但是我卻至少還可以感到我眼皮的存在，它們雖然沉重，但還存在著，不像我的身子那樣，已然消失。

我一定已失去我的身體了，我的身體，已和那個大獨裁者的頭連在一起，而我已不是一個人，我只是一顆頭。

我在比惡夢更恐怖千百倍的恐懼中打著滾，突然，我的努力，有了結果，我的眼皮，竟然可以慢慢地睜開來了。

我可以看到東西了，我的身體，我第一要看的，是我的身體！

我首先發覺，我臉向上躺著，我盡量將我的眼珠壓得向下。

可是，我看不到我的身子！

我只看到一隻鋼櫃，我的頭在鋼櫃之外，看來，我像是在洗土耳其浴。

而我立即所想到的，便是那隻猴子頭。

自我的喉中，發出了一陣陣呻吟聲來。其實，那並不是呻吟聲，而是喉部發生痙攣時所發出的聲音。我的身體真的不見了。

我不但喉頭發出可怕的聲音，鼻孔中也呼哧呼哧地噴著氣，不知道過了多久，忽然，我覺出，在發出同樣的怪聲的，不止是我一個人。

就在我的身側不遠處，有另一個人，也在發出同樣的聲音。

我呆了一呆，這個發現，令得我慌亂之極的心情，平靜了些，我勉力轉過眼，向我的左側看去，我看到了在我左側三尺處，有著另一個人。

其實，那不是另一個人，應該說，是另一顆人頭。

那個人頭，和我的處境相同，他也是仰天躺著，眼珠卻向著我這一邊，他自頸以下，是一個長方形的鐵櫃，看不見他的身子。

他的頭髮被剃得一根不剩，連眉毛也是，是以看來十分滑稽。

我當然不會去嘲笑他的怪相，因為我自己也是那樣子的。

我一看到了他，第一個念頭便是：這一定是原來的那個，我曾經遇到過的換頭人了。我是將他擊昏了過去，塞在床底下的，但這時他已被發現。

可是，當我向他多看了一眼之後，我卻發現他並不是那個換頭人，這個人的頭大得多，而且，他寬闊的額角、方正的臉型，都表示他獨斷之極，他即使沒有頭髮，沒有眉毛，也給人以他不是普通人的感覺。

他，是什麼人？我迅速地想著，我並不用想多久，就得到答案了。

他，A區的主席！

一想到了這一點，我的心境，突然平靜了下來。那是突如其來的，剛才我心中的慌亂，難以形容，但這時，我已完全靜了下來。

我明白，我的身體還在，未曾被切去。

我之所以感不到我身體的存在，那是因為我的身體被冷藏了。同樣的，主席的身子在我的旁邊，當然他那已潰爛不堪的身子，也在進行冷藏，以便使他的頭，可以被順利地切下來。

而當我的心境平靜下來之後，我發現我的喉頭，不但可以發出那種怪異的發音，而且，也可以十分吃力地講話，我勉力地道：「主席！」

主席居然也能說話，他道：「手術什麼時候開始，我……還要等多久？」

我沒有回答他這個問題，我只是問他：「你怕麼？」

主席不回答，只是喘著氣。

我又道：「主席，在你的統治之下，有好幾百萬的人頭和身體分離了，現在，當你自己的頭，要和身子分離的時候，你害怕了？」

我無法十分清楚地看到我的話在主席的臉上所引起的反應，但是我卻可以聽到一陣濃重的喘息聲，我又道：「你真的害怕，是麼？」

主席的聲音很微弱，他道：「你是誰？你不是被選定的人！」

我道：「是的，他們弄錯了。」

主席叫了起來，他的叫聲，十分微弱，我懷疑除了我之外，是不是還有第二個人可以聽得到。

他叫了幾聲，便不再叫。

我又說道：「我來，本是想救奧斯教授出來，他們弄錯了。」

主席道：「你……為什麼不向他們說明？」

我道：「我當然會向他們說明，但你一生之中，可曾在這樣的情形之下，見過一個陌生人？」

主席發出了一陣怪異的笑聲：「很難說，我可以永遠活下去！誰知道會有什麼怪事發生？」

我道：「是的，你的身子壞了，你可以換一個身子，以後，你的頭壞了，你可以再換一個頭，但，那還是你麼？」

主席這才道：「你不說，我也會告訴他們的，他們弄錯了，這實在是一項可笑的錯誤。」

我應聲道：「我們的見面，也是可笑的見面。」

主席又怪聲笑了起來：「不怎麼可笑，你使我想起了一個問題來：我還是我麼？」

我並沒有回答他，因為我已經聽到了門柄轉動的聲音，我盡我所能地叫了起來：「奧斯，奧斯！」

雜沓的腳步聲，向我奔了過來。

我首先看到奧斯高大的身形，向我逼近，同時聽得他叫道：「天，怎麼一回事，怎麼一回事！」

我長長地鬆了一口氣，奧斯這樣氣急敗壞地叫著，那當然表示他已認出我來了。

而他已然認出了我，當然不會再將我的頭切下來。

這時心頭的輕鬆，難以言喻，而且，我還產生一種異樣的感覺，我感到自己以後，實在沒有什麼再值得可怕的事了！

接著，「靈魂」也奔了進來，叫道：「什麼事？」

奧斯的聲音，十分憤怒，他還認為那一切是「靈魂」安排的，是以他怒氣沖沖地道：「什麼事，你看看這是誰，這是衛斯理！」

「靈魂」俯首向我望來，他惱怒之極，揚手向我打來。然而他還未曾打中我，便被主席喝住了。主席的聲音聽來十分微弱，但是，卻具有無上的權威，他道：「別打他，好好地對待他。」

「靈魂」的手僵在半空，他奇怪地轉過頭去，望著主席，但是卻並沒有表示異議。

接著，奧斯已指揮著幾個人，將那鐵櫃上的儀器，做了一番調整，我想那一定是提高溫度的，是以我漸漸地覺得暖了起來，可以覺得我身子的存在。

最後，我被拖了出來，奧斯一直在照顧著我，我被送到了一間十分舒服的病房之中，奧斯望著我：「你可以睡得著麼？」

我搖了搖頭，奧斯又道：「那麼，我替你注射一針鎮靜劑如何？」

我苦笑了一下：「有必要麼？」

奧斯點頭道：「那樣比較好些。」

我接受了他的勸告，接受了注射。五分鐘之後，我開始沉沉地睡了過去。

當我醒來時，陽光十分刺目。窗簾未曾拉上，陽光直射在我的臉上。

我睜開眼來，但是陽光使我目眩，我立時又閉上了眼睛，然後轉過頭去，在我還未曾再睜開眼來時，我已經聽到一個十分熟悉的聲音。

那十分熟悉的聲音叫道：「衛斯理，你準備做和尚麼？就算做和尚，也不必剃去眉毛的啊！」

那是巴圖的聲音。

我立時睜開眼來，真的是巴圖！

我連忙坐了起來，緊緊和巴圖握手，在經歷了如此可怕的事情之後，又見到了好友，心情的激動、歡愉，實在難以形容。

巴圖一面用力搖著我的手，一面道：「別緊張，你沒有事了，你沒有事了。」

過了足足五分鐘之久，我才出得了聲，道：「巴圖，我們怎會在一起的？」

巴圖道：「我也不知道，你被幾個人推進來，那時你正睡著，我也認不出你是什麼人，後來由於好奇，想看看和我一起的是什麼人，才認出你來的。」

我深深地吸了幾口氣，這時，我實在感到人類的語言文字，在我現在這樣情形之下，真不夠用。不論是什麼文字，「死裏逃生」，已將一個經歷了可怕的事情之後的心情，形容到極致了。

但是，我卻不是「死裏逃生」，因為這一直沒有死亡的威脅，然而，我雖然可以活下去，但是卻比死更可怖，更令人心悸！

巴圖想是也從我的臉色上，看出我曾有著十分恐怖的經歷，是以他不斷地安慰著我，直到我反問他道：「你受傷之後，怎麼樣？」

「我很好，什麼都有，所欠缺的只是自由而已。」

「巴圖，這裏是什麼地方？我們可能想辦法逃出去麼？我實在受夠了！」

巴圖搖了搖頭：「我怕不能，你不妨自己去觀察一下。」

我站起身，到了窗前，向下看去，我並沒有被搬離這所醫院，仍然在這所醫院之中，只不過現在，我在這所醫院的頂樓。

原來巴圖在受傷之後，一直也在這所醫院中，那倒的確是我所料不到的事。既然是在這所醫院中，自然不作逃走之想，因為沒有可能，我嘆了一聲，又回到床上，坐了下來。

巴圖道：「在我們分手之後，你究竟又遭遇了一些什麼事？」

我嘆息了一聲：「真是說來話長！」

巴圖道：「反正我們沒有別的事，你可以原原本本地和我說一說，我實在悶死了。」

我又沉默了片刻，定了定神，才將我和他分手之後，我所經歷的事情，和他詳詳細細講了一遍，直講到我接受了奧斯的勸告，接受了鎮定劑注射為止。

我的話講完，巴圖的神態，十分緊張：「如此說來，這項駭人聽聞的換頭手術，正在進行中？」

我道：「那要看我已睡了多久。」

「你進這間病房，有五小時。」

我苦笑了一下：「五小時，五小時，那他們已經有足夠時間，將原定的換頭人冷藏妥當，奧斯教授也正在進行手術了。」

巴圖顯得有點不可信地問我：「就在這所醫院嗎？」

我慢慢地點頭：「自然就在這裏！」

我們兩人，都好一會兒不出聲。

在那保持沉默的幾分鐘之內，我們兩人的心情，十分難以形容。一方面，無法制止這件事的進行，我們都感到十分遺憾。另一方面，我們也為自己、為奧斯教授的命運，而覺得擔心。

我們能夠安全離開A區麼？還是將被投入A區著名的黑牢之中？

我和巴圖，都可以說神通廣大，但即使我們現在會飛，也逃不出去。

我們只好等著，將自己能否恢復自由的希望，寄托在希望奧斯手術成功之上……這是一件十分矛盾的事，但是我卻不能忘記這個大獨裁者在和我見過面後，吩咐要好好對我的那句話。

在我醒來之後，我們共同在那間病房之中，大約過了令人心焦的三十小時。

在三十小時內，我們有五次和外人接觸的機會，那是四個全副武裝，送食物進來的衛士，但是我們卻無法向他們詢問手術進行的情形，他們根本不回答任何問題。

直到第二天的傍晚時分，一個軍官走進來，向我們宣布：你們可以離境了！

這實在是我們所不敢夢想的，由於事情來得太突然，以致我和巴圖兩人，都僵立在那裏，那軍官不但帶來了這個命令，而且還帶來了我們原來的衣服，命令我們穿上。而在軍官身後的幾名士兵，他們手中的槍，槍口始終對準著我們。

我和巴圖迅速換上衣服，我裝著十分輕鬆地問道：「為什麼忽然釋放我們了？」

那軍官並沒有說什麼，只是喝令我們離開病房，由樓梯走到了醫院的底層。在那裏，我們遇到了神情極其疲乏的「靈魂」。

「靈魂」只是冷冷地向我們望了一眼：「算你們的運氣好，是主席特別命令，准許你們自由離去。」

我忙問道：「手術成功了？」

「靈魂」卻沒有回答我，接著，我已看到了奧斯教授。

他從一間房間中走出來，滿頭是汗，身子搖搖擺擺，我叫了他一聲，他也沒有聽到，我還想叫第二聲時，身後的士兵把我押走了。

當我的頭髮和眉毛，又漸漸地長出來的時候，已經是六個月之後的事。A區主席在經過了神秘的不露面的六個月以後，出席了一次群眾性的集會。他的圖片，被無線電傳真，送往世界每一個角落。

自此之後，他不斷地露面，看來十分健康，關於他已死的謠言，一掃而空。

但是，這位以前喜歡演講的主席，卻未曾再發表過演說，似乎啞了一樣。

這件事，直到我再次遇到奧斯，才知道原委，那是又半年之後的事了，奧斯突然跑來找我，我們在詳談了半天之後，他才道：「這次手術極成功，所差的只是極細微的疏忽，以致他的聲帶受了損害，他發出的聲音，要在離他口部一寸的地方，才能聽得到。但是，我的第二次接頭手術，反倒是完全成功的。」我知道他「第二次手術」是為那個換頭人而施的，那換頭人我也見過，祝福他已得了一個新的身體！

〈完〉

倪匡珍藏限量紀念版 24

衛斯理傳奇之後備

作者：倪匡
發行人：陳曉林
出版所：風雲時代出版股份有限公司
地址：10576台北市民生東路五段178號7樓之3
電話：(02) 2756-0949
傳真：(02) 2765-3799
執行主編：朱墨菲
美術設計：許惠芳
業務總監：張瑋鳳
出版日期：2023年9月倪匡珍藏限量紀念版一刷
版權授權：倪匡
ISBN ：978-626-7303-81-8
風雲書網：http://www.eastbooks.com.tw
官方部落格：http://eastbooks.pixnet.net/blog
Facebook：http://www.facebook.com/h7560949
E-mail：h7560949@ms15.hinet.net
劃撥帳號：12043291
戶名：風雲時代出版股份有限公司

風雲發行所：33373桃園市龜山區公西村2鄰復興街304巷96號
電話：(03) 318-1378
傳真：(03) 318-1378
法律顧問：永然法律事務所 李永然律師
北辰著作權事務所 蕭雄淋律師

行政院新聞局局版台業字第3595號 營利事業統一編號22759935

定價：340元

國家圖書館出版品預行編目資料

衛斯理傳奇之後備 ／ 倪匡著. -- 三版. --
臺北市：風雲時代出版股份有限公司，2023.07
面；公分　倪匡珍藏限量紀念版

ISBN 978-626-7303-81-8（平裝）

857.83　　112007640